Der Aufhörer

MCE KRIMI

Das Buch

Eduard Rolke ist ein äußerst unbeliebter Mensch in dem kleinen Dorf, in dem er als Bauer lebt. Als er eines Morgens mit eingeschlagenem Schädel in seinem Stall zwischen den Kühen tot aufgefunden wird, trauert so recht keiner um ihn.

Hans-Georg Allmers, bekannt als ermittelnder Milchkontrolleur aus dem gleichnamigen Krimi-Erstling Thomas B. Morgensterns, steht gemeinsam mit seinem Bruder Werner, dem Staatsanwalt aus Stade, wieder vor schwierigen Ermittlungen. Der verhasste Rolke hatte viele Feinde. Entsprechend groß ist die Zahl der Verdächtigen.

Schließlich geschieht ein weiterer Mord, der auf den ersten Blick in keinerlei Zusammenhang mit dem toten Bauern Rolke zu stehen scheint …

Wie schon im „Milchkontrolleur" entführt der Autor wieder in die Welt eines kleinen norddeutschen Bauerndorfes, erzählt ebenso humorvolle wie ernste Geschichten vom Leben auf dem Lande und von so manch skurrilem Dorfbewohner. Vor allem aber bietet er wieder eine verzwickte Kriminalgeschichte, die von der ersten bis zur letzten Zeile Spannung verspricht.

Der Autor

Thomas B. Morgenstern, Jahrgang 1952, bewirtschaftet mit seiner Familie einen biologisch-dynamischen Bauernhof in der Elbmarsch bei Stade. Der Diplom-Biologe, der auch einige Semester Germanistik und Theaterwissenschaften studiert hat, ist seit Jahren als Schriftsteller tätig. Im MCE-Verlag debütierte Morgenstern im Herbst 2005 mit seinem Krimi „Der Milchkontrolleur", der zu einem Überraschungserfolg wurde. Für dieses Buch wurde er 2007 mit dem Osteland-Kulturpreis ausgezeichnet. In dem vorliegenden Kriminalroman trifft der Leser erneut auf den ermittelnden Milchkontrolleur Hans-Georg Allmers.

Thomas B. Morgenstern

Der Aufhörer

Kriminalroman

(MCE Verlagsgesellschaft mbH & Co. KG – Medien Contor Elbe)
Sietwender Straße 48, D-21706 Drochtersen
Tel. 04143/435, Fax 04143/6782
Internet: www.mce-verlag.de, Mail: info@mce-verlag.de
1. Auflage Oktober 2008

Umschlaggestaltung und Satz: Nikolaus Ruhl
Druck: Clausen und Bosse, Leck
ISBN: 978-3-938097-13-7

Für Britta, ihre Liebe und Geduld.

Kapitel 1

Eduard Rolke war als Kind schon so unbeliebt, wie er es bis zu seinem Tod immer bleiben sollte. Jahrelang hatte Rolke kein Interesse, die Milchleistung seiner Tiere messen zu lassen, und jeder Milchkontrolleur war froh darüber gewesen. Irgendwann jedoch besann er sich anders, und so hatte Allmers ihn seit seinem ersten Arbeitstag als Milchkontrolleur in seinem Bezirk. Allmers ärgerte sich jedes Mal, wenn er zu ihm fahren musste, und versuchte ansonsten jedes weitere Zusammentreffen mit ihm zu vermeiden.

Die meisten Bauern freuten sich auf den monatlichen Besuch des Milchkontrolleurs. Oft wurde der neueste Dorftratsch ausgetauscht. Die Arbeit wurde fast zur Nebensache. Bei Rolke hingegen konnte man die Luft schneiden, fand Allmers, und die Hoffnung auf die sonst übliche freundliche Mithilfe war vergebens. Rolke sah meistens stumm zu, wenn sich der Milchkontrolleur durch die eng stehenden Kühe quetschen musste, um das volle gegen das leere Proberöhrchen auszutauschen. Fragen nach dem Namen der Kuh beantwortete er meistens nicht, oft schwieg Rolke während der gesamten Melkzeit oder er beantwortete Allmers' Fragen so, wie man es von ihm gewohnt war: herrisch, anmaßend und hochmütig. Obwohl er zwölf, manchmal dreizehn Kühe im Stall stehen hatte, molk er sie mit nur einem Melkzeug. Die Kontrolle zog sich zu Allmers' Ärger dadurch immer endlos hin.

„Wie heißt die Kuh?", fragte Allmers, als er zur Kontrolle kam. Allmers war selten in Zeitnot, bei diesem Betrieb allerdings sah er jedes Mal zu, dass er so schnell wie möglich wieder verschwand.

Heute hatte er es wie immer bei Rolke eilig und keine Lust, zwei Stunden schweigend im Stall zu stehen. Nachdem er dasProberöhrchen ausgetauscht hatte, bemerkte er ärgerlich, dass er vergessen hatte, die Ohrmarkennummer des Tieres abzulesen. Die Frage nach dem Namen der Kuh schien ihm unverfänglich.

Aber Rolke konterte sofort und nahm Allmers alle Lust, weiter zu fragen: „Den Namen habe ich dir doch letztes Mal schon gesagt“, antwortete er mit seiner gedehnten, hohen Stimme. „Kannst du dir den nicht merken?“

Allmers wusste, dass er sich bei Rolke keine Blöße geben durfte. Zu schnell hatte man ein Gerichtsverfahren wegen Beleidigung oder Ähnlichem am Hals. So quetschte er sich schweigend ein zweites Mal durch die eng stehenden Kühe, las die Ohrmarkennummer ab und suchte auf seiner Liste das dazupassende Tier.

Immer wieder sah er auf die Uhr, aber in diesem Betrieb verging die Zeit nur schleppend. Rolke saß auf seinem Melkschemel neben der Kuh, die er gerade molk, hielt das Melkzeug mit einer Hand und mehr als einmal schlief er bei der abendlichen Kontrolle ein. Allmers warf dann meistens eine Mistgabel oder eine Schaufel um und freute sich, wenn der Bauer von dem Lärm erschrak und aufwachte.

Als er endlich seine Sachen eingepackt hatte, seufzte er. Es war erst die Hälfte dieser sich Monat für Monat wiederholenden Qual vorbei. Am nächsten Morgen standen die nächsten beiden Stunden Milchkontrolle an.

Er beschloss, auf dem Heimweg einen kleinen Umweg zu machen und bei Wienberg einzukehren.

Wienberg war eine altertümliche Kneipe, in der es nichts zu essen gab und die Getränkekarte keine große Auswahl bot. Der Wirt hätte sich allerdings auch nicht erinnern können, wann ein Gast das letzte Mal die Getränkekarte zu sehen gewünscht hätte. In dieser Kneipe gab es Bier und Korn, für die Frauen Apfelkorn oder ein paar süße Liköre. Irgendwann verirrte sich ein Durchreisender, der von der Elbefähre kam, zu Wienberg und meinte, er würde gerne die Weinkarte sehen, welchen Wein der Wirt denn empfehlen könne?

„Weißen oder roten", war die Antwort.

Nach zwei Stunden auf den ungepolsterten Stühlen war Allmers klar, dass er jetzt besser sehr langsam nach Hause fahren musste. Dass es spät geworden war, war Allmers egal. Zu Hause erwartete ihn niemand. Seit Susannes Weggang nach Berlin hatte er keine Frau kennen gelernt, mit der er es hätte aushalten wollen.

Allmers setzte sich ins Auto und versuchte einen völlig normalen Eindruck zu machen. Die Straße, an der Wienbergs Kneipe lag, war stark befahren und die Gefahr, dass ein Streifenwagen vorbeikam, war groß. Nach mehreren Versuchen passte der Schlüssel ins Zündschloss, er startete das Auto und fuhr los.

Der neue Kreisel, der am Eingang des Dorfes erbaut worden war, war in der Bevölkerung sehr umstritten. Überall im Landkreis schossen diese Bauwerke aus dem Boden, meist dekoriert mit irgendwelchem maritim wirkenden Altmetall. In Stade gab es einen Kreisel, bei dem die Stadt sich billig verschrottete Bojen besorgt und sie schreiend bunt angemalt auf der Mitte des Kreisels entsorgt hatte. Ob das den Tatbestand der unerlaubten Lagerung von Abfall darstelle, hatte sich Allmers gefragt und beschlossen, dieses juristische Problem gelegentlich mit seinem Bruder zu besprechen.

Allmers kniff die Augen zusammen. Die Lichter, die im Kreisel zu sehen waren, gehörten zu einem Auto. Sie bewegen sich komisch, dachte er. Er wusste, dass ihm jetzt nichts passieren durfte, aber als er auf den Kreisel einbiegen wollte, sah er direkt in die aufgeblendeten Scheinwerfer eines entgegen kommenden Wagens, verriss das Steuer, fuhr über den mit Gras bewachsenen Kreisel und schoss dem Blender in die Seite.

Als er den Kopf aus dem Airbag gezogen hatte, wusste er nicht, ob er vor Wut heulen oder schreien sollte. Dem Fahrer des anderen Wagens war nichts passiert, er alarmierte mit seinem Mobiltelefon die Polizei. Allmers war eingeklemmt.

Es dauerte eine halbe Stunde, bis die Polizei kam. Allmers kannte den Beamten vom Sehen.

„Geht's?", fragte der durch die zerstörte Seitenscheibe.

Allmers nickte: „Dieser Idiot. Wie kann man nur so dämlich sein."

„Beruhigen Sie sich", meinte der Polizist. „Das ist nicht der erste Unfall in diesem Kreisel."

„Wann kommt die Feuerwehr?", schnaubte Allmers in seinem Sitz. „Ich will hier raus."

„Sind schon unterwegs." Der Polizist sprach langsam und gedehnt. Allmers wusste, dass er ihn auf keinen Fall provozieren durfte. Eine Blutprobe und sein Führerschein wäre weg.

„Dieser Idiot hat mich geblendet", sagte Allmers. „Ich habe einfach nichts mehr gesehen."

„Jeder Kreisel ist rund", erwiderte der Polizist und schüttelte den Kopf. „Da fährt man immer rechts rum. Außer, man weiß nicht mehr wo rechts und links ist. Hauchen Sie mich mal an."

Der Alkoholtest ergab über 1,8 Promille bei Allmers und

absolute Nüchternheit bei seinem Unfallgegner.

Allmers fuhr mit dem Taxi nach Hause. Er war seinen Führerschein los und sein Auto hatte Totalschaden.

Rolke begann immer um sechs Uhr morgens mit dem Melken. Er verzieh dem Milchkontrolleur keine Minute Verspätung und schimpfte und fluchte laut, wenn Allmers nur ein oder zwei Minuten zu spät im Stall erschien. Er ließ das Radio laufen, wenn er morgens molk, und genau, wenn die Sechs-Uhr-Nachrichten angesagt wurden, schaltete er die Melkanlage ein.

Diesen Morgen war Allmers spät dran, es war das erste Mal seit Jahren, dass er mit dem Fahrrad zur Arbeit fuhr und er hatte sich in der Dauer der Fahrt verschätzt. Als er drei Minuten nach sechs in die Hofeinfahrt fuhr, wunderte er sich über die Stille, die über dem Hof lag. Er hatte sich auf Schimpfkanonaden aus Rolkes Mund eingestellt.

Endlich hat er mal verschlafen, dachte er, nahm seine Unterlagen aus dem Korb, nachdem er sein Rad an die Wand des alten Stalles gelehnt hatte und ging hinein.

Das Licht brannte, aber die Melkanlage war stumm.

Die Kühe schauten unruhig zur Tür, als Allmers verwundert eintrat. Rolke musste schon im Stall gewesen sein. Zuerst hatte Allmers kurz vermutet, Rolke hätte vielleicht vergessen, in der Nacht das Licht zu löschen, aber schließlich sah Hans-Georg das Melkzeug neben der ersten Kuh hängen. Als er näher trat, wusste er, warum der Bauer die Melkanlage nicht eingeschaltet hatte: Er war tot.

Eduard Rolke lag zwischen Ludmilla und Adele, deren Milch aus dem Euter troff und sich mit dem großen Blutfleck, der aus seinem Kopf gelaufen war, zu einer rosafarbenen Flüssigkeit vermengte. Allmers wurde übel.

Allmers beugte sich vorsichtig hinunter, stieß Rolke, der ein massiger Mann mit einem großen Bauch war, leicht an, aber er hatte keine Hoffnung, ein Lebenszeichen von ihm zu bekommen. Sein Körper war noch warm und auch das Blut, das aus seinem Kopf troff, war noch nicht geronnen. Als Allmers den Kopf des Bauern genau betrachtete, wusste er, dass niemand so einen Schlag überlebt hätte. Fieberhaft überlegte er, wie es eine Kuh schaffen könnte, mit einer solchen Wucht zuzutreten, dass einem erwachsenen Mann der Schädel zerbarst.

Er suchte sein Handy, um die Polizei anzurufen. Er durchwühlte seine Taschen und die Aktentasche, in der er die schriftlichen Unterlagen für die Milchkontrolle mitführte. Das Handy war nicht auffindbar. Ihm kam die Idee, es vielleicht im Fahrradkorb abgelegt zu haben, und als er hektisch aus dem Stall rannte, glaubte er plötzlich ein Geräusch zu hören. Es schien aus dem Stall gekommen zu sein, und Allmers war sich sicher, dass es nicht von Tieren stammte. Er erstarrte.

Rolke hatte in seinem großen Stall nur einen kleinen Teil mit Kühen belegt. Das Geräusch war aus einer anderen Ecke gekommen und hatte sich wie ein Räuspern angehört. Allmers sah sich mit klopfendem Herz im Stall um, wagte es aber nicht, in die dunklen Winkel des Stalls zu gehen. Regungslos stand er in der Tür, die zur Melkkammer führte.

Dann begann Allmers plötzlich zu zittern. Es war auch die Erinnerung an die Tote, die sie vor zwei Jahren mit durchschnittener Kehle aus einem Graben gezogen hatten, die ihn aufwühlte. Er stürzte ins Freie, sprang auf sein Fahrrad und fuhr nach Hause, um von dort aus die Polizei anzurufen. Es dämmerte schon und er verzichtete darauf, die Beleuchtung am Fahrrad einzuschalten. Aus den benachbarten Betrieben fiel genügend Licht aus den Stallfenstern, und in den meisten Häusern waren die Küchen erleuchtet. Eigentlich liebte er diese Stimmung des langsamen Erwachens eines Bauerndorfes, das gleichmäßige

Summen der Melkmaschinen, das Brüllen einzelner Kühe und die Geräusche der Trecker, die die Ställe ausmisteten. Heute bemerkte er nichts davon.

Der Mann, der unbeweglich hinter einer gemauerten Säule stand, atmete erleichtert auf, als der Milchkontrolleur verschwunden war. Nur ein paar Sekunden vor dessen lautlosem Eintreffen hatte er überhaupt bemerkt, dass jemand auf den Hof kam und sich hinter eine Säule gerettet. Der Mörder war sich sicher, dass Allmers, den er schon lange kannte, so überstürzt den Hof verlassen hatte, weil er sich durch das Räuspern verraten hatte. Er befürchtete sogar, dass er erkannt worden war, anders konnte er sich Allmers Verhalten nicht erklären. Vorsichtig schälte er sich aus dem Schatten der Säule, vermied jeden Blick zu dem Toten und verließ den Stall. Als er über den dunklen Hof ging, beschloss er, Allmers in der nächsten Zeit zu beobachten und gegebenenfalls zu handeln. Er erinnerte sich noch genau an den Mord, der vor zwei Jahren das Dorf erschüttert hatte, und an Allmers' Rolle als Schnüffler im Auftrag seines Bruders. Ihm, das schwor er sich, sollte Allmers keine Schwierigkeiten machen.

Schließlich verschwand er in der Dunkelheit. Erst nach einiger Zeit fiel ihm ein, dass er etwas vergessen hatte.

Welch ein grausamer Tod, von den eigenen Kühen erschlagen zu werden, dachte Allmers, als er hektisch nach Hause radelte. Ein paar hundert Meter vor seiner Hofeinfahrt sah er plötzlich noch einmal das Bild des Toten vor sich. Er bremste scharf und fiel fast vom Fahrrad. Jetzt sah er den blutigen Kopf von Eduard Rolke immer deutlicher vor sich und ärgerte sich, dass er vorhin so überhastet reagiert hatte: Neben dem Toten hatte unter dem Stroh etwas gelegen, etwas Großes, etwas aus Metall, gebogen und blutverschmiert. Es war ein Werkzeug und gehörte nicht in den Stall.

Allmers zögerte, dann entschloss er sich, von zu Hause die Polizei und seinen Bruder anzurufen und sofort zum Hof von Rolke zurückzukehren.

„Du rührst nichts an“, herrschte ihn sein Bruder an, „wenn er tot ist, kannst du ihm sowieso nicht mehr helfen.“

Allmers fuhr so schnell er konnte. Ein paar Meter vor Rolkes Hof musste er einem Jogger ausweichen, der ihm auf dem Radweg entgegenkam und keine Anstalten machte auszuweichen.

„Verfluchte Idioten“, knurrte Allmers. Jogger waren seine Lieblingsfeinde im Straßenverkehr. Es war für ihn unbegreiflich, wieso man freiwillig früher aufstehen konnte als unbedingt nötig, nur um sich im Dunkeln in Gefahr zu begeben. Die meisten Jogger verstanden nicht, dass Autofahrer am frühen Morgen nicht damit rechneten, dass ihnen ein dunkel gekleideter Langläufer auf einer Landstraße entgegenkommen konnte, fand er und verfluchte den Gesundheitswahn.

Sah aus wie Jochen, dachte er im ersten Moment, verwarf den Gedanken aber schnell wieder. Jochen war nicht annähernd so schlank wie dieser Jogger.

Er erreichte den Stall lange vor der Polizei. Er musste schlucken, als er die Beine des Toten zwischen den Kühen herausragen sah. Langsam näherte er sich dem Toten und glaubte, seinen Augen nicht zu trauen. Das Stroh neben Rolke war durchwühlt, das Werkzeug war verschwunden.

Kapitel 2

In Rolkes Kindheit waren die Straßen des Dorfes das Revier mehrerer Kinderbanden, die sich ohne Nachsicht bekämpften. Vor dem Krieg standen sich die Banden der Bauernkinder und die der Handwerker in tiefster Feindschaft gegenüber. Das Kräfteverhältnis war fast ausgeglichen und das Dorf war für die Kinder in zwei Reviere aufgeteilt, deren Grenzen nur sie kannten. Eduard beherrschte mit seiner Bande aus Bauernkindern den östlichen Teil des Dorfes und niemand der Gegner wagte sich allein oder auch nur zu zweit in Eduards Revier. Er war für seine Fäuste und die Art, wie er sie einsetzte, gefürchtet.

Eduard Rolke schlug jedem Gegner die Nase blutig, auch wenn der hilflos unter ihm lag und schon längst seine Niederlage eingestanden hatte. Und wenn er, was selten geschah, einen Kampf verloren hatte, durfte sein Gegner nicht darauf vertrauen, dass Eduard sich an die unausgesprochenen Regeln halten würde. Hatte er sich voller Freude über seinen vermeintlichen Sieg umgedreht, sprang ihm Eduard mit maßloser Entrüstung über seine Niederlage mit aller Kraft in den Rücken und war kaum zu bändigen in der Wut, verloren zu haben.

In der Volkschule war er nach kurzer Zeit der unumstrittene Herrscher des Schulhofes, selbst ältere Schüler gingen ihm aus dem Weg, sie fürchteten seine Kratz- und Beißattacken, die er begann, wenn die Reichweite seiner kleinen Arme nicht ausreichte und er sich im Nahkampf bessere Chancen ausrechnete. Seine Unbeliebtheit steigerte sich, als bekannt wurde, dass er unliebsame Schulkameraden, die entweder einem Kampf aus dem Wege gingen oder im Moment die stärkeren waren, ohne Skrupel mit falschen Anschuldigungen bei den Lehrern anschwärzte.

Eduard Rolkes Eltern bewirtschafteten einen Bauernhof am Rande des Dorfes. Seinen Vater Johannes Rolke störte der schlechte Ruf seines Sohnes nicht. Für ihn war das Faustrecht der Kindheit eine Lebensschule.

Eduard wurde im vorletzten Kriegsjahr eingeschult und hatte als Sohn des Ortsbauernführers in der Schule nichts zu befürchten. Obwohl jeder wusste, wie der Krieg ausgehen würde, nur über das Wann herrschte noch Unsicherheit, wagte niemand die Autoritäten der Zeit in Frage zu stellen, und selbst deren Nachkommen waren sakrosankt. Diese Stellung nützte Eduard ohne Rücksicht aus und schwang sich zum alleinigen Anführer der Kinderbande auf.

Als die Engländer das Dorf besetzten, wurde Johannes Rolke, Eduards Vater, verhaftet. Eduards Opfer atmeten auf, sie hofften, dass damit auch automatisch dessen Stern sinken würde. Aber Eduard ließ sich nicht beirren und blieb kämpferisch. Seinem Vater schadete die Verhaftung nicht, er wurde ein paar Tage später wieder entlassen und sofort wieder in die Dorfgemeinschaft aufgenommen, als sei nichts geschehen. Auch Eduards Rolle auf dem Schulhof änderte sich nicht. Acht Jahre erduldeten seine Lehrer und Mitschüler sein streitsüchtiges und besserwisserisches Gehabe, das er aber nicht mit entsprechenden Leistungen in der Schule untermauern konnte. Er hielt es im Gegenteil für unnötig, sich in der Schule anzustrengen und erreichte am Ende nur knapp einen Abschluss.

Freunde hatte er bis zur letzten Klasse keine, auch außerhalb der Schule wollte kaum jemand etwas mit ihm zu tun haben. Er begann zu boxen. Nicht besonders gut oder erfolgreich, es fehlte ihm die Zeit, um regelmäßig zu trainieren. Aber der eine oder andere sauber gesetzte Uppercut verschaffte ihm auf dem Schulhof und den dörflichen Schützenfesten, auf denen es immer wieder zu Raufereien und Schlägereien kam, soviel Respekt, dass man ihn nicht nur in Ruhe ließ, sondern einen Bogen um ihn machte.

Bei den Mädchen war er beliebt. Wer mit ihm ging, war vor den Annäherungsversuchen anderer junger Männer geschützt. Eduard hatte Charme, wenn er sich um ein Mädchen bemühte.

Sein Vater hätte ihn gerne in der Nähe des elterlichen Hofes zu einem Bauern in die Lehre gegeben, aber sein Ruf war so schlecht, dass sich auch in der weiteren Umgebung niemand fand, das Wagnis einzugehen, ihn ein ganzes Jahr auf dem Hof zu beschäftigen. So begann Eduard eine landwirtschaftliche Lehre in Schleswig-Holstein. Nach drei Monaten warf ihn der Bauer vom Hof, weil er sich Rolkes arrogante Unverschämtheiten nicht länger bieten lassen wollte.

In den drei Jahren, die seine Lehre dauerte, benahm er sich so oft daneben, dass er noch mehrmals kurzfristig den Lehrbetrieb wechseln musste. Rolke gehörte zu dem Menschenschlag, dessen immerwährend zur Schau gestellte Arroganz seine Mitmenschen fassungslos machte. Eine Arroganz, die weder von einem besonderen Wissen oder Können gespeist wurde, sondern bornierte Dummheit überdecken sollte. Rolkes Vater wurde während Eduards Lehrzeit mehrmals in die Berufsschule gerufen, wo ihm klar gemacht wurde, dass die Ausbildung seines Sohnes beendet werden müsse, wenn er sich weiter so benähme. Rolke pöbelte die Lehrer an und suchte sich auch auf den Höfen nur die Arbeiten aus, die ihm lagen.

Sein Vater holte Eduard schließlich wieder auf die heimische Seite der Elbe und ließ ihn in einem Betrieb eines Parteigenossen aus alten Zeiten die Ausbildung zu Ende machen. In der örtlichen Berufsschule hatte er noch viel Einfluss und scheute sich auch nicht, diesen massiv geltend zu machen, sodass Eduard schließlich sein Abschlusszeugnis überreicht bekam, allerdings als schlechtester seines Jahrganges.

Zu Zeiten des Großvaters von Eduard Rolke galt die Familie als sagenhaft reich und ihre Landwirtschaft als vorbildlich. Die auf dem Hof geborenen und aufgezogenen Bullen waren als Zuchttiere in ganz Deutschland begehrt und die Kühe hatten ungewöhnlich hohe Milchleistungen. Mit jeder Generation jedoch schwanden der Reichtum und der Ruhm des Hofes. Über viele Jahre warf der Hof nur soviel ab, dass er nicht in die roten Zahlen geriet. Trotzdem konnten sich Rolkes immer die neuesten Maschinen leisten, da sie ein großes Vermögen hatten, das noch aus der Zeit der Ziegeleien stammte. Der Großvater hatte es im Laufe der Zeit durch Habgier und geschickte Anlage so vermehren können, dass sie bequem vom Zinsertrag leben konnten. Sie waren geizig gegenüber jedem Außenstehenden, es gab von ihnen nie eine Spende für gemeinnützige Zwecke, aber großzügig, wenn es galt, prestigeträchtige Ställe und große Scheunen zu erstellen und teure Fahrzeuge und Maschinen auf den Hof zu stellen.

Als die Landwirtschaft vom Pferd auf Trecker und von Handarbeit auf Maschinen umstellte, waren viele Bauern, die kein Vermögen hatten, gezwungen, ihre Höfe aufzugeben. Investitionen in neue Gebäude, das Aufstocken der Viehbestände, die Verbesserung der Melktechnik und die Optimierung der Flächenausstattung waren so teuer, dass viele Bauern der Mut verließ. Sie gaben auf. Rolkes

Vater musste zwar aufgrund des Familienvermögens den Hof nicht schließen, er verpasste jedoch den Zeitpunkt, sich so an die neuen Anforderungen anzupassen, dass der Hof seine vorbildliche Landwirtschaft weiter betreiben konnte. Es dauerte nur ein paar Jahre und das gesamte Vermögen war aufgebraucht. Plötzlich waren Rolkes arm, sie hatten aber Schwierigkeiten, das zu akzeptieren, und lebten noch eine Zeitlang auf großem Fuß weiter, bis sie beginnen mussten, einzelne, meist gute Äcker zu verkaufen, um ihre Schulden zu bezahlen. Als Eduard den Betrieb übernahm, war er schon nicht mehr wirtschaftlich und eine heruntergewirtschaftete Klitsche.

Eduard Rolke musste den Hof in den ersten Jahren sogar im Nebenerwerb bewirtschaften, die Einnahmen aus den schlechten Getreideernten und der niedrigen Milchleistung seiner wenigen Kühe reichten nicht aus. Nun rächte sich seine nachlässig betriebene Ausbildung. Die meisten seiner Kollegen aus dem Dorf erkannten schnell, dass er ein schlechter Bauer war, und nicht wenige rechneten damit, dass er scheitern würde. Er war mit dem Hof überfordert und geriet in immer größere Schwierigkeiten. Seinen Entschluss, auch außerhalb des Hofes zu arbeiten, konnte er nur mit Mühe umsetzen. Er hatte große Schwierigkeiten, eine Arbeit zu finden, die sich mit den Anforderungen des Hofes verbinden ließ. Schließlich erbarmte sich ein weitläufig verwandter Viehhändler und schickte ihn als Aufhörer zu den Bauern der Gegend, um nach schlachtreifem Vieh zu fragen. Noch nicht alle Landwirte hatten schon ein Telefon und so waren viele dankbar, wenn der Viehhändler die Initiative übernahm.

Nur ein paar Wochen nach dem Ende von Eduards Lehre starb sein Vater bei einem Verkehrsunfall. Vor dem Haus verlief eine befahrene Straße und der alte Rolke wollte sie abends, nachdem er die Kühe gemolken hatte, überqueren, zum nahe liegenden Deich gehen und einen zählenden Blick auf seine dahinter grasenden Ochsen werfen, so wie er es jeden Abend nach dem Melken tat. Ein vorbeikommender Lastwagen unterbrach dieses Vorhaben unvermittelt und ohne Vorwarnung. Rolke war auf der Stelle tot.

Eduard Rolke empfand kein Mitleid mit seinem toten, mit verrenkten Gliedern auf dem Asphalt liegenden Vater. Der Schädel des alten Mannes war durch den Aufprall geplatzt, die Helfer der freiwilligen Feuerwehr kämpften stundenlang mit Brechreiz, bis sie die Überreste des Bauern von der Straße gekratzt hatten. Eduard stand stumm daneben, sah teilnahmslos zu, wie der Vater in einen Sarg gelegt wurde, und ging dann wortlos in die Küche des großen Bauernhauses.

„Ab heute habe ich das Sagen", herrschte er seine weinende Mutter an. Diese nickte nur schluchzend, für sie änderte sich nichts. War sie bisher von ihrem Mann drangsaliert worden, übernahm diese Rolle nun nahtlos ihr Sohn.

Die Gerüchte über die wahre Ursache des Todes seines Vaters erreichten Eduard Rolke lange nicht, er beteiligte sich ebenso wenig wie sein Vater am allgemeinen Klatsch in der Schmiede oder an der Tankstelle. Man erzählte, er sei am Tod seines Vaters mitschuldig, er habe an diesem Abend in der Toreinfahrt gestanden und regungslos mit angesehen, wie sein Vater auf der Straße zusammengebrochen war. Einige sprachen von einem Schlaganfall, andere meinten, er wäre unglücklich gestürzt und hätte sich das Bein gebrochen. Seine dunkle Kleidung habe sich kaum vom grauen, nassen Asphalt abgehoben, sodass er für den Lastwagenfahrer erst sehr spät zu sehen gewesen sei. Eduard Rolke hätte seelenruhig zugesehen, wie der Lastwagen immer näher gekommen sei und dann seinen Vater überrollt habe. Er hätte sich erst gerührt und so getan, als helfe er seinem Vater, als der schon tot war.

Rolke reagierte auf die Gerüchte ungewohnt. Er setzte nicht seine Fäuste ein, sondern verklagte jeden, der auch nur im Geringsten im Verdacht stand, sich an der Weiterverbreitung des Gerüchtes zu beteiligen. Es war der Beginn einer langjährigen Beziehung mit vielen Advokaten des Landkreises. Rolke fand soviel Gefallen an dieser Art der Auseinandersetzung, dass er von nun an seine gesamte Umgebung mit Klagen überzog. Er klagte, wenn ein Rind, das bei einem anderen Bauern ausgerissen war, bei ihm über den Acker lief, klagte, wenn ihm ein ebensolches Missgeschick geschah – er argumentierte dann, der Bulle auf der Nachbarweide hätte den Zaun zerstört. Als es einmal keinerlei Grund zu einer Klage gab, legte Rolke eine alte Drainageleitung auf den Rand seines Ackers, der an den des Nachbarn grenzte und behauptete, dieser habe die Drainagerohre hoch gepflügt. Rolke verlor diesen wie die meisten Prozesse. Wenn er aber bei dem einen oder anderen Fall eine kleine Entschädigung zugesprochen bekam, war das einer der seltenen Momente, in denen er richtig gute Laune hatte.

Kapitel 3

So sieht man sich wieder", grinste der Polizist, als er Allmers begrüßte.

Allmers sagte nichts. Der Polizist beugte sich zu dem Toten und wollte ihn auf die Seite drehen.

„Der ist schon tot", meinte Allmers bissig, „da hilft auch kein Drehen."

„Ich lache mal gelegentlich", erwiderte der Polizist wütend. „Machen Sie hier die Ermittlungsarbeit? Dazu haben Sie noch zu viele Promille im Blut. Was machen Sie überhaupt hier?"

Allmers zuckte mit den Schultern und schwieg. Der Polizist lief zurück zu seinem Auto und telefonierte.

Allmers sah auf den riesigen Hintern von Eduard Rolke, der zwischen den Kühen lag und in die Luft ragte. Über Eduard Rolkes Bauch spotteten seit langem die Schulkinder, er sah aus, als ob er einen kleinen Medizinball verschluckt hätte. Er lag darauf und streckte sein Hinterteil dadurch in einer fast obszönen Geste nach oben. Die Hosen des Toten waren mittlerweile voller Mist und völlig durchnässt, die Tiere hatten keine Rücksicht genommen und die Leiche voll gepinkelt.

Rolke erschien jemandem, der ihn nicht näher kannte, nicht unsympathisch. Besonders auf Frauen machte er mit seiner Größe und seinen eleganten Bewegungen manchmal großen Eindruck. Er war so eitel, dass er versuchte, seinen Haarausfall mit kunstvollem Kämmen des restlichen Haares zu kaschieren. Er ließ den Kranz von Haaren an der

Seite des Kopfes sehr lang wachsen und kämmte sie sorgfältig über die blanke Schädeldecke. Damit der Haardeckel nicht von jedem Windstoß durcheinander gewirbelt wurde, sprühte er ihn jeden Morgen ausgiebig mit Haarspray ein. Rolke hatte riesige Hände, sie wirkten sogar im Verhältnis zu seinem Körper groß. Da er darauf achtete, bei seiner Arbeit immer Handschuhe zu tragen, stachen seine gepflegten Fingernägel ins Auge, die man bei einem Bauern nicht erwartete. Rolke war leicht kurzsichtig und auch hier siegte die Eitelkeit. Er trug keine Brille. Erst als er im Alter weitsichtig wurde, legte er sich eine Lesebrille zu, deren halbe Gläser ihm einen intellektuellen Anstrich gaben, den er aber spätestens in Gesprächen verlor.

Als Allmers nachdenklich den toten Rolke betrachtete, ging ihm die Würdelosigkeit der Situation nahe, obwohl er wie alle Dorfbewohner nie mit Rolke warm geworden war.

Jeder Bauer des Dorfes konnte sich von einem Kollegen ohne Probleme eine Maschine ausleihen, wenn seine defekt war, oder ihn bitten, eine Arbeit für ihn zu erledigen. Allmers musste einmal am Heiligabend einen Nachbarn ersuchen, Silage aus dem großen Silohaufen zu schneiden und ihm in den Stall zu stellen, seine Rinder hätten sonst hungern müssen. Der Nachbar hatte keine Sekunde gezögert und die Bescherung um eine halbe Stunde verschoben. Rolke wurde nie um etwas gebeten. Ein Lehrling eines Nachbarhofs verirrte sich einmal nichts ahnend auf seinen Hof auf der Suche nach Hilfe, er hatte sich mit dem Schlepper im matschigen Untergrund festgefahren. Eduard Rolke ließ ihn kalt abblitzen und zu Fuß nach Hause laufen.

Um öffentliche Ämter bewarb sich Rolke gerne. Er war Vorsitzender des Entwässerungsverbandes gewesen, ließ sich zum Gemeindebrandmeister küren und schließlich in den Gemeinderat wählen. Er gehörte praktisch seit seiner Geburt dem bäuerlichen Dorfadel an, der aus den Bauern bestand, deren Familien teilweise seit Jahrhunderten ihre Höfe bewirtschafteten und die gerne auf die Emporkömmlinge aus den armen Moorgebieten herabsahen. Die wirtschaftliche Lage war nicht bei allen gut, viele ruhten sich auf dem Ruhm ihrer Vorfahren aus.

Allmers war Zeuge eines Gesprächs in der Dorfschmiede, er war erst 13 oder 14 Jahre alt, als sich Bauern mit dem Schmied über Rolke und den Unfall seines Vaters unterhielten.

„Es ist wie bei den Haifischen“, meinte der alte Schmied, „fällt ein Zahn aus, wächst sofort eine Neuer nach.“

Die zuhörenden Bauern stimmten ihm murmelnd zu. Ein Älterer, den Allmers nicht kannte, erntete schallendes Gelächter, als er meinte: „Der alte und der junge Rolke: Zwei Backen eines Arsches.“

Rolkes Urgroßvater war Ende des 19. Jahrhunderts neben dem Anbau von Weizen zum Brennen von Ziegeln übergegangen, wie viele Kehdinger Bauernhöfe, die vom Bauboom in Hamburg profitieren wollten. Der Neubau der Speicherstadt verlangte nach Baumaterial und Kehdingen konnte liefern. Der klebrige Marschboden, vermengt mit Kalk und Wasser, gebrannt mit hoher Temperatur zu Ziegeln in allen roten Farbvarianten, wurde auf kleinen Ewern über die Elbe tonnenweise nach Hamburg geschifft. Die Bauern, die die oberste, fruchtbare Schicht ihrer Äcker entweder verkauften oder selber Ziegeleien errichteten, wurden reicher und reicher und nannten sich schließlich Unternehmer oder Fabrikanten. Viele hatten allerdings nicht an die Zeit nach dem Bauboom gedacht und sich damit die Lebensgrundlage entzogen. Der fruchtbare Mutterboden errichtete, zu Ziegeln gebrannt, in Hamburg riesige Gebäude, aber der zurückbleibende Grund war so unfruchtbar geworden, dass darauf oftmals keine Landwirtschaft mehr möglich war. Viele Bauern waren gezwungen ihre Höfe zu schließen. Die abgeziegelten Flächen waren auch nach hundert Jahren nicht wieder so fruchtbar, wie die, die von der Gier der Bauern verschont geblieben waren.

Rolkes Vorfahren betrieben beides: eine Ziegelei und den Hof. Als der Hamburger Bauboom zu Ende ging und der Preis für die Ziegel fiel, verkauften sie rechtzeitig die Ziegelei, so dass sich der Schaden für den Boden in Grenzen hielt. Andere Bauern und Ziegeleibesitzer dagegen waren nicht so weitsichtig gewesen und hatten, als der Konkurs der Ziegeleien drohte, die eigenen Flächen so tief abgeziegelt, dass noch hundert Jahre später die Folgen zu spüren waren: tief gelegene Äcker, auf denen das Wasser nicht ablief, und schlechte Ernten.

Allmers hing seinen Gedanken nach, als er ein weiteres Auto in den Hof einbiegen sah. Er war froh, als sein Bruder aus dem Auto stieg. Der Staatsanwalt ächzte wie immer, wenn er sein Übergewicht aus einem Auto oder einem Sessel wuchten musste. Hans-Georg war das gewohnt, aber heute erschien ihm sein Bruder noch übergewichtiger als üblich. Er fragte sich, ob das kleine Auto, das er fuhr, nicht sicherheitshalber mit verstärkten Achsen ausgerüstet werden müsste. Zumindest auf der Fahrerseite.

„Du hast ihn gefunden?“, fragte Werner Allmers kurz und begrüßungslos.

Allmers nickte.

„Findest du jetzt alle zwei Jahre eine Leiche?“

Allmers antwortete immer noch nicht, sondern zuckte nur mit den Schultern.

Der Staatsanwalt besah sich den Toten nachlässig und wandte sich wieder an seinen Bruder:

„Ich glaube, du hast recht. Das war ein Kuhfuß. Armer

Kerl. Er war zwar ein eitles Arschloch, aber von seinen Kühen tot getreten zu werden, ist ein beschissener Tod." Dabei sah er auf die braunen, nassen Hosenbeine von Rolke und fing an zu kichern. „Beschissen. Genau der richtige Ausdruck."

„Ich glaube, du hast mich falsch verstanden", warf Hans-Georg Allmers ein. „Ich meine, dass das kein Unfall war. Ich bin der Meinung, dass da einer nachgeholfen hat."

„Aber du hast doch am Telefon gesagt, es wäre ein Kuhfuß gewesen."

Allmers versuchte, die Geduld nicht zu verlieren: „Ein ‚Kuhfuß' ist nicht notwendigerweise der Fuß einer Kuh."

Werner Allmers seufzte tief und man hörte förmlich seine Ungeduld, als er gedehnt fragte: „Ich hätte jetzt gerne die Auflösung deines Rätselspiels am frühen Morgen. Gibt's auch was zu gewinnen?"

„Ein ‚Kuhfuß' kann auch ein Stemmeisen sein. So nennt man das hier in der Gegend. Mich wundert, dass du das nicht mehr weißt. Und so eines hat rechts neben ihm im Stroh gelegen, als ich gekommen bin."

„Und? Wo ist der Kuhfuß jetzt?" Werner Allmers brachte das Wort kaum über die Lippen, er fühlte sich provoziert und auf den Arm genommen.

Das Verhältnis der beiden Brüder war in den letzten Jahren immer angespannter geworden. Sie waren ein ungleiches Brüderpaar: Der Staatsanwalt hielt seinen Bruder für faul und ehrgeizlos, umgekehrt nervten Hans-Georg Allmers der Ehrgeiz und die Spießigkeit seines Bruders so sehr, dass er ihm meist aus dem Weg ging.

„Weg", sagte Allmers trocken. „Als ich wieder gekommen bin, war das Stroh durchwühlt und der Kuhfuß war weg."

„Bist du sicher?", fragte Werner Allmers nach. „Wenn das so war, dann war es Mord."

„Ich kann nicht beschwören, dass es ein Kuhfuß war",

schränkte Allmers ein, „ich habe es ja nur aus den Augenwinkeln gesehen und kaum registriert. Es ist mir erst auf dem Heimweg eingefallen. Und als ich zurückkam, war es weg. Aber sicher bin ich, dass es ein langes Eisenteil war. Vielleicht auch eine schwere Stange."

„Ich habe der Spurensicherung schon Bescheid gegeben", meinte Werner Allmers stolz. „Wenn die Kripo kommt und die Spurensicherung ist schon da, ärgern die sich mächtig. Wir müssen deine Aussage aufnehmen. Ich glaube, sie kommen schon."

Die Männer der Spurensicherung kletterten aus ihrem Auto, zogen sich die weißen Einmal-Overalls an, gingen in den Stall und erstarrten. Man sah ihnen förmlich den Ekel an, zwischen Kuhscheiße und aus den Eutern tropfender Milch arbeiten zu müssen. Sie waren gewöhnt, Spuren an auf alle mögliche Arten umgekommenen Menschen zu sichern, konnten die blutigsten Körperteile mit dem Mikroskop absuchen und arbeiteten ohne Brechreiz an halb verwesten Leichen. Der beißende Geruch nach Ammoniak, der sich bis in die letzten Lungenbläschen ausbreitete, nahm ihnen aber den Atem. Angewidert und ängstlich kletterten sie über den toten Rolke, achteten darauf, dass ihnen die Kühe nicht zu nahe kamen und waren doch nach einer halben Stunde mit braunen Flecken übersät. Nachdem sie sich zurückgezogen hatten, fotografierten die Männer und Frauen der Kriminalpolizei den Toten noch einmal von allen Seiten und aus allen erdenklichen Positionen. Schließlich gaben sie die Leiche frei und Rolke wurde von vier Männern auf einer fahrbaren Bahre aus dem Stall geschoben, wobei die Bestatter einen engen Slalom um die Mistplacken auf dem Gang hinter den Kühen fahren mussten. Wie zum Abschied hoben zwei Kühe gleichzeitig den Schwanz und pinkelten hinter ihrem nun toten Bauern her.

„Kann ich jetzt die Kühe melken?", fragte Allmers seinen Bruder, nachdem seine Aussage aufgenommen worden war.

„Melken?", fragte der Staatsanwalt erstaunt zurück. „Ich dachte, du bist Kontrolleur?"

„Die Kühe müssen gemolken werden", erwiderte Allmers. „Rolke ist ja wohl verhindert. Den Viechern tun die Euter weh, wenn sie nicht gemolken werden, das kann ich nicht mit ansehen."

Der Staatsanwalt zuckte mit den Schultern: „Von mir aus, wir sind hier fertig. Das war der Sohn, glaube ich, die haben doch ewig Krach gehabt."

Hans-Georg Allmers schwieg, ging in die Melkkammer und stellte die Melkanlage an. Als er wieder in den Stall kam, war sein Bruder immer noch da.

„Du kennst doch Michael ganz gut, oder?"

Allmers nickte: „Rolke und sein Sohn sind wie zwei Backen eines Arsches."

Der Staatsanwalt lachte schallend: „Wo hast du das denn her?"

„Das habe ich als Kind in der Schmiede aufgeschnappt. Ein Bauer, ich weiß nicht mehr, wer es war, hat das über Eduard und seinen Vater gesagt. Das stimmte damals so wie es heute auf Rolke und Michael zutrifft."

„Ist er so wie sein Vater?"

„Fast noch schlimmer", entgegnete Allmers. „Rolke war zu allen niederträchtig, ohne Ausnahme. Aber Michael ist dazu noch der typische Radfahrer. Bei seinem Vater hat er feige gebuckelt und sich nichts getraut, aber alle anderen hat er drangsaliert."

„Was für eine sympathische Familie", bemerkte der Staatsanwalt trocken.

„Ich kenne Michael persönlich nicht besonders gut", sagte Allmers. „Er ist fast zehn Jahre jünger als ich. Er hat manchmal gemolken, wenn Eduard auf dem Feld war.

Außerdem er ist vor kurzem ausgezogen."

„Eben", meinte sein Bruder, „im Streit. Und nun ist er heimlich zurückgekommen und hat seinem Alten eins über die Rübe gezogen."

„Man kann es sicher nicht ausschließen", meinte Allmers und setzte das einzige Melkzeug, das für die zwölf Kühe zur Verfügung stand, an die erste Kuh an. „Aber warum sollte er das tun?"

„Motive gibt's genug. Hatte er Geschwister?"

„Hat", verbesserte Allmers, „er hat Geschwister. Eine Schwester, die ist hier im Dorf mit dem Sohn von Baumann verheiratet."

„Baumann? Der Heizölhändler?" Allmers nickte. Die Kuh war leer und er nahm das Melkzeug ab: „Und er hatte früher einen sehr viel älteren Bruder. Aber der ist schon lange tot", meinte er und hängte das Melkzeug an den Haken.

„Musst du nicht die Röhrchen leeren?", fragte sein Bruder plötzlich, als er ihm bei der Arbeit zusah.

„Meinst du, ich mache jetzt noch eine korrekte Milchleistungsprüfung, wenn die Kühe sowieso alle verkauft werden? Wen soll das noch interessieren?"

Der Staatsanwalt nickte. Er fühlte sich nicht wohl in einem Stall. Schon als Kind mochte er den Geruch nicht und die großen Tiere, deren einziger Lebenszweck aus Fressen, Saufen und Milchgeben bestand, waren nie seine Welt gewesen.

„Wer sagt es ihr?" fragte Allmers.

„Die Polizei."

Als er sich zum Gehen wenden wollte, rief Allmers hinter ihm her: „War es Mord?"

„Ob es Mord war, muss das Gericht klären", belehrte er seinen Bruder. „Auf alle Fälle waren es nicht die Kühe. Der Schädel ist mit etwas zertrümmert worden, was höchstens vier Zentimeter breit und wahrscheinlich aus Eisen war. Das Loch ist ziemlich klein. Aber tief."

Kapitel 4

Milchkontrolleur war Allmers, seit er aus der Realschule entlassen worden war. Eigentlich hatte er den Hof seiner Eltern übernehmen wollen. Ihm war es, seit er denken konnte, klar gewesen, dass er einmal der Hofnachfolger werden würde. Sein Bruder hatte nie Interesse an der Landwirtschaft gezeigt, obwohl er als älterer Sohn traditionell das Privileg gehabt hätte, die Landwirtschaft fortzuführen.

Ein kurzes Gespräch mit seinem Vater über die finanzielle Situation des Hofes im Speziellen und die Landwirtschaft im Allgemeinen ließ ihn schnell von diesem Wunsch abrücken. Nur ein paar Tage nach Hans-Georgs Schulentlassungsfeier wurde ein Milchkontrolleur von einem halbwüchsigen Bullen an die Wand gedrückt, als er ihm eine verlorene Ohrmarke einziehen wollte. Der Mann war auf der Stelle tot und Allmers hatte einen Beruf. Die Ausbildung war nach einem dreiwöchigen Kurs beendet. Die Aufstiegschancen hielten sich in Grenzen. Zuerst lautete die Berufsbezeichnung „Probenehmer", nach ein paar Jahren wurde er zum Kontrollassistenten befördert, was ihn sehr verwunderte. Er hatte die gleichen Aufgaben, die gleiche Arbeitszeit und das gleiche Gehalt.

Als sein Vorgesetzter in den Ruhestand ging, übernahm er die Leitung des Milchkontrollvereins und stieg zum Oberkontrollassistenten auf. Damit war das Ende seiner Aufstiegsmöglichkeiten erreicht. Er verdiente jetzt mehr Geld, hatte aber auch mehr Arbeit. Die Milchproben untersuchte er selbst im Labor der Molkerei, bestimmte den Fettgehalt, die fettfreie Trockenmasse und den Gehalt an Eiweiß. Als später die Messungen immer aufwendiger wurden – es mussten Zellzahlen, Gefrierpunkte, Laktose- und Harnstoffwerte ermittelt werden –, übernahm ein großes Labor des Landeskontrollverbandes die Messungen, die nun in ungeahnter Geschwindigkeit zentral und automatisch durchgeführt wurden. Allmers war begeistert. Die Arbeit im Labor hatte er nie gerne gemacht, außerdem sahen viele Bauern, wenn sie mit den Ergebnissen unzufrieden waren, in ihm den Schuldigen an ihren schlechten Resultaten.

Fast alle Bauern des Dorfes, die Milchkühe hielten, waren dem Milchkontrollverein angeschlossen. Eine der wenigen Ausnahmen war Fritz von Börner. Er war zu geizig. Obwohl er über 50 Kühe molk und fast 200 Tiere in den Ställen stehen hatte, leistete er sich nicht einmal für seinen Melkstand eine Euterdusche, ein nützliches Utensil, das half, die Zitzen der Tiere zu säubern und sie in hygienisch einwandfreiem Zustand zu melken. Zu teuer, befand er, und selbst sein Sohn, der nach einer Lehre bei ihm in den Betrieb einstieg und der etwas frischen Wind hineinbringen wollte, scheiterte an der Sparsamkeit seines Vaters. Man sagte Fritz von Börner nach, dass er Stacheldraht in den Taschen habe und nur über Bullenpreise und Milchquoten reden könne. Tatsächlich fand sich auch Allmers, als er ihn einmal für die Milchkontrolle werben wollte, nach fünf Minuten in ein Gespräch über den Niedergang der Bullenpreise verwickelt.

*

Es gab Marmorkuchen. Allmers hatte schon bei der Einfahrt auf Köhlers Hof geahnt, dass die Milchkontrolle anders werden würde als sonst. Friedel stand wartend in der

Stalltür, die Kühe waren schon auf ihren Plätzen, und Hella war nicht zu sehen. Normalerweise war es hier immer umgekehrt: Friedel war noch auf den Weiden hinter dem Haus, wo man ihn als kleinen Strich zwischen den weit verstreut grasenden Kühen erkennen konnte, Hella dagegen stand erwartungsvoll in der Tür, die direkt vom Hof in ihre kleine Küche führte. Sie freute sich immer auf Allmers' Besuche, verwöhnte ihn mit überraschenden Kuchenkreationen, viel frisch aufgebrühtem Kaffee und dem neuesten Klatsch aus dem Dorf.

Als Allmers sein Rad an die Stallwand lehnte, trat Friedel zögernd aus der Stalltür:

„In der Küche gibt's noch Kuchen", sagte er müde, „wenn du willst, trinken wir noch einen Kaffee zusammen."

Allmers nickte. Hella erwartete ihn schon und servierte missmutig staubigen Marmorkuchen. Allmers saß verdutzt zwischen den beiden am Küchentisch und konnte sich keinen Reim auf die Situation machen. Irgendetwas stimmte nicht. Ihre heile Welt schien einen Riss bekommen zu haben. Marmorkuchen zu backen, tat sich Hella nur an, wenn es schlimm um ihr Seelenheil stand. Sie mochte keinen und außerdem empfand sie es als Zumutung, etwas zu backen, was jeder Grundschüler mit Hilfe von Fertigbackmischungen aus dem Supermarkt fertig bringen konnte. Hella sagte kein Wort, Friedel schwieg ebenso bedeutungsvoll. Das gemeinsame Schweigen nahm Allmers jeden Mut, irgendetwas zu fragen. Er hatte erwartet, mit Hella über den Mord zu sprechen und hätte sich nicht gewundert, wenn sie ihm einen Tipp gegeben hätte, wer Eduard Rolke ermordet hatte.

Aber Hella wie Friedel schwiegen beharrlich. Schließlich stand Hella auf und verließ wortlos die Küche.

„Wir fangen an", bestimmte Friedel in die Stille. Allmers folgte ihm in den Stall.

Friedel war wie umgewandelt. Hatte er früher seinen Kühen die Melkzeuge von den Eutern gerissen, sobald sie den letzten Tropfen Milch gegeben hatten, und war im Laufschritt zu Allmers geeilt, der ihm die Proberöhrchen mit der Milch nur noch abnehmen musste, blieb er heute gedankenverloren neben den Kühen sitzen und zog an den Melkzeugen, auch wenn die Kühe schon ungeduldig mit den Füßen stampften, weil sie diese Art gemolken zu werden nicht kannten. Allmers musste jedes Mal durch den Mistgang zu den Kühen gehen und Friedel die Proberöhrchen abnehmen. Der Bauer murmelte dazu leise die Namen der Kühe und Allmers war froh, als er endlich die Sachen packen und ins Freie treten konnte. Die Luft war in den alten Anbindeställen nie gut gewesen. Früher glaubte man, dass Kühe die gleichen Temperaturen wie Menschen benötigten und sperrte die frische Luft aus, aber diese ammoniakgeschwängerte Atmosphäre wäre Allmers lieber gewesen als die stickige Stimmung, die heute im Köhlerschen Stall geherrscht hatte.

Hella war nicht zu sehen.

Als er auf die Straße einbog, sah er Hella in ihrem kleinen Gemüsegarten. Sie bewegte sich darin so sicher wie überall auf ihrem Hof, ihre fast vollständige Blindheit schien sie in ihrem Bewegungsradius nicht zu stören. Allmers fuhr an ihr vorbei, und sie hob grüßend die Hand. Er reagierte nicht, sie hätte es sowieso nicht gesehen.

Hella Köhler hatte immer, wenn Allmers zur Milchkontrolle kam, Kuchenvorräte in ihren Küchenschränken, die sie vergnügt gemeinsam mit Allmers so reduzierte, dass eine nächste Kuchenproduktion unvermeidlich wurde. Selbst wenn Allmers pünktlich zur Kontrolle kam – meist kam er aber aus kulinarischen Gründen eine halbe Stunde früher – blieb immer noch Zeit, mit Hella die neuesten Nachrichten des Dorfes auszutauschen und die Resultate ihrer Backkünste zu genießen.

Hellas Ruhm als beste Bäckerin weit und breit war bis in die Kreisstadt gedrungen, wo sie vor ein paar Monaten von den Konditorlehrlingen der Berufsschule gebeten worden war, ein wenig von ihrem Können weiter zu geben. Anfangs hatte sie sich geziert. Hella Köhler backte nicht nach Rezept und wog auch keine Zutaten ab. Dem Außenstehenden schien es wie Zauberei, wie sie mit den Mengen Zucker, dem Mehl, den Rosinen und den Eiern hantierte. Allmers verriet sie einmal, dass sie sich nach „Eischwer" richtete, so hatte sie es von ihrer Mutter gelernt, die sich vor fünfzig Jahren in ihrer ärmlichen Moorkate keine Waage hatte leisten können. Fünf „Eischwer" Mehl und zwei „Eischwer" Zucker zum Beispiel. So blieb das Verhältnis der Zutaten immer gleich und jeder Kuchen gelang.

Allmers hatte sie schließlich überredet, die Einladung anzunehmen, und sie sogar mit seinem Auto zur Berufsschule gebracht. Hella war fast blind, sie war schwer zuckerkrank und hatte mit ihrer Naschsucht in den letzten Jahren die Krankheit und ihre Auswirkungen immer stärker werden lassen.

Wer so gerne Kuchen esse, hatte sie auf Vorhaltungen ihres Hausarztes gemeint, müsse auch die kleinen Nebenwirkungen in Kauf nehmen. Ihr werde zumindest kein Raucherbein abgenommen.

Sie kam mit ihrer Blindheit in ihrem Haus sehr gut zurecht, sie stieß nie an Ecken oder Möbel und beim Backen schien sie mit den Händen zu sehen.

Hella Köhler konnte die vor Bewunderung offenen Münder der Konditoren nicht erkennen, die die Routine und die Perfektion dieser alten Bäuerin staunend zur Kenntnis nahmen. Schließlich fasste sich einer ein Herz und forderte sie zum Wettbacken mit einem der Ausbilder auf. Es dauerte eine Weile, bis sich einer der ausbildenden Konditorenmeister bereit erklärte, gegen Hella Köhler anzutreten. Mit gutem Grund. Er ahnte wohl, dass er keine Chance hatte. Hella meisterte die gestellte Aufgabe so souverän, dass der Unterlegene wütend die Ausbildungsküche verließ. Die Lehrlinge hatten sich eine eigene Kreation ausgedacht und Hella und ihrem Gegner als besonderes Handicap nur die Zutaten genannt, ohne die Mengen anzugeben. Nach zwei Stunden stand vor Hella eine Torte, die wirklich ihren Namen verdient hatte, die des Ausbilders war nicht einer Erwähnung wert. Er hatte sich so in den Mengen vertan, dass niemand in der Jury von einer Torte sprechen wollte.

Hella Köhler wurde nie wieder in das Berufsschulzentrum eingeladen.

Am nächsten Morgen war Hella nicht in der Küche und auf Allmers' Nachfrage meinte ihr Mann nur einsilbig: „Sie ist im Bett geblieben, ihr geht's nicht gut."

Kapitel 5

Hans-Georg", rief Werner Allmers durch die Tür des alten Bauernhauses, in dem er seine Kindheit und Jugend verbracht hatte und das jetzt von seinem Bruder allein bewohnt wurde. „Bist du da? Steh auf, die Mittagspause ist vorbei."

Zu Allmers' Angewohnheiten gehörte, dass er sich jeden Tag einen ausgiebigen Mittagsschlaf gönnte. Schlafen gehörte zu seinen Lieblingsbeschäftigungen und seit er allein in seinem Haus wohnte, musste er auf niemanden mehr Rücksicht nehmen. Früher, als seine Mutter noch lebte, litt er immer unter ihren missbilligenden Blicken, wenn er sich nach dem Essen in sein Zimmer zurückzog. Sein Bruder hatte für die Angewohnheit nur Verachtung übrig. Er war ehrgeizig und warf Allmers vor, die Zeit sinnlos mit Schlafen zu vertun, während er für die Schule oder das Studium lernte. Allmers war meistens so müde, dass er nichts mehr erwidern wollte. Manchmal fragte er sich, ob es krankhaft sei. Er hatte vor Jahren in einer Zeitschrift gelesen, dass es Patienten gebe, die unvermittelt einschlafen: in der Schule, bei der Arbeit, selbst beim Autofahren. Als er den Artikel gelesen hatte, fühlte er sich verstanden. Wenn sein Bruder ihn besuchte, so vermutete Allmers, tat er es immer zur Mittagszeit, um sich den Triumph zu gönnen, Hans-Werner aus dem Bett oder im Sommer aus der im Garten aufgehängten Hängematte geholt zu haben.

Heute nicht, dachte Allmers und kletterte aus dem Fenster.

„Wo kommst du denn her?“ Werner Allmers war verblüfft, als sein Bruder hinter ihm in die Küche kam. „Ich dachte, du machst deinen Mittagsschlaf.“

„Dazu habe ich schon lange keine Zeit mehr“, erwiderte Allmers ungerührt. „Zuviel zu tun.“

Sein Bruder glaubte ihm nicht und lachte ihn aus: „Du und zuviel zu tun. Ein guter Witz, wirklich.“

Allmers wunderte sich nicht, dass seine gute Stimmung kippte. Der Staatsanwalt sah auf Allmers' Arbeit als Milchkontrolleur herab. Für ihn war das ein Job für Frührentner oder Hausfrauen, die sich nebenher etwas dazu verdienen wollten, aber nicht für den Bruder eines ehrgeizigen Staatsanwaltes, der noch viel vor hatte in seinem beruflichen Leben.

„Gibt's was Bestimmtes?“ Allmers versuchte, das Thema zu wechseln. „Oder wolltest du mich nur wecken?“

„Nun sei doch nicht gleich eingeschnappt. Du musst nicht gleich so scharf reagieren. Ich wollte dich etwas fragen.“

Allmers nickte: „Nur zu.“

„Wie gut kanntest du Rolke?“

„Ist das ein Verhör?“

„Quatsch, ich brauche ein paar Hintergrundinformationen.“

„Rolke war ein Arschloch.“

Der Staatsanwalt unterbrach seinen Bruder: „Das ist ja etwas ganz Neues. Diese Information haben mir ungefähr zehn Nachbarn gegeben. Alle mit denselben Worten. Anfangs dachte ich, sie hätten sich abgesprochen. Außerdem wusste ich das schon. Ich kenne ihn schließlich auch seit meiner Kindheit.“

„Er war nicht nur unverschämt gegenüber Außenstehenden, auch innerhalb der Familie muss er unerträglich gewesen sein. Seine Kinder mussten morgens zur gleichen

Zeit aufstehen wie er. Selbst in den Ferien. Sie hatten sich ordentlich nebeneinander aufzustellen, der Älteste zuerst und wenn er aus dem Bad kam, mussten sie im Chor ‚Guten Morgen, Papa' sagen und ihm die Hand geben."

Der Staatsanwalt schüttelte den Kopf: „Selbst wenn es so gewesen wäre, was ich übrigens nicht glaube, kann man ihm das nicht vorwerfen. Disziplin ist doch kein schlechtes Erziehungsprinzip."

Allmers glaubte seinen Ohren nicht zu trauen.

Er holte tief Luft und fuhr fort: „Seit ein paar Jahren ist Rolke geschieden. Seine Frau stammt von einem großen Betrieb, irgendwo aus der Heide. Uelzen oder Amelinghausen oder so etwa. Als sie vor ein paar Jahren ihre alten Eltern besuchen wollte, hat Rolke sie zur Bahn gebracht, hat ihr die Koffer in den Zug gehoben. Als das Signal zur Abfahrt kam, sagte er zu ihr: ‚Du brauchst gar nicht mehr zurückzukommen.' Er drehte sich um und ging. Zu Hause ließ er alle Schlösser auswechseln und hat sie nicht mehr hereingelassen. Er hatte ohne ihr Wissen die Scheidung eingereicht."

Der Staatsanwalt war beeindruckt: „Ein Mann, ein Wort. Das unterstreicht die Einschätzung der Nachbarn. Sie scheinen tatsächlich recht zu haben. Aber das macht die Sache für uns nicht leichter. Je mehr Feinde jemand hat, umso mehr Tatverdächtige gibt es. Am besten ist es immer, wenn sich zwei nicht leiden können und der eine den anderen umlegt. Das ist ein feiner kleiner Mord, vielleicht ist es manchmal auch ein Totschlag, man hat einen oder vielleicht zwei Verdächtige und schwups hat man den Täter überführt. Was weißt du über die Nachbarn?"

Allmers ahnte, worauf sein Bruder hinauswollte: „Eines muss klar sein: Ich spiele nicht wieder den Detektiv."

Werner Allmers wiegelte ab: „Ich frage dich nur ein paar Kleinigkeiten. Deine Detektivarbeit war sowieso nicht sonderlich erfolgreich gewesen."

Wenn du wüsstest, dachte Allmers, nickte aber: „Na gut, was willst du wissen?"

„Ich habe ein paar Leute schon befragt, aber niemand hat etwas gesehen oder gehört."

„Das glaube ich, die meisten sind zu der Zeit selbst im Stall. Wenn die Melkmaschine läuft, hörst du nicht, wenn draußen oder auf dem Nachbarhof irgendetwas los ist."

„Ich habe schon mit Friedel und Hella Köhler gesprochen. Hella ist ja fast blind und Friedel, na ja. Die Aussage war unheimlich hektisch, aber das kennen wir ja von ihm. Im Grunde war die Aussage der beiden nicht verwertbar. Dann ist da noch ein anderer Nachbar", der Staatsanwalt ließ nicht locker. „Damann. Kennst du den?"

Allmers nickte: „Klar kenne ich den. Der liegt in meinem Bezirk, und ich mache dort auch Milchkontrolle. Aber Damann hat mit Rolkes Tod sicher nichts zu tun. Sie sind sich aus dem Weg gegangen, nachdem Damann Rolke irgendwann einmal klar gemacht hat, dass er sich seine Unverschämtheiten nicht bieten lässt. Er hat den Spieß umgedreht und hat Rolke verklagt. Ich weiß nicht mehr weshalb, jedenfalls hat Rolke verloren und seitdem hatte Damann seine Ruhe."

Der Staatsanwalt sah auf die Uhr: „Ich muss los, im Büro wartet noch viel Arbeit auf mich."

„Einen Moment noch." Allmers überlegte: „Mir ist noch etwas eingefallen. Du suchst doch Zeugen?"

Der Staatsanwalt nickte.

„Ich habe einen Jogger getroffen, als ich zu Rolke zurückgefahren bin."

„Das sagst du erst jetzt?" Werner Allmers war empört. „Wir rennen uns die Hacken ab, und du präsentierst jetzt einen Zeugen? Warum hast du das nicht sofort erzählt?" Der Staatsanwalt war wütend.

„Mir ist das wirklich erst jetzt wieder eingefallen", verteidigte sich Allmers. „Finde du mal eine Leiche, da dreht sich alles im Kopf."

Allmers rekonstruierte noch einmal seine Fahrt zu Rolkes Hof, erzählte, wo er fast mit dem Jogger zusammengestoßen wäre, und versuchte sich zu erinnern, ob er noch andere Personen auf dem Weg gesehen hatte.

„Der Jogger war der einzige", stellte er schließlich fest. „Sonst war niemand auf der Straße."

Werner Allmers stand auf und wandte sich zum Gehen: „Wenn dir noch etwas Wichtiges einfällt, sag mir Bescheid. Du kannst ja mal ins Gericht kommen." Grinsend fügte er hinzu: „Wenn es deine Zeit erlaubt."

Hans-Georg beschloss zu kontern und den wunden Punkt seines Bruders zu treffen.

„Wann steht eigentlich die Beförderung zum Oberstaatsanwalt an? Du rechnest doch jeden Tag damit?" Es ärgerte ihn, dass ihm der Satz nicht annähernd so kühl und überlegen gelungen war, wie er es sich vorgenommen hatte.

Der Staatsanwalt drehte sich in der Tür noch einmal um: „Ach weißt du", sagte er scheinbar gelassen, „ich bin lieber der Beste als der Erste."

Kapitel 6

Hans-Georg Allmers war im letzten Frühjahr Zeuge einer Auseinandersetzung zwischen Rolke und seinem Sohn geworden, an die er sich manchmal schaudernd erinnerte.

Allmers war zur morgendlichen Milchkontrolle in Rolkes Stall, es herrschte wie meistens ein düsteres Schweigen, das die Luft zum Schneiden dick werden ließ. Michael Rolke kam gegen sieben Uhr in den Stall und wurde, bevor er ein Wort sagen konnte, von seinem Vater angeherrscht:

„Was ist?"

„Witt bringt nachher die Kühe."

"Welche Kühe?"

„Die ich gekauft habe, die Alten, zum Ausmästen auf der Weide."

Rolke schwieg. Er setzte das Melkzeug an die nächste Kuh an, setzte sich auf den Melkschemel und schwieg weiter.

Nicht tragend gewordene, ausgemolkene Altkühe wurden oft von Bauern zu Beginn der Weidesaison günstig gekauft, auf den großen Außendeichswiesen im Sommer gemästet, um im Herbst mit Gewinn zum Schlachten verkauft zu werden.

Der Viehhändler kam früher als erwartet. Michael Rolke war kaum aus dem Stall verschwunden, als der große Lastwagen auf den Hof fuhr. Eduard ließ das Melkzeug los, sprang von seinem Melkschemel auf, rannte aus dem Stall und sah mit misstrauischem Blick zu, wie sein Sohn den Händler mit weit ausladenden Bewegungen in eine Ecke des Hofes dirigierte. Rolkes Hof war eine bauliche Besonderheit in der Gegend. Niemand sonst hatte einen Hofplatz, der von drei Seiten mit Gebäuden begrenzt war. Nur eine kleine Lücke an der Schmalseite des Hofes wurde durch eine Mauer geschlossen. Die anderen Höfe waren alle so angelegt, dass die Gebäude mit den Giebelseiten in die Hauptwindrichtung zeigten und die Hofplätze offen waren. Bei Rolkes konnte man Tiere ohne Probleme über den ganzen Hof treiben, der Ausgang aus dem dreiseitig begrenzten Hof war einfach zu sichern.

„Was willst du?“, fragte Rolke seinen Sohn misstrauisch. Allmers, der das Schauspiel beobachtete, hatte den Eindruck, dass er erst abgewartet hatte, bis der Viehhändler ausgestiegen war. Eine Demütigung ohne Zeugen wäre für ihn nur halb so befriedigend gewesen.

„Abladen“, stotterte Michael Rolke, der trotz der morgendlichen Kühle keine Mütze trug. Er rasierte sich seit einiger Zeit alle Haare vom Kopf und sah, fand Allmers, Furcht erregend aus.

„Was sollen die kosten?“, fragte Eduard Rolke den Viehhändler, der mit den Frachtpapieren vor ihm stand.

„Das habe ich schon mit deinem Sohn abgemacht“, erwiderte der ungeduldig.

„Was du mit ihm abgemacht hast, interessiert mich einen Scheißdreck. Was sollen sie kosten?“

Der Viehhändler ahnte, dass die Auseinandersetzung unerfreulich enden würde und versuchte Standhaftigkeit zu zeigen: „Wir haben den Preis vor einer Woche abgemacht und dabei bleibt es.“

„Ich lass mich von euch doch nicht verarschen“, schrie Rolke plötzlich los, „ihr denkt wohl, ihr könnt machen was ihr wollt?“

Michael Rolke wurde rot und versuchte zu erklären: „Ich habe lange mit ihm verhandelt, der Preis ist okay, das kannst du mir glauben."

„Glauben?", schrie Rolke, „du willst, dass ich dir glaube? Du bist wirklich noch naiver, als ich gedacht habe. Aus dir wird nie etwas, du bist noch dämlicher als deine Mutter."

Allmers schluckte. Rolke war bekannt für seine vulgären Wutausbrüche, aber das hatte Allmers nicht erwartet.

„1,90 Euro das Kilo, lebend." Der Viehhändler blätterte gereizt in seinen Papieren und nannte widerwillig den Preis.

Rolke schnappte nach Luft. „Einsneunzig? Für die Klappergestelle? Seid ihr völlig übergeschnappt?" Er drehte sich suchend nach Michael um, der sich am Lastwagen zu schaffen machte. „Komm sofort hierher", schrie er seinen Sohn an. „Und lass die Krüppel auf dem Wagen. Die nimmst du wieder mit", wandte er sich mit hochrotem Kopf an den Viehhändler, der als Antwort nur stumm mit dem Kopf schüttelte. „Die werden nicht abgeladen. Viel zu teuer. Als ob ich einen Esel im Keller hätte, der Geld scheißt."

Allmers bewunderte den Viehhändler, der völlig ruhig blieb.

„Gekauft ist gekauft, du warst doch selbst mal Aufhörer, du solltest das wissen", erwiderte er ungerührt und reichte Rolke die Papiere.

„So, meinst du." Rolke wurde ganz leise: „Meinst du, du kommst mit deinem Schwachsinn hier weiter? Gekauft ist gekauft", höhnte er, nahm scheinbar dankbar die Papiere entgegen und zerriss sie in lauter kleine Teile. „Und nun mach, dass du vom Acker kommst, du aufgeblasener Zwerg, sonst helfe ich nach."

Kapitel 7

Zoff zwischen Polizei und Justiz: Staatsanwalt Allmers in der Kritik

Stade (tb). Zwischen der Polizei und der Staatsanwaltschaft in Stade soll es richtig Zoff geben. Allerdings halten sich die Offiziellen mit ihren Statements zurück. Polizisten – so erfuhr unsere Zeitung aus Insiderkreisen – sollen sich heftig beschwert haben, weil die Staatsanwaltschaft sich ständig in die Ermittlungsarbeit einmische.

Der Pressesprecher der Polizei in Stade widersprach Darstellungen, nachdem es zu einem heftigen verbalen Schlagabtausch zwischen dem Chef der örtlichen Polizeibehörde und Vertretern der Staatsanwaltschaft gekommen sein soll. Allerdings bestätigte Friedrich-Wilhelm Ostendiek „gewisse Meinungsverschiedenheiten und Gespräche" zwischen einzelnen leitenden Kommissaren und Staatsanwalt Werner Allmers über „Zuständigkeiten und Kompetenzen".

Wie aus Polizeikreisen verlautet, haben sich mehrere Kommissare, darunter auch der, der den aktuellen Mord an Eduard Rolke aufklären soll, bei dem Chef der örtlichen Polizei massiv über Eigenmächtigkeiten des Staatsanwaltes beschwert, der ihnen „immer wieder in die Arbeit pfuscht". Darüber soll wiederum Staatsanwalt Allmers derart erbost gewesen sein, dass er der Polizei Unfähigkeit und nutzloses Kompetenzgerangel vorgeworfen haben soll.

Über die manchmal bei den Ermittlern umstrittene Arbeit des

Staatsanwaltes bei der Aufklärung von Straftaten haben wir schon mehrmals berichtet. Staatsanwaltschaft und Polizei waren gestern Abend für eine Stellungnahme nicht zu erreichen. Wir berichten weiter.

Lesen Sie unseren Kommentar im Anschluss an diese Meldung.

Nachholbedarf

Ein Kommentar von unserem Chefredakteur Carl-Ullrich Köpcke

Nun hat sich der Konflikt zwischen dem forschen Staatsanwalt und der Kripo zugespitzt. Selbst geduldige Polizisten scheinen mittlerweile genervt von dem Selbstbewusstsein zu sein, mit dem sich Staatsanwalt Allmers in die Arbeit ihrer Behörde einmischt. Dass er das tut, ist unbestritten, auch, dass er dabei seinen Zuständigkeitsbereich manchmal sehr weit fasst. Andererseits: Die Sicherheit unserer Bürger hat für ihn oberste Priorität. Dass er mit viel Energie und Ehrgeiz die Schurken schnell hinter Gitter bringen will, kann man ihm kaum vorwerfen. Zum Führen einer Behörde, und dazu fühlt er sich wohl berufen, wenn der leitende Oberstaatsanwalt in ein paar Jahren in den Ruhestand geht, gehört allerdings etwas mehr Feingefühl im Umgang mit den eigenen Mitarbeitern und den Behörden, auf deren Zusammenarbeit auch ein noch so ehrgeiziger Staatsanwalt immer angewiesen ist. Hier ist noch Nachholbedarf, den die örtliche Polizei aber auch nicht konterkarieren darf, indem sie versucht, ihn öffentlich bloß zu stellen. Ob das nämlich der Sicherheit dient, ist zu bezweifeln.

Hans-Georg Allmers legte die Zeitung beiseite und amüsierte sich über den nichtssagenden Kommentar. Der Chefredakteur war dafür bekannt, dass er wortreiche

Beiträge in die Zeitung setzte, aber jede wirkliche Parteinahme vermied. Was er mit diesen Zeilen auf den Punkt bringen wollte, wie es die Aufgabe eines pointierten Kommentars war, blieb Allmers schleierhaft. Er nahm sich eine zweite Scheibe Brot, schenkte sich Kaffee nach und überlegte, wie sein Bruder auf diesen Artikel reagieren werde. Werner Allmers war sehr empfindlich, Kritik an seiner Arbeitsweise wies er immer zurück und er galt in seiner Behörde als absolut beratungsresistent. Er war ehrgeizig und oft rücksichtslos, Eigenschaften, die Hans-Georg fremd waren. Schon in seiner Kindheit litt er unter der immer wieder hervorgehobenen und von seiner Mutter betonten Überlegenheit seines großen Bruders. Er hatte es in ihren Augen im Gegensatz zu Hans-Georg zu etwas gebracht, und dass er sich mit der Aufklärung von Straftaten beschäftigte, hatte sie mit Stolz erfüllt.

Sie hatte oft Hans-Georgs Faulheit kritisiert, sein offensichtliches Bestreben, mit dem kleinstmöglichen Aufwand ein angenehmes Leben zu führen. Als sie noch lebte, warf sie ihm dauernd vor, eigentlich nicht genug zu arbeiten, phlegmatisch auf der faulen Haut zu liegen und sich auf ihre Kosten ein schönes Leben zu machen.

Dass er phlegmatisch war, bestritt er nicht. Schon als Säugling brachte er mit dieser Charaktereigenschaft seine Eltern zur Verzweiflung. Er war ein stilles Kind, lag dick wie eine gut genährte Made in seiner Wiege und schlief die meiste Zeit zufrieden. Als er einige Monate alt war, fiel seinen Eltern auf, dass er auf keine Geräusche reagierte. Ein Besuch beim Hausarzt führte zu der Diagnose, dass das Kind wohl taub sei oder nur sehr schlecht hören würde. Selbst als der Arzt hinter dem Rücken des Kleinkindes eine Münze scheppernd auf den Boden warf, reagierte Hans-Georg nicht und verzog keine Miene. Seine Eltern waren nicht nur über die Behinderung ihres Kindes verzweifelt, sie wussten sofort, dass damit viel mehr Arbeit auf sie zukommen würde, als sie sich zutrauten.

Erst der Besuch bei einem Spezialisten ließ die Eltern aufatmen. Hans-Georg war nicht taub oder schwerhörig, er war phlegmatisch, stur und reagierte nur, wenn er wollte.

Um die dauernde Kritik seiner Mutter zu widerlegen, wollte sich Allmers als Erwachsener Bienen anschaffen, aber er konnte sich nie aufraffen, einen Imkerei-Kursus zu besuchen. So hatte er diesen Entschluss, wie viele andere, nicht umgesetzt.

Die einzige Leidenschaft, die aber seiner Mutter auch nicht recht war, war seine Lesesucht. Er las alles, was ihm zwischen die Finger kam. Nur in der Schulzeit hatte er noch unterschieden zwischen den uninteressanten Schulbüchern, die er nur ansah, wenn es sich nicht vermeiden ließ und den interessanten, zu denen alles zählte, was ihn, lesend auf dem Bett, in eine andere Welt zu holen schien. Als Erwachsener war er eine Zeitlang der beste Kunde des örtlichen Buchladens, der sich aber durch seine geringe Auswahl von Literatur auszeichnete und sein Geld hauptsächlich mit dem Verkauf von Schulbüchern und Büromaterial verdiente. Nach der Einführung des Internet beschaffte er sich alles, was er lesen wollte, über Online-Buchhandlungen. Auf seinem Nachttisch stapelten sich manchmal so viele Bücher, dass kein Platz mehr für seine Brille war.

Es verging kaum ein Tag, an dem er nicht mindestens einmal in ein Buch sah.

Kapitel 8

Seine Ruhe nach der Tat fand der Mörder selbst verblüffend. In seinem normalen Leben, dem Leben, in dem man ihn als liebevollen, etwas spießigen Ehemann kannte, der gerne mit Freunden beim Grillen im Garten saß, gehörte Kaltblütigkeit nicht zu seinen herausragenden Eigenschaften. Aber jetzt, wo er ein, wie er fand, sehr erfolgreicher Mörder geworden war, schwelgte er manchmal geradezu in der Erinnerung an die gleichmütige Mitleidlosigkeit, mit der er Rolke den Schädel eingeschlagen hatte. Er fühlte sich absolut sicher, er wusste, dass er bisher keinen Fehler gemacht hatte. Nur Hans-Georg Allmers begann ihm Sorgen zu machen. Zwischen den Zeilen des kleinen Artikels in der Zeitung, der die Schwierigkeiten des Staatsanwaltes schilderte, glaubte er zu lesen, dass sich der Staatsanwalt wie beim ersten Mord auch wieder sehr unkonventioneller Methoden bediente. Und er wusste, dass der Milchkontrolleur Teil dieser unkonventionellen Methoden gewesen war.

Er fühlte sich herausgefordert. Dass er vielleicht bald handeln musste, war ihm schnell klar geworden.

*

Bevor Allmers die Milchkontrolle bei Brokelmann beginnen konnte, musste er seine Arbeitsgeräte bei Hella und Friedel Köhler abholen. Ihm schwante nichts Gutes, als er in den Hof einbog, aber Hella begrüßte ihn, als sei nichts gewesen.

„Das hätte ich Michael nicht zugetraut", sagte sie, als sie den Kaffee aufbrühte. Allmers zog der Duft in die Nase, er bekam Hunger.

„Meinst du auch, dass er es war?"

„Wer denn sonst?", fragte Hella zurück.

„An Tätern und Motiven dürfte es nicht mangeln", meinte Allmers und goss einen Schuss Milch in seinen Kaffee. „Rolke war der unbeliebteste Mensch weit und breit. Er hat doch versucht, jeden über den Tisch zu ziehen. Es könnte ja theoretisch auch der Viehhändler gewesen sein."

„Witt?", fragte Hella lachend. „Der ist doch so ein schmächtiges Männchen. Rolke hätte sich höchstens geschüttelt, wenn der zugeschlagen hätte. Eher noch Klausi, Rolke hat ihn jedes Mal lächerlich gemacht, wenn er ihn irgendwo gesehen hat."

Allmers wusste, worauf Hella Köhler anspielte. Klaus Winkler war ein massiger Fleischkloß, der seine Kräfte nicht einschätzen konnte. Allmers mochte ihn, aber er konnte auch jeden verstehen, der vor ihm Angst hatte. Besonders die jungen Mädchen im Dorf fürchteten sich vor ihm. Manchmal wartete er um die Mittagszeit in der Nähe der Schule auf den Schulschluss, um mit den Schülern im Pulk durch den Ort zu radeln. Die Mädchen hatten Angst vor dem Moment, wo sie aus der Schülergruppe ausscheren mussten, um allein ihren Heimweg fortzusetzen. Klausi begleitete sie dabei gerne und fuhr laut schnaufend und sehr dicht hinter den verängstigten Schülerinnen her. Wenn die Väter oder Mütter wütend aus dem Haus gestürmt kamen, um ihn zurechtzuweisen, nahm er schnell Reißaus.

Rolke liebte es, Klausi bloßzustellen. Wenn er ihn bei der

Schmiede oder sonst wo traf, redete er ihn ausschließlich mit dem Spitznamen an, der Klaus Winkler seit den ersten Schultagen begleitete. Damals wie heute war für ihn die kontrollierte Entleerung seiner Blase ein Problem. Geriet er in Stresssituationen, konnte es passieren, dass sich seine Hose dunkel verfärbte und Klaus Winkler zum Gespött aller machte. Seine früheren Schulkameraden hatten sofort das Potenzial erkannt, das in seinem Nachnamen lag: aus „Winkler" machten sie „Pinkler". So begrüßte ihn Rolke jedes Mal lautstark und freute sich, wenn Klausi nicht kontern konnte, sondern sich Tränen der Wut in seinen Augen sammelten. Klaus Winkler hätte sich in solchen Situationen am liebsten auf Rolke gestürzt, er hätte wohl auch Chancen gegen den ehemaligen Boxer gehabt, aber er war ein friedlicher Mensch und die Demütigung zeigte Wirkung. Wenn sich der Spitzname als Volltreffer erwies und Winkler mit nasser Hose das Weite suchte, lachte Rolke Tränen.

„Ich nehme zwei Stücke", sagte Allmers, als er Hella Köhlers fragendem Blick begegnete. Er wusste nicht, welchen Kuchen sie außer dem Käsekuchen, der praktisch immer für ihn bereitstand, diesmal in ihrem Schrank stehen hatte, er war sich aber sicher, dass Hella ihm niemals Kuchen servieren würde, den er nicht mochte. Schwarzwälder Kirschtorte verabscheute er, so wie die meisten anderen Torten, die für ihn nur aus aufeinander gestapelten Tortenböden, durchweicht von Sahne und Likör bestanden. Diese Einschätzung traf natürlich nicht auf Hellas Torten zu, das wusste er, aber er mochte trotzdem keine. Wenn sie ihm doch mal eine Torte vorsetzte, manchmal, weil sie es nicht mehr geschafft hatte, seinen Lieblingskuchen rechtzeitig zu backen, aß er sie, sogar mit Genuss, wie er jedes Mal wieder verschämt feststellte, aber einen ehrlichen Käsekuchen mit Mürbeteig und saftigem Belag zog er allen anderen Kuchenkreationen vor.

Allmers war erleichtert, als sie, nachdem sie ihm eine Tasse Kaffee eingeschenkt hatte, aus dem Schrank frische Berliner, die sie mit selbst gemachter Himbeermarmelade gefüllt hatte und einen Teller mit Kuchen holte. „Ich habe nur noch ein Stück Käsekuchen“, entschuldigte sie sich. „Möchtest du trotzdem?“ Allmers musste grinsen: „Wenn's sein muss. Haben mir deine Enkel wieder nichts übrig gelassen?“

Hella nickte: „Morgen gibt's wieder frischen.“

Georg Brokelmann hatte vor einem Jahr den Hof von seinem Vater übernommen. Der alte Brokelmann war immer starrsinniger geworden und hatte sich nicht an die Abmachung gehalten, die er mit seinem Sohn getroffen hatte, als der mit seiner Ausbildung begonnen hatte. Zu Georgs dreißigstem Geburtstag sollte der Hof überschrieben werden, hatte der Alte zugesagt, schließlich gebe es noch ein Leben nach der Landwirtschaft. Allmers war zwar schon damals, als Georg ihm stolz davon erzählt hatte, schleierhaft gewesen, was der alte Brokelmann damit gemeint haben könnte, denn er hatte sich in seinem ganzen Leben für nichts anderes als seinen Beruf interessiert, aber Georg Brokelmann, der damals sein bester Freund gewesen war, hatte seinem Vater geglaubt und die Ausbildung schließlich als bester im ganzen Bundesland abgeschlossen. Mit dreißig, verheiratet und Vater zweier Kinder. war ihm schließlich klar, dass sein Vater nichts mehr von einer Übergabe wissen wollte. Die ganze Familie, auch seine Frau und Georgs Geschwister redeten auf den Alten ein, erinnerten ihn an sein gegebenes Ehrenwort, versuchten es im Guten und brachen, als das nichts half, Streit vom Zaun. Brokelmann blieb zwei Jahre stur. Georg sei noch zu jung, meinte er nur und, als seine Frau ihn daran erinnerte, dass er den Hof mit fünfundzwanzig übernommen hatte, erwiderte er, dass sei genau der Grund für sein Verhalten: er habe damals aus Unerfahrenheit so viele Fehler gemacht, davor wolle er Georg und den Hof bewahren, es seien schließlich harte Zeiten für die Landwirtschaft. Das Argument, Georg habe eine hervorragende Ausbildung, er sei mittlerweile Landwirtschaftsmeister und er, der Alte, habe den Hof ohne richtige Ausbildung übernehmen müssen, ließ er nicht gelten: „Er ist zu jung."

Nach zwei Jahren hatte ihn die Familie so weit, dass er zähneknirschend den Übergabevertrag unterzeichnete. Seine Frau hatte gedroht, ihn zu verlassen, nach über vierzig Ehejahren.

Der neue Kuhstall war im Bau und Georg Brokelmann musste seine Kühe noch im alten Stall, in dem sie angebunden waren, melken. Die sympathischste Neuerung, die er eingeführt hatte, war die Sauberkeit bei der Arbeit. Brokelmanns Vater hatte es nie eingesehen, den Kühen vor dem Melken die Zitzen zu reinigen, sodass er meistens so schmutzige Milch erzeugt hatte, dass er bei den monatlichen Abrechnungen der Molkerei fast immer hohe Strafabzüge hinnehmen musste.

Georg Brokelmann hatte nach ein paar Wochen den Hygienestatus seines Betriebes so erhöht, dass die Filter seiner Melkanlage nach dem Melken fast so sauber waren wie zu Beginn. Sein Vater benötigte noch drei Filter während einer Melkzeit.

Nur eine Marotte seines Vaters hatte er beibehalten: Im Kuhstall hielten sich die Kinder Kaninchen, die aber dauernd aus ihren morschen Ställen ausbrachen und durch den Stall hoppelten. Allmers mochte die Tiere gerne, er hatte selbst jahrelang Kaninchen gehalten und überlegte jedes Mal, wenn er sie sah, wieder damit anzufangen. Als

Kind hatte er sich bei Problemen oft in eine Ecke des Hofes verzogen, ein Kaninchen aus dem Stall geholt und mit ihm auf dem Schoß an der Bewältigung seines Weltschmerzes gearbeitet. Meist gelang es beiden, dem Kaninchen und Allmers, seine Sorgen zu verjagen.

Brokelmanns Kaninchen erweiterten im Laufe der Jahre den Radius ihres Reviers, einige verließen den Stall und paarten sich mit wilden Rammlern, sodass es vorkam, dass der Kohl in den angrenzenden Gärten von bunt geschecktem Wildkarnickeln abgefressen wurde.

„Was ist denn in dich gefahren", fragte Georg Brokelmann erstaunt, als er Allmers mit dem Fahrrad auf den Hof fahren sah. „Hat dein Beulenschlitten seinen Geist aufgegeben? Oder willst du abnehmen?"

Georg war Allmers Freund, seit er denken konnte. Er war erstaunt, dass Georg noch nichts von seinem Unfall gehört hatte und gleichzeitig fiel ihm ein, dass Hella Köhler bei der gestrigen Kontrolle auch kein Wort dazu verloren hatte. Das war besonders seltsam gewesen, sie hatte eine ähnlich ausgeprägte Spottlust wie er, und normalerweise hätte ein Wort das andere geben müssen.

„Nein", sagte Allmers. „Mein Auto ist kaputt. Die Feuerwehr hat mich raus geschnitten. Hast du gar nichts mitbekommen?"

„Ach, du warst das", rief Brokelmann. „Ich habe davon gehört. Zwei Promille, stimmt's? Darfst du überhaupt schon Fahrrad fahren?"

„1,8", Allmers Laune wurde immer schlechter.

„Wie lange ist der Führerschein weg?", fragte Brokelmann teilnahmsvoll.

Allmers zuckte mit den Schultern: „Ich habe keine Ahnung. Das Verfahren ist ja noch nicht abgeschlossen."

„Du musst dir mal Rat beim Anwalt holen, vielleicht gibt's

ja eine Ausnahme. Immerhin brauchst du das Auto für deine Arbeit."

„Sind die Kühe schon drin?" Allmers wollte unbedingt das Thema wechseln.

Georg Brokelmann wollte den Betrieb vergrößern und hatte deshalb in den letzten Monaten keine Kälber mehr verkauft. Wenn der neue Stall fertig wird, hatte er Allmers vor einigen Wochen erzählt, habe er Platz für über 400 Tiere, das sei die Zielgröße. Bis dahin sei es etwas eng, entschuldigte er sich. Er hatte in jeder Ecke seiner Scheunen Tiere in Boxen gesperrt, die so eng waren, dass in einigen die Hälfte der Tiere stehen musste, wenn sich ein paar hinlegen wollten. Brokelmann musste andauernd neues Futter vorlegen, die Breite der Boxen und der Fressplätze war viel zu knapp. Armselige Glühbirnen, die das meiste Licht hinter ihrem Glas behalten mussten, weil eine dicke Schicht Staub und Fliegendreck es ihnen nicht erlaubten, so zu leuchten wie Osram es vorgesehen hatte, baumelten in den Ecken von der Decke der Scheune.

Auch seine Kühe standen so eng zusammengedrängt, dass der Melker kaum Platz hatte, sich dazwischen zu quetschen. Ab und zu fiel es den Tieren ein, ihre Hinterteile aneinander zu pressen. Das geschah mit einer solchen Kraft, dass Allmers Georg Brokelmann schon mehrmals aus der misslichen Lage, bewegungsunfähig zwischen zwei Tieren eingeklemmt zu sein, befreien musste.

Allmers verzichtete auch hier, wie bei Köhlers, auf das Abnehmen der Proberöhrchen und überließ es seinem alten Freund.

„Du hast Rolke gefunden?", fragte Brokelmann, der zwischen zwei Kühen abgetaucht war. „Du hast ja einen aufregenden Beruf."

„Fürchterlich aufregend." Allmers fand die Einschätzung

so unpassend, dass er nur einsilbig antwortete.

„Langsam werden wir hier zum Morddorf. Ich sehe schon die Schlagzeilen. Erst Else Weber vor ein paar Jahren und jetzt Rolke." Allmers hörte nur die Antwort, konnte den Sprecher aber nicht sehen. Allmers musste schlucken. Brokelmann hatte seine Mutter vergessen, die bei einer missglückten Polizeiaktion ums Leben gekommen war. Der vermeintliche Mörder von Else Weber hatte sie erschossen.

Brokelmann verschwand im hintersten Winkel des Stalles. Auf seinem Weg in die letzte Ecke, in der er eine Kuh angebunden hatte, drehte er den Kopf nach hinten und rief laut: „Darf der das eigentlich?"

„Was?" Allmers verstand die Frage nicht.

„Ich habe den Artikel über deinen Bruder gelesen. Der spielt gerne mal Sherlock Holmes, oder? Fehlt nur noch die Pfeife."

Allmers zuckte mit den Schultern und sagte nichts.

Brokelmann kam zwischen den Kühen hervor: „Wir sind fertig. Der Rest steht trocken."

Allmers wurde noch in die Küche eingeladen. Diese Tradition hatten Brokelmanns beibehalten. Früher musste nach jeder Milchkontrolle seitenlange Bürokratie bewältigt werden, die die Bauern mit den Kontrolleuren zusammen am Küchentisch erledigten. Heute machte die elektronische Datenverarbeitung es überflüssig, Ohrmarkennummern neugeborener Kälber oder Abgangsgründe der Schlachtkühe mühsam in Listen einzutragen.

Allmers freute sich darüber, bei vielen Bauern hatte er kaum noch Gelegenheit, mit ihnen über andere Dinge als Milchmengen und Kuhnamen zu reden. Als er die Tür öffnete, schlug ihm der vertraute Geruch der Brokelmannschen Küche entgegen.

*

Allmers war fünfzehn, als Georg Brokelmann sein bester Freund wurde. Er verbrachte an manchen Tagen mehr Zeit auf dem Brokelmannschen Hof als zu Hause. Bisweilen aß Allmers alle Mahlzeiten dort und ging nur nach Hause, um die ihm aufgetragenen Arbeiten zu erledigen. Im Dorf war das nichts Ungewöhnliches, viele Spielkameraden verbrachten den ganzen Tag miteinander, und in Allmers Erinnerung gehörte diese Zeit zu den schönsten seiner Jugend. Umgekehrt war es genauso. Georg Brokelmann war fast zu einem Familienmitglied bei Allmers geworden. Er ließ sich auch durch die schlechte Atmosphäre innerhalb der Familie, die einem schon entgegenschlug, wenn man den Hof betrat, nicht davor zurückhalten, Allmers zu besuchen.

Niemand erwartete eine Anmeldung oder einen klärenden Telefonanruf, wenn Allmers oder Georg Brokelmann sich sehen wollten. War der Freund nicht zu Hause, ging man eben wieder.

Bei Brokelmanns störte Allmers nur der Kartoffelgeruch, der ihm immer in die Nase stieg, wenn er in die Nähe der Küche kam. Georgs Großeltern hatten den Hof längst an ihren Sohn und die Schwiegertochter abgegeben, und die Großmutter beschränkte sich in ihrer Mitarbeit auf das tägliche Kartoffelschälen. Sie kam jeden Morgen in die Melkkammer, wo unter der Wärmerückgewinnung eine Kiste mit den Knollen stand. Warum sie ausgerechnet dort standen, hat Allmers nie herausgefunden. Eva Brokelmann unterbrach dafür jedes Mal das Melken und füllte ihrer Schwiegermutter eine Plastiktüte mit Kartoffeln voll. Allmers wusste, dass es noch nicht lange her war, dass sich die Menschen im Moor hauptsächlich von Kartoffeln ernährten, Oma Brokelmann hielt diese Ernährungsweise immer noch für die einzig richtige. Bei ihren drei täglichen

Mahlzeiten waren die Kartoffeln immer der Hauptbestandteil. Zum Frühstück gab es Bratkartoffeln, die sie mit warmer, frisch gemolkener Milch übergoss. Wenn Allmers in den Ferien und nach der morgendlichen Stallarbeit zu Hause bei Brokelmanns in die Küche trat, um seinen Freund zu besuchen, saß sie schon am Küchentisch und schälte die Kartoffeln für das Mittagessen. Kam Allmers abends, empfing ihn ein vertrauter Geruch. Sie verzehrte dann die Reste des Mittagessens.

Ihren Enkel überschüttete sie mit abgöttischer Liebe, ihr Sohn und ihre Schwiegertochter hatten ihr den Gefallen getan, gleich als erstes Kind einen Hofnachfolger in die Welt zu setzen. Und den Freund ihres Enkels bezog sie in diese Zuneigung ein. Sie mästete die beiden mit Kartoffeln und Fleisch so lange, bis es Allmers eines Tages zu viel wurde und er sich wehrte. Georg hatte dazu keinen Mut gehabt.

„Willst du noch ein Schnitzel?" Die Großmutter stand am Herd und drehte die Bratkartoffeln um. In einer zweiten Pfanne lagen die Schnitzel übereinander. Allmers und Georg Brokelmann waren ungeduldig, sie wollten sich nicht lange beim Mittagessen aufhalten, sondern mit ihren Fahrrädern weiter durchs Moor streifen, wie sie es oft in den Ferien machten.

Georg schüttelte den Kopf: „Ich bin satt. Wir wollen los."

„Du hast kaum was gegessen", erwiderte seine Großmutter mit vorwurfsvoller Bitterkeit. „Und du?", wandte sie sich hoffnungsvoll an Allmers, darauf gefasst, dass er mit gutem Beispiel vorangehe. „Ihr kommt doch erst abends wieder nach Hause."

Allmers kannte diese Gespräche und die unterschwelligen Versuche, sie gegeneinander auszuspielen. Der Junge wurde in der Schule gehänselt, weil er so dick war, aber er konnte sich nicht gegen seine Großmutter durchsetzen, die erst zufrieden war, wenn er mindestens drei Schnitzel verspeist hatte.

„Fleisch ist gesund“, begann sie von Neuem auf sie einzureden. „Man muss Fleisch essen, es tut gut und gibt Kraft.“ Als sie sich mit der Pfanne in der Hand umdrehte, trat Georg Allmers ans Schienbein. Das war das abgemachte Zeichen für den Beginn.

Allmers stand von der Eckbank auf, ging seelenruhig zum Kühlschrank, holte die Butter heraus und schnitt sich am Küchenschrank eine dicke Scheibe Brot ab. Georgs Großmutter sah verwundert zu, wie sich Allmers einen neuen Teller nahm, zum Tisch zurückging und leise murmelte. „Fleisch ist gesund.“ Er holte eine fette, grünlich schimmernde Schmeißfliege, die er im Stall erlegt hatte, aus seiner Hosentasche und legte sie feierlich auf das Brot. Die Fliege war unversehrt und leuchtete dunkel schillernd auf der gelben Butter. Er biss vom Brot ab und murmelte wieder: „Fleisch ist gesund, Fleisch gibt Kraft.“

In der Küche war kein Laut zu hören. Die Großmutter bewegte sich nicht und sah gebannt zu, wie sich der Junge unter stetem Gemurmel mit jedem Biss näher an die prächtige Schmeißfliege heranarbeitete. Die Spannung in der großen Bauernküche stieg, als er die Butter um das Tier herum mit der Zunge ableckte und dabei die Fliege fast berührte. Allmers spürte ein Ekelgefühl hochsteigen, aber hielt ungerührt das Brot mit der aufgebahrten Fliege hoch, sagte noch einmal laut: „Fleisch ist gesund“, und steckte es in den Mund. Die Fliege kam genau zwischen seine Zähne zu liegen. Als er die Kiefer schloss, um das Tier zu zerbeißen, ließ er die Lippen geöffnet, damit jeder sehen konnte, wie der Saft des Tieres sich auf der Butter verteilte, als es auseinanderspritzte. Die Großmutter hielt sich mit der freien Hand den Mund zu, warf die Pfanne auf den

Herd und rannte aus der Küche. Von diesem Moment an hatten die beiden ihre Ruhe.

Kapitel 9

Auf dem Rückweg von Brokelmann begann es zu regnen. Es war das erste Mal seit mehr als zwei Wochen, dass graue Wolken den Himmel bis zum Horizont bedeckten. Seit seinem Unfall und dem Mord vor einer Woche hatten die Milchkontrollen bei strahlendem Sonnenschein stattgefunden, aber jetzt wurde Allmers nass. Die Wettervorhersagen verhießen für die nächste Zeit, es war Ende Juni, nichts Gutes, und Allmers befürchtete sofort, dass der ganze Sommer verregnet werden würde, und er ohne Führerschein auskommen müsste. Von vielen Bauernregeln hielt Allmers nichts, aber anhaltender Regen um die Zeit des Siebenschläfers brachte in dieser Gegend unweigerlich einen nassen Sommer mit sich.

Es waren nur ein paar hundert Meter, die zwischen Brokelmanns Hof und seinem lagen, und so machte es Allmers wenig aus, dass es immer stärker regnete. Nur die vorbeifahrenden Autos ärgerten ihn. Die Straße hatte keinen Radweg, er bekam bei jedem Überholvorgang noch nassere Beine. Mittlerweile goss es in Strömen, Allmers strampelte durch den Regen, er hielt den Kopf gesenkt und versuchte, über den Rand der Brille die Straße zu erkennen. Es waren nur noch wenige Meter bis zu seiner Hofeinfahrt, er sah erleichtert die große Trauerweide, die schon von Weitem wahrzunehmen war und die jedem Besucher als Markierungspunkt für die Einfahrt in seinen Hof diente.

Allmers hörte nicht, dass der Wagen, der eine Zeitlang hinter ihm gefahren war, plötzlich Gas gab. Als er durch die

Luft flog, wie von Geisterhand von seinem Rad katapultiert, hatte er keine Zeit, Angst zu haben. Er war einfach nur erstaunt über das, was ihm gerade widerfuhr. Das Rad, die Brille und seine Aktentasche flogen in verschiedene Richtungen. Aber das merkte er nicht, alles ging so schnell, dass er sich später an nichts anderes mehr erinnern konnte als an die Landung im Matsch des fast ausgetrockneten Straßengrabens.

Der Mörder sah mitleidslos zu, wie Allmers durch die Luft flog und war sich sicher, dass niemand einen solchen Sturz überleben konnte. Nach der Kollision mit Allmers Rad bremste er leicht ab, sah in den Rückspiegel und erst, nachdem er eine Weile gewartet hatte und Allmers nicht zu sehen war, gab er Gas und fuhr davon.

In diesem Fleth habe ich als Kind geangelt, dachte Allmers, als er wieder zu sich kam. Er wusste nicht, wie lange er im Graben gelegen hatte. Irgendwann wurde es Allmers kalt, er bemerkte erstaunt, dass seine Knochen heil geblieben waren, und kletterte schockiert über die Rücksichtslosigkeit des Autofahrers die Böschung hinauf. Niemand hatte den Unfall bemerkt, niemand hatte angehalten, obwohl sein demoliertes Rad zur Hälfte auf der Straße lag. Er suchte halbblind seine Brille, fand sie schließlich nach mühevollem Suchen im Gras. Ein Glas war unversehrt, vom anderen fehlte jede Spur.

Allmers schulterte sein Fahrrad, das er nicht mehr schieben konnte, packte seine Aktentasche und lief wie in Trance nach Hause. Erst nach einem langen und heißen Bad hatte er sich wieder gefangen. Er merkte, wie froh er war noch zu leben.

In der Wanne überlegte er sich, ob er die Polizei informieren sollte, entschied sich aber dagegen. Ihm war schließlich nichts passiert, dachte er, das wird den Ehrgeiz der Polizisten nicht gerade anstacheln. Irgendwann würde er ein Schreiben bekommen, glaubte er, in dem er mit dürren Worten darüber informiert werden würde, dass leider die Ermittlungen eingestellt worden wären.

Plötzlich fiel ihm Wiebke ein.

Allmers hatte Wiebke Voß nach ihrer stürmischen Sommerliebe nie aus den Augen verloren. Er vermutete, dass sie sich zu Hause langweilte. Sie war seit ein paar Jahren mit einem Lehrer verheiratet, bei ihrer Hochzeit war Allmers noch mit Susanne Hansen befreundet gewesen. Wiebke und ihr Mann hatten ein großes Fest gefeiert, auch Allmers erinnerte sich gerne an die durchzechte Nacht. Er war erst morgens gegen sechs Uhr nach Hause gekommen.

Wiebke arbeitete in der Dorfapotheke, sie hatte nach der Realschule eine Ausbildung zur Apothekenhelferin gemacht. Allmers beschloss, sie anzurufen. Er wusste, dass sie nicht jeden Tag arbeitete.

„Hier ist Hans-Georg", meldete er sich zaghaft. Während des Wählens hatte ihn fast der Mut verlassen, umso mehr freute er sich, als sie ihn nicht unfreundlich abblitzen ließ. Er beschloss, ihr nichts von dem Unfall zu erzählen.

„Das ist aber nett, dass du mal anrufst." Wiebke schien ehrlich erfreut zu sein. „Wie geht's denn so?"

Als er ihre Stimme hörte, merkte er, dass sie immer noch eine besondere Wirkung auf ihn ausübte. Sie modulierte wie niemand anders die Töne und hatte eine Sanftheit, die ihn immer wieder tief berührte. Wiebke konnte mitfühlend sein wie kaum ein anderer Mensch. Sie hatten sich in den letzten Jahren nicht oft gesehen, aber jedes Mal versetzte ihre Nähe ihm einen Stich, er merkte dann, dass es eine besondere Verbindung zwischen ihnen gab, auch wenn beide langjährige Beziehungen mit anderen eingegangen waren. Sie liebten sich nur einen Sommer, Allmers hatte Wiebke aber nie aus seinem Herzen verbannt.

„Scheiße“, sagte Allmers und schwieg.

Wiebke schluckte am anderen Ende der Leitung, Allmers konnte es hören. Allmers erzählte die Geschichte seines ersten Unfalls im Kreisverkehr, und Wiebke fing laut an zu lachen.

„Das ist deutlich. Was ist denn los?“

Wiebkes direktes Anpacken von Problemen hatte Allmers immer bewundert. Sie redete selten um ein Problem herum, meist kam sie schnell zur Sache.

„Glaubst du mir nicht?“, fragte Allmers pikiert. „Eigentlich wollte ich dich um Hilfe bitten.“

„Doch, doch, das war ganz sicher so. Ich glaube dir. Und wie kann ich dir helfen?“

„Ich brauche jemand, der mich zur Milchkontrolle fährt. Abends und morgens.“

Wiebke schien sich zu freuen: „Das mach ich doch gerne, ich fange meistens erst um ein Uhr an zu arbeiten. Bis dahin sind die Kontrollen fertig, oder?“

„Ja“, erwiderte Allmers, „meistens fangen wir schon um sechs an.“

„Wie lange ist dein Führerschein denn weg?“, wollte Wiebke noch wissen.

„Keine Ahnung. Ich weiß gar nicht, wie das weiter geht. Der andere ist ja Gott sei Dank nicht verletzt, sonst würde es noch übler werden.“

*

Wiebke Voß ging eine Klasse unter ihm auf die Realschule. Seit sie ihm in der Schule aufgefallen war – sie war vierzehn, er zwei Jahre älter – fühlte er sich zu ihr hingezogen, hatte aber nie den Mut gehabt, ihr seine Zuneigung zu zeigen. Nur einmal war er mutig gewesen und stellte ihr am 1. Mai ein Birkenbäumchen unter das Schlafzimmerfenster, so wie das alle taten, die einem Mädchen imponieren wollten. Am zweiten Mai sah er mit Tränen der Wut in den Augen, dass unter ihrem Zimmerfenster fünf Birken miteinander konkurrierten.

Er hatte damals noch nicht den Mut, erwachsen zu werden. Dieser Sommer war, so fand er später, einer seiner wichtigsten. Hier entschied er sich, sich nicht in den Sog seines Bruders zu begeben und zu versuchen, voller Ehrgeiz jedes Ziel zu erreichen, was ihm von seinen Eltern oder seinem Bruder vorgehalten wurde. Wiebkes Art, lässig aber erfolgreich vor sich hin zu leben, imponierte ihm.

Schließlich war sie es, die die Initiative ergriff und ihn beim Tanz in der Disko immer enger hielt, bis er nicht mehr weiter wusste und sie so küsste, wie er das für richtig hielt.

„Rührst du immer so mit der Zunge herum?“, fragte Wiebke. Allmers wurde rot. Wiebke zeigte ihm den ganzen Abend, wie sie es am schönsten fand.

Während des ganzen Sommers waren sie unzertrennlich. Allmers war nicht schüchtern, aber in ihrer Liebe musste jeder Fortschritt von ihr ausgehen. Sie gingen viel spazieren, das war unverfänglich, und Allmers Mutter sah es gerne. Ihr war es viel lieber, als wenn die beiden in seinem Zimmer verschwanden. Sie rief ihren Sohn bei diesen Gelegenheiten in halbstündlichen Abständen zu unsinnigen Arbeiten herbei. Die Spaziergänge endeten oft an dem kleinen See am Ende der Allmerschen Wiesen. Hier saßen sie lange, sahen über die kleine Wasserfläche, schmusten und unterhielten sich. An einem warmen Sommernachmittag stand Wiebke plötzlich auf, ging an das gegenüberliegende Ufer und rief Allmers zu: „Du darfst dich jetzt nicht bewegen, egal, was ich mache. Versprichst du mir das?“

Allmers nickte verständnislos. Als sie sich noch zweimal sein Versprechen hatte erneuern lassen, begann sie sich auszuziehen. Sie ahmte keinen Striptease nach, sondern zog sich mit selbstverständlichen Bewegungen aus, als würde sie zu Hause sein und abends unter die Dusche gehen wollen. Allmers fragte sich, woher sie seine geheimsten Wünsche kannte, sah ihr mit wachsender Liebe zu und als sich ihr Büstenhalter nicht öffnen wollte, stand er auf und wollte ihr zu Hilfe eilen.

„Bleib, wo du bist“, zischte sie wütend und warf den BH ins Gras. „Versprochen ist versprochen.“ Schließlich stand sie nackt unter den jungen Birken und fragte so leise, dass Allmers es gerade noch hörte: „Findest du mich dick?“

Allmers konnte nichts sagen, sein Mund stand vor Staunen offen. Erst der Wind, der aufkam und ihm in die Backen blies, nahm ihm etwas von der Hitze, die ihn erfasst hatte. Der Wind hob Wiebkes Haare, die vor ihrer Brust hingen, und ließen den Blick auf ihre kleinen, braunen Knubbel frei, die im Wind ein wenig froren. Allmers ließ seinen Blick sinken und verfolgte die Härchen auf dem Bauch, die sich zu einem Busch vereinigten, in dem er sich jetzt gerne versteckt und wohl gefühlt hätte.

Er war vor Freude und Unsicherheit wie gelähmt. Er wusste nicht, was er jetzt tun sollte, aber sie kam ihm wieder einmal zuvor. Sie zog sich an und kam auf seine Seite des Sees.

Allmers stand auf und umarmte sie. Vor Freude hätte er fast geheult.

Am Abend durfte er sie in der Heuscheune seiner Eltern ausziehen.

Am liebsten frönten die beiden der gemeinsamen Leidenschaft des Eisessens am Deich. Im Dorf gab es eine italienische Eisdiele, dessen Inhaber ein unvergleichliches Eis herstellte. Er benutzte keine industriell hergestellten Eispulver, bei der die Kunst des Eismachens nur noch darin bestand, das Fertigprodukt mit Milch zu verquirlen und darauf zu achten, dass die Temperatur in der Eismaschine richtig eingestellt war. Im Sommer holte er, er hieß Luigi, frisches Obst und frische Milch und produzierte damit Eisgedichte, die Hellas Kuchenmeisterwerken in nichts nachstanden. Er soff Unmengen italienischen Wein bei der Arbeit und parallel zu seiner immer stärker werdenden Alkoholabhängigkeit steigerte sich die Qualität seines Eises rauschhaft. Auf dem Höhepunkt seines Schaffens, das irgendwann jäh endete, als er sein Café schließen musste, fuhren Allmers und Wiebke Voß oft mit dem Fahrrad und je einer riesigen Eiswaffel in der Hand über die nahe Deichlücke und bogen in einen kleinen Weg ein, der sich, den Kurven des alten Sommerdeiches folgend, am Deichfuß dahinschlängelte und zu ein paar abseits gelegenen Weiden führte.

Sie setzten sich auf den Deich und schauten in den weiten Himmel.

„Leg dich mal hin", sagte Allmers.

Wiebke lehnte sich zurück und Allmers ließ eine Eiskugel auf ihren nackten Bauch fallen. Wiebke hatte in diesem heißen Sommer so wenig an, dass ihr Anblick Allmers jedes Mal den Atem raubte.

„Kalt!", sagte Wiebke.

Allmers beugte sich über sie und begann mit der Zunge die schmelzende Eiskugel aufzulecken. Als er fertig war, zögerte er kurz, er war sich nicht sicher, ob er dem dünnen Eisrinnsal, das auf Wiebkes Bauch deichabwärts rann und unter dem Bund ihrer Turnhose verschwand, folgen durfte. Als er mit der Zunge den Gummibund erreichte, sprang Wiebke auf und sagte: „Schluss!"

Wiebkes wunderbarer Körperduft regte Allmers zu vielen Experimenten mit Eiskugeln an. Er probierte alle Geschmacksrichtungen auf ihrem Bauch aus und fand heraus, dass im Juni am besten frisches Erdbeereis zu Wiebkes

Hautgeschmack passte. Ein verschwitzter Bauch mit dünnen, kleinen Schweißperlen wurde mit Vanilleeis während des ganzen Sommers zu einer umfassenden Sinnesfreude.

An manchen Tagen, wenn ihre Liebe eine besondere Abkühlung benötigte, kauften sie Walnusseis. Luigi hackte die Nüsse in große Stücke, die im Eis verborgen waren. Allmers lutschte auf Wiebkes Bauch um die Nussstücke herum, bis sie sich als kleines Häufchen in ihrem Bauchnabel sammelten. Dann musste er sich aufsetzen und die Augen schließen. Wiebke zog den Bauch ein, so tief sie konnte, und ließ mit einem Ruck die Stückchen in die Luft schnellen. Dann durfte Allmers alle Nussbrösel aufessen, die auf ihrem Körper gelandet waren. Manchmal waren welche auf Stellen gelandet, die er sonst nur sehr selten berühren durfte.

Allmers war begeistert von Wiebkes Aussehen. Sie hatte lange, rote Haare, die in den verschiedensten Farbvariationen glänzten, wenn die Sonne darauf schien. Fast war es, als ob sie jede einzelne Strähne mit den unterschiedlichsten Färbungen bearbeitet hätte, aber sie schwor Allmers, dass sie sich noch nie ein Gramm Farbe in die Haare geschmiert hatte, wie sie es erbost ausdrückte, als Allmers sie darauf ansprach. Wenn Allmers sie umarmte, konnte er seinen Kopf unter ihrer Haarpracht verbergen. Sie war ziemlich groß, fand sich selbst dick, für Allmers dagegen war ihr Körper so, wie er es haben wollte. Später sollte sie immer mehr die Form ihres Vaters annehmen, aber in diesem Sommer war alles an ihr fest. Sie erinnerte Allmers an die warmen Nordseewellen, die er als Kind genoss, wenn er auf Föhr sein Asthma auskurieren sollte. Er hatte dort am Strand liegen und sich von der Flut die Füße kitzeln lassen dürfen und hatte es ungemein aufregend gefunden, wenn die Wellen den Körper hinauf krochen. So war es ihm auch vorgekommen, als Wiebke die Initiative ergriffen hatte. Erst war da nichts gewesen, so wie die Ebbe den Strand frei lässt. Dann hatte sie wie eine Flut immer mehr Besitz von ihm ergriffen.

In der Schule hatte er ein oder zwei Jahre freiwillig Französisch gelernt. Der einzige Begriff den er behalten hatte, war „fleurs d'écumes". Er wusste nicht, warum ausgerechnet dieses schwierige Wort als letzter Rest der Französischkenntnisse übrig geblieben war. Als Wiebkes warme, weiche Wellen das erste Mal über ihm waren, ging ihm die ganze Zeit dieser schöne Ausdruck für die tanzenden, kleinen Schaumkronen der Wellen durch den Kopf.

Aber die Flut zog sich zurück. Allmers trauerte diesem Sommer lange hinterher.

Einen Tag nach Allmers Hilferuf rief Wiebke an, und erklärte, sie könne ihn heute nicht fahren, Jochen brauche ihr Auto, er habe einen Unfall gehabt.

Allmers stutzte: „Mit einem Radfahrer?", fragte er vorsichtig.

„Wie kommst du denn darauf?", fragte Wiebke zurück. „Er ist in Stade gegen einen Betonpoller gerauscht, als er vom Schulparkplatz fahren wollte."

Allmers war erleichtert. Die Vorstellung, Wiebkes Mann hätte ihn überfahren und dann Unfallflucht begangen, fand er nicht angenehm. Jochen wusste natürlich, dass Wiebke und er als Jugendliche etwas miteinander gehabt hatten. Im dörflichen Klatsch wäre das ganz schnell zur späten Rache aufgebauscht worden, und Jochen wäre erledigt gewesen.

„Das war nur so eine spontane Idee", sagte Allmers betont beiläufig. „Die Radfahrer fahren doch alle dermaßen rücksichtslos."

„Sein Auto ist schon in der Reparatur. Morgen kann es

losgehen. Kannst du solange warten?"

„Kein Problem", sagte Allmers und überlegte, wie er das alte Rad seiner Mutter wieder in Gang bringen könnte.

*

Der erste Betrieb, zu dem Wiebke Allmers fuhr, war der von Erich Garbe. Sein Hof lag ein paar hundert Meter vor dem Dorf in der Feldmark, er war ausgesiedelt und hatte einiges an Subventionen in seine Gebäude investieren können. Sein Wohnhaus war klein und unpraktisch, man sah, dass seine Frau und er nicht viel Zeit darin verbrachten. Der Stall für die über 100 Milchkühe und das angrenzende Gebäude für die Jungtiere waren um einiges luxuriöser. Als der Stall gebaut wurde, sorgten die beiden für eine Sensation, sie bauten statt eines biederen Melkstandes ein Melkkarussell, eine Einrichtung, die sie auf einer Urlaubsreise in den USA gesehen hatten und die ihnen dort sehr imponiert hatte. Es hatte Garbe viele Verhandlungen und Mühen gekostet, die örtlichen Vertreter des Bauamtes und der Gemeinde davon zu überzeugen, diese Bauweise zu genehmigen, zu groß waren die Vorbehalte. Schließlich setzten sie sich durch und mussten dann eine ganze Weile einen ausgewachsenen Stalltourismus ertragen. Viele Kollegen kamen von weit her, die Neuheit zu bewundern.

Neugierig sah Wiebke zu, wie Allmers seine Messgeräte an die Gestänge hängte.

„Ah, deine Fahrerin", sagte Garbe freundlich, als er Allmers und Wiebke im Melkstand sah. „Ich habe von deinem Missgeschick gehört."

„Ich bin Wiebke Voß-Wiborg", stellte sie sich vor und reichte Garbe die Hand.

„Ein Name hätte auch genügt", sagte er leise und machte

sich an die Arbeit. Allmers musste grinsen. Wiebke sagte nichts.

„Wissen Sie, wie das hier funktioniert?" Garbe versprühte seinen Charme. „Sie können ja dableiben, wenn es Sie interessiert."

Wiebke nickte: „Gerne, ich wollte schon immer Ihr Melkkarussell sehen."

Man merkte Garbe an, dass er schon viele Führungen hinter sich hatte. Er nahm die Bedienungsleiste und meinte: „Wenn Sie hier drauf drücken", und zeigte auf den oberen Knopf, „geht die Tür auf, durch die die Kühe hereinkommen." Es summte und durch die hydraulisch geöffnete Tür steckte ein wartendes Tier seinen Kopf, betrachtete kurz die beiden fremden Gestalten, entschloss sich aber schnell, seinen Platz einzunehmen. Garbe begann zu melken. Er säuberte das Euter, setzte das Melkzeug an und drückte auf einen anderen Knopf. Das gesamte Karussell setzte sich in Bewegung, transportierte die Kuh samt Melkzeug einen Platz weiter und ermöglichte es der nächsten Kuh, den Melkstand durch die geöffnete Tür zu betreten.

Wiebke staunte. Sie hatte schon viel von diesem Wunderwerk gehört, aber es in Betrieb zu sehen, war sehr beeindruckend. Überall waren Rohre, Stangen, Abzweigungen, Kupplungen und Schalter. Es war so verwirrend, dass sie zunächst überhaupt nicht wusste, wo die Milch, die hier gemolken wurde, hinfloss. Für sie machte es eher den Eindruck eines wahllos zusammengeschweißten Chaos.

Als der letzte Platz mit einem Tier besetzt war, ging Allmers zur ersten Kuh, wechselte das Proberöhrchen und notierte die Daten.

„Und wenn man hier drauf drückt", Garbe legte seinen Finger auf den Knopf, „öffnet sich der Ausgang", wollte er sagen, aber er kam nicht dazu. Ein Kurzschluss setzte Funken sprühend den Bedienungskasten außer Gefecht.

Das Licht im Melkstand ging aus. Das gesamte Karussell blieb stehen.

„Scheiße!“, brüllte Garbe. „So eine verdammte Scheiße!“ Er fluchte laut und drückte wahllos alle Knöpfe an der Leiste, aber alles blieb dunkel.

„Und nun?“, fragte Allmers trocken.

„Und nun, und nun“, Garbe hatte keinen Sinn für Humor. „Wenn wir Pech haben, sitzen wir hier ein paar Stunden fest. Erika ist gerade nach Stade gefahren, die Kinder abholen.“

„Wir sind doch durch eine Tür hier hereingekommen“, warf Wiebke zaghaft ein, „können wir da nicht einfach wieder raus?“

„Da steht jetzt eine Kuh davor. Wenn der Melkstand in dieser Position stehen bleibt, kommt man hier nicht raus. Erika war mal vier Stunden eingesperrt, als ich beim Dreschen war.“

„Handy“, sagte Allmers. „Wozu gibt's Handys?“

„Das kannst du hier höchstens als Taschenlampe benutzen.“ Garbe hatte Erfahrung in diesem Bau. „Hier drin hast du keinen Empfang.“

„Also warten.“ Wiebke seufzte. „Wie lange braucht Ihre Frau?“

„'Ne halbe Stunde hin, 'ne Viertelstunde Kinder einladen, 'ne halbe Stunde zurück.“

„Sehr schön“, meinte Allmers trocken. „Kann man sich wenigstens hinsetzen?“

„Mach mal dein Handy an“, meinte Garbe und zog im fahlen Licht des blauen Displays von Allmers Handy ein paar alte Obstkisten unter einem in der Mitte des Karussells angebrachten Arbeitstisch hervor.

„Hier, bitte!“

Allmers setzte sich seufzend auf eine Kiste, er war froh über die Sitzgelegenheit. Die Landung im Matsch des

Grabens war härter gewesen, als er am Anfang gedacht hatte. Wenn er lange stand, tat ihm der Rücken weh. Wiebke blieb stehen. Aber nach ein paar schweigsamen Minuten setzte sie sich ebenso hin wie Garbe. Sie saß so dicht neben Allmers, dass er den Geruch ihrer Haare wahrnahm. Er beugte sich in der Dunkelheit vor und merkte, dass sie ihren Kopf nicht zurückzog. Er versuchte, lautlos seine Kiste in ihre Richtung zu schieben, und freute sich, als sie ihm unmerklich entgegenkam.

„Dass irgendeiner mal dem Aufhörer einen über den Schädel gibt", Garbes dröhnender Bass schreckte Allmers aus seinen Träumen auf, „überrascht mich nicht. Aber so einfach mit dem Kuhfuß! Respekt. Da hat einer gut gezielt. Dieser miese Versager. Es gibt keinen schlechteren Bauern in der ganzen Gegend. Er hätte aus seinem Hof wirklich etwas machen können, aber er war genauso wie sein Vater." Garbe schüttelte sich. „Alles wussten sie besser und wollten uns zeigen, was wir für Pfeifen seien. Das hat Eduard einmal wörtlich gesagt."

Allmers sagte nichts, er beugte sich etwas näher zu Wiebke und legte seine Hand so auf ihre Kiste, dass sie direkt neben ihrem Körper lag. Allmers berührte Wiebke nicht, aber er merkte, dass sie unruhig wurde. Nach ein paar Minuten der Unbeweglichkeit verlagerte sie ihr Gewicht so, dass ihr Schenkel an seine Hand stieß.

„Warst du auf der letzten Feuerwehrversammlung?", fragte Garbe plötzlich in die Dunkelheit, und wie beim ersten Mal erschrak Allmers. Er nickte kurz, aber dann fiel ihm ein, dass Garbe das gar nicht sehen konnte.

„Da sollte die Polizei sich mal umhören, bei den Feuerwehrleuten", fuhr Garbe aufgebracht fort.

Allmers hatte eigentlich keine Lust auf ein Gespräch. Wiebkes Schenkel an seiner Hand wich keinen Zentimeter.

Garbe redete unbeirrt weiter: „Da hat er so richtig vom

Leder gezogen. Wenn ich Friedel gewesen wäre, ich hätte ihm da schon einen auf den Schädel gehauen."

Garbe schwieg bedeutungsvoll, er schien auf eine interessierte Nachfrage zu warten.

Allmers beugte sich in der Dunkelheit vor und wollte mit seinen Lippen über Wiebkes Haar streicheln. Er traf ihren Mund.

„Wisst ihr, was er sich da geleistet hat?"

Plötzlich ging das Licht an.

Garbe sah verwundert zu Wiebke. Sie wurde rot bis unter die Haarspitzen, sie hatte nicht schnell genug ihre Hand von Allmers Bein ziehen können.

Sie versuchte die Situation zu retten und fragte interessiert: „Nein, war das so schlimm?"

Garbe freute sich, die Geschichte zum Besten geben zu können und begann zu erzählen:

„Kennen Sie Eduard?", fragte er zuvor noch Wiebke.

„Flüchtig."

„Eduard Rolke hat sich im Dorf jedes Pöstchen gesichert, das zu vergeben war. Er hatte schließlich einen der ältesten Höfe hier, da war der Anspruch, überall mitreden zu wollen, nicht von der Hand zu weisen. Er war ja bis vor zwei Jahren Gemeindebrandmeister. Auf der letzten Versammlung sollte er die Goldene Ehrennadel des Feuerwehrverbandes bekommen. Jeder hat sich gefragt, wieso eigentlich, aber wahrscheinlich wollte man sich dafür bedanken, dass er so schnell abgewählt wurde und sich der Schaden während seiner Amtszeit in Grenzen gehalten hatte. Sein Nachfolger ist ja Friedel Köhler, der sollte ebenfalls die Ehrung bekommen, ich glaube für vierzigjährige Mitgliedschaft in der Feuerwehr. Und das ging Rolke gegen den Strich. Er konnte Friedel nie ausstehen. Hella fand er früher mal ganz interessant, wusstest du das?" Garbe wandte sich an Allmers.

Hans-Georg schüttelte den Kopf: „Ich habe mich auch gefragt, was das sollte, aber Hella und Rolke? Das kann ich nicht glauben."

„Warte mal, was jetzt kommt. Kaum hatte er die Ehrennadel an seinem Revers stecken, stellte er sich zu voller Größe auf und dröhnte durch den ganzen Saal: Friedel, was ich schon immer mal sagen wollte: Deine Brigitte, die ist nicht von dir. Die ist von mir!"

Garbe schwieg und sah Wiebke Voß erwartungsvoll an.

„Das kann ich nicht glauben", stotterte sie nach einer Weile.

„Doch! Das waren seine Worte. Wörtlich! Sozusagen seine wörtlichen Worte."

Plötzlich wusste Allmers, warum die Stimmung bei Hella und Friedel bei der letzten Milchkontrolle so schlecht war. Friedel gehörte zu den Hauptverdächtigen, wenn die Polizei Wind davon bekommen sollte. Auch Hella und Friedel wussten, was jetzt auf sie zukam. Niemand im Dorf wäre überrascht gewesen, wenn sich Friedel auf diese Art gerächt hätte.

Garbe drehte sich um und drückte erwartungsfroh auf die Bedienungsleiste. Sofort ging das Licht wieder aus.

„Wie kann man nur so blöde sein", seufzte er, „oder hat sich einer von euch gemerkt, ob die Tür frei ist?"

„Leider nein", auch Allmers war kleinlaut.

Es dauerte noch eine ganze Stunde, bis Erika Garbe bemerkte, dass das Melkkarussell defekt war. Sie wechselte ein paar Sicherungen aus und brachte das Licht wieder zum Leuchten.

Garbe brauchte zehn Minuten, dann war die Bedienungsleiste repariert und die Kühe konnten gemolken werden.

„Weiß mein Bruder davon?", fragte Allmers mehr sich

selbst und Garbe antwortete: „Woher soll ich das wissen? Wenn es Friedel war, dann hat er meine Unterstützung. Ich schwöre jeden Meineid und, wenn das nicht hilft, besuche ich ihn jede Woche im Knast."

Garbe entließ die letzte Kuh in die Freiheit und kletterte aus dem Melkkarussell.

„Bis morgen. Halb sieben."

Wiebke war sprachlos. Sie hatte in der letzten halben Stunde der Milchprüfung kein Wort gesagt. Sie begleitete Allmers wortlos durch den Regen zum Auto, setzte sich schweigend hinter das Steuer und fuhr Allmers nach Hause. Allmers erwartete ein Gespräch über Rolkes Unverschämtheit, aber Wiebke schwieg, im Auto waren neben dem Motor nur die quietschenden Scheibenwischer zu hören.

„Das von vorhin", sagte sie zornig nach der halben Strecke, „darf nie wieder passieren." Allmers glaubte zu bemerken, dass sich ihre Augen mit Tränen füllten. „Wenn Garbe das weitererzählt." Sie schwieg und schniefte mit der Nase.

Als Allmers ausstieg, sagte sie mit Wut in der Stimme: „Sonst fahre ich dich nie wieder."

Allmers nickte schweigend. Er wollte sich entschuldigen, fand aber keine passenden Worte. „Morgen um viertel nach sechs?", rief er laut, als Wiebke ihn abgesetzt hatte und abfuhr. Er sah sie noch nicken.

In der Nacht schlief Allmers schlecht. Jedes Mal, wenn er sich umdrehen wollte, zwickte irgendwo etwas in seinem Körper und er wachte auf. Als schließlich ein Donner durch die Nacht krachte, konnte er nicht mehr einschlafen. Rolkes Zwischenruf hatte bei Köhlers Verheerungen angerichtet, dachte er, die niemand übersehen konnte. Allmers taten die beiden leid. Hella und Friedel waren für ihn, seit er als

Milchkontrolleur arbeitete, Vertraute geworden, mit denen er nicht nur das Neueste aus der Nachbarschaft bereden konnte. Oft hatte er nach der Kontrolle am Abend mit den beiden in ihrer Küche gesessen und philosophische Gespräche über den Niedergang des Bauerntums oder die überhöhten Preise der Dorfschmiede geführt. Aber über die Vergangenheit der beiden, fiel ihm in der Nacht ein, wusste er so gut wie nichts. Sie hatten drei Kinder, Brigitte, Klaus-Heinrich und Wolfgang, die alle etwas jünger waren als er. Sie wohnten nicht mehr im Dorf, sondern arbeiteten in der Kreisstadt und lebten auch mit ihren Familien dort.

Das monotone Geräusch des strömenden Regens, der nach dem Gewitter eingesetzt hatte, ließ ihn schließlich doch noch einschlafen.

Kapitel 10

Allmers war wie die meisten Bauern des Dorfes früh in die Feuerwehr eingetreten und hatte alle Stufen der langen Feuerwehrzeit durchlaufen. Als Schulkind war er bei der Jugendfeuerwehr gewesen und wurde später, so schnell es ging, zum aktiven Feuerwehrmann. Nicht alle Kameradschaftsabende waren ihm in guter Erinnerung geblieben, oft waren es eher heftige Besäufnisse. Das endete eines Tages darin, dass ein betrunkener junger Feuerwehrmann, ein Bauer aus dem Dorf, der die Straße entlang torkelte, um nach Hause zu kommen, von einem vorbeifahrenden Auto erfasst und getötet worden war. Der Schock darüber führte bei einigen der jungen Feuerwehrleute dazu, sich Gedanken zu machen, ob Fortbildungen und Übungen am Ende immer in Korn und Bier ertränkt werden müssten.

Rolke war nur ein Jahr Gemeindebrandmeister gewesen. Niemand in der gesamten Feuerwehr des Ortes trauerte seiner Amtszeit nach, als er nach einem Jahr nicht mehr wiedergewählt wurde. Er hatte sich während des ganzen Jahres nicht so um die Feuerwehr gekümmert, wie es Aufgabe des Gemeindebrandmeisters gewesen wäre. Selbst die kleine Kameradschaftskasse, in die die Feuerwehrmänner einen kleinen Betrag einzahlen mussten, wenn sie unentschuldigt bei Übungen fehlten, versank im Chaos. Niemand hatte noch einen Überblick, bis dem Stellvertreter der Kragen platzte und er die Aufgaben des Gemeindebrandmeisters an sich zog, ohne dafür eigentlich legitimiert zu sein. Rolke war es egal, solange er mit seiner gestärkten Uniform, den an den Kopf geklebten Haaren kerzengerade stehend an offiziellen Terminen repräsentieren konnte.

Im Juli fand traditionell ein unangemeldeter Probeeinsatz der Feuerwehr statt. Diese Übungen waren meistens gut vorbereitet vom Gemeindebrandmeister und den Frauen der Feuerwehrmänner, die sich perfekt geschminkt als schreiende Verletzte oder verrenkt liegende Tote ins durch künstlichen Nebel verrauchte Gebäude legten, die es dann zu löschen beziehungsweise zu retten galt. Rolke wollte glänzen, informierte die Presse und ließ sich bei einer vorbereitenden Sitzung fotografieren, aber als er zur Übung blies, hatten sich im Feuerwehrhaus nur so wenige Männer versammelt, dass gerade eben der kleine Spritzenwagen besetzt werden konnte. Rolke war außer sich, als der kleine, schon kurz vor der Ausmusterung stehende Wagen auf den Hof fuhr, auf dem die Übung stattfinden sollte. Die Feuerwehrleute, die die Sitzung geschwänzt hatten, kamen viel später, als der Einsatzplan vorsah.

„Wo sind die anderen?", schrie er, als der erste Wagen auf den Hof gefahren kam und kein weiteres Fahrzeug folgte. Der Fahrer zuckte nur mit den Schultern und befahl seinen Männern, das Auto zu verlassen. Rolke brach die Übung noch vor dem Eintreffen der restlichen Feuerwehrmänner ab, schickte alle barsch nach Hause und verließ wutschäumend den Hof. Er vergaß, den geschminkten Verletzten Bescheid zu sagen, die vergebens eine Stunde lang in dem völlig vernebelten Gebäude ausharrten, bis sie merkten, dass der ganze Spuk abgeblasen worden war.

Rolke vermutete eine abgesprochene Aktion hinter der Geschichte und hatte recht. Die meisten hatten gewusst, dass an diesem Tag eine Übung stattfinden sollte und wollten ihrem unbeliebten Brandmeister einen Denkzettel verpassen. Rolke beschwerte sich daraufhin bitter über die

Unzuverlässigkeit der örtlichen Feuerwehr. Das wollte niemand auf sich sitzen lassen, und er wurde in der nächsten Versammlung abgewählt. Das hatte es noch nie gegeben, und die dörfliche Revolution fand sich in vielen überregionalen Zeitungen wieder. Friedel Köhler wurde sein Nachfolger. Das hatte Rolke ihm nie verziehen, obwohl Köhler nicht gegen ihn angetreten war, sondern erst an diesem Abend mühsam zu einer Kandidatur überredet werden konnte, nachdem die Abwahl Rolkes schon lange fest gestanden hatte.

Kapitel 11

Am nächsten Morgen kam Wiebke kurz vor sechs Uhr auf Allmers Hof gefahren. Sie hupte, Allmers schüttete hektisch seinen Kaffee hinunter und rannte auf den Hof.

„Morgen", sagte er knapp, als er sich in das Auto setzte. Er hatte sich vorgenommen, zum gestrigen Ablauf der Milchkontrolle zu schweigen.

„Wie hat Garbe gestern Rolke genannt?", fragte Wiebke, nachdem sie sich ein paar Minuten angeschwiegen hatten. „Anhörer? Was sollte das denn? Was bedeutet das?"

Allmers war froh, ein unverfängliches Thema zu haben: „Aufhörer. So hatte er ihn genannt. Ein Aufhörer ist nicht jemand, der mit irgendetwas aufhört, sondern ein Vertreter eines Viehhändlers, der von Hof zu Hof geht und dort die schlachtreifen Tiere ‚aufhört'. Im Sinne von ‚aufschreiben' oder ‚aufmerken'. Manche sagen auch ‚Aufsager'."

„Das soll Deutsch sein?", fragte Wiebke erstaunt.

„Niederdeutsch", erwiderte Allmers. „Ich glaube, den Ausdruck gibt es nur hier in Kehdingen. Schon in Hemmoor kennt ihn niemand mehr."

Die morgendliche Kontrolle bei Garbe verlief ohne technische Zwischenfälle. Wiebke hatte Allmers nicht in das Karussell begleitet, sie hatte nach dem Gespräch nur kurz gemeint: „Ich hole dich nachher ab", und war abgefahren.

Garbe war ebenso wenig gesprächig wie Allmers, und so war er schon kurz nach acht mit der Arbeit fertig. Er setzte sich mit seinen Utensilien auf den großen Findling, der wie bei vielen Höfen auch bei Garbe an der Einfahrt des Tores lag und auf dem der Schmied mehr oder weniger gelungen den Familiennamen verewigt hatte.

Als er in Wiebkes Auto stieg, merkte er sofort, dass etwas nicht stimmte. Als sie laut schniefte, verstand er, dass sie weinte.

„Das tut mir leid wegen gestern“, versuchte er sie zu beruhigen, „das war blöd von mir.“

Sie fuhr los und schüttelte den Kopf dabei: „Ich heule nicht deinetwegen.“

Allmers war ratlos. Er schwieg.

„Weißt du, wie oft Jochen mit mir schläft?“, schluchzte Wiebke und ihr Weinen wurde immer stärker. „Na los, rate mal.“

Allmers sagte nichts, er wusste nichts von Eheproblemen der beiden und wagte nicht, die Situation einzuschätzen.

Wiebke hielt mitten auf der Landstraße an und schlug bei jedem Wort, das sie sagte, wütend auf das Lenkrad: „Alle sechs Wochen! Kannst du dir das vorstellen? In meinem Alter nur alle sechs Wochen mit meinem Mann zu schlafen? Und dann muss ich noch darum betteln!“

„Nimm doch mich“, rutschte es aus Allmers heraus und im gleichen Moment hätte er sich am liebsten die Zunge abgebissen.

„Sehr witzig. Ich brauche jetzt Trost und keine schlechten Scherze.“

Sie fuhr so abrupt wieder los, wie sie gebremst hatte.

„Komm mit zu mir, wir trinken noch einen Kaffee“, lud Allmers Wiebke nach einer Weile ein.

„Keine plumpen Annäherungsversuche?“

Allmers schüttelte den Kopf: „Ehrenwort.“

Auf der Fahrt zu seinem Hof überlegte Allmers, wie alt Wiebke jetzt war. Er selbst war zweiunddreißig, sie ging eine

Klasse unter ihm in die Realschule, also müsste sie jetzt ungefähr dreißig oder einunddreißig sein, rechnete er nach. Ein boshafter Gedanke schoss ihm durch den Kopf: alle sechs Wochen ist doch nicht so schlecht, dachte er, er selbst lebte seit dem Weggang von Susanne vor zwei Jahren wie ein Mönch. Er hatte niemanden kennen gelernt und selbst ein flüchtiges Abenteuer war ihm nicht gelungen. Wenigstens war bei ihm die Selbstbefriedigung keine Sünde wie bei den armen Kerlen im Kloster, dachte er erleichtert, als sie in den Hof einbogen.

„Seit ich verheiratet bin, wünsche ich mir Kinder", schluchzte Wiebke weiter. „Aber so wird man doch nie schwanger. Ich habe noch nie verhütet, seit ich verheiratet bin, kannst du dir das vorstellen?"

„Das soll es ja geben", versuchte Allmers sie zu trösten. „Je heftiger der Kinderwunsch, umso seltener klappt es." Er hantierte nervös mit der Kaffeemaschine, das Problem drohte ihn zu überfordern. Er beschloss, das Thema schnell zu wechseln. Er hatte immer einen Kloß im Hals, wenn er jungen schwangeren Frauen begegnete oder jemand ausführlich über Schwangerschaften redete. Das Drama um seine ehemalige Freundin Susanne und ihr ungeborenes Kind hatte er nicht vergessen.

„Ein schöner Trost", Wiebke wischte sich die Tränen ab. „Ich glaube hier kommt es von etwas anderem: Kein Fick, kein Kind, so einfach ist das. Aber eher werden Hunde Vegetarier, als dass ich darauf verzichte."

Allmers musste lachen.

Wiebke hatte sich in Fahrt geredet: „Ich verstehe mich selbst nicht. Ich lasse mir einfach zu viel gefallen. Weißt du, wie das bei uns abläuft?"

Allmers schüttelte ratlos den Kopf: „Was abläuft?"

„Wenn wir dann mal miteinander schlafen, also vorausgesetzt, er hat keine Kopfschmerzen, muss keine Klassenarbeit mehr korrigieren oder mit seiner Eisenbahn spielen ..."

Allmers unterbrach sie: „Mit der Eisenbahn spielen?"

Sie nickte: „Er hat auf dem Dachboden eine riesige elektrische Eisenbahn. Ab und zu lädt er ein paar Freunde ein. Dann ziehen sie sich stundenlang auf den Dachboden zurück und spielen wie die kleinen Jungs mit dieser bescheuerten Bahn. Am Anfang sollte ich ihnen immer das Bier liefern, das habe ich aber irgendwann abgelehnt." Sie bat um ein Taschentuch.

„Was wollte ich jetzt erzählen?", fragte sie und schnäuzte sich.

Allmers waren die Details aus Wiebkes Liebesleben so peinlich, dass er das Thema wechseln wollte, aber sie kam ihm zuvor: „Jetzt fällt es mir wieder ein: er rollt sich auf mich, streichelt mechanisch meinen Busen oder was er sonst gerade zu fassen bekommt, dann kommt ein bisschen Schwung in die Hüften und schon ist er fertig. Und dann", sie fing wieder an zu weinen, „weißt du was dann passiert?" Und ohne Allmers' Antwort abzuwarten sagte sie: „Er dreht sich zur Seite, sagt dann: Mach es dir schnell selbst, und schläft ein."

Allmers war sprachlos.

„Lass uns über etwas anderes reden", bat Wiebke schließlich, nachdem sie sich beruhigt hatte. Allmers goss den Kaffee ein und nickte.

„Milch?"

Wiebke schüttelte den Kopf: „Schwarz. Wie meine Stimmung. Wenn er soviel an mir rumfummeln würde wie an seiner Eisenbahn, ginge es mir bedeutend besser."

Allmers verkniff sich ein Grinsen und sah Wiebke wortlos an, bis sie verlegen sagte: „Jetzt wissen wir gar nicht, worüber wir uns unterhalten sollen!“

„Auch wenn es dich vielleicht jetzt nervt“, Allmers ließ nicht locker, „ich würde doch gerne wissen, warum du Jochen überhaupt geheiratet hast.“

Wiebke seufzte: „Ich liebe ihn wirklich. Seit unserer ersten Begegnung war mir das klar. Die meisten halten ihn für furchtbar langweilig, aber ich finde, er strahlt etwas sehr Zuverlässiges aus.“

„Genau das“, sagte Allmers sarkastisch, „was mir gefehlt hat.“

Wiebke nickte: „Bei Jochen gibt es Sicherheit. Außerdem kann man sich wunderbar mit ihm unterhalten. Er ist einfühlsam, schmust gerne und manchmal hat er überraschende Ansichten. Und er geht in vielen Dingen auf meine Wünsche ein. Ich fand zum Beispiel, er sei zu fett geworden. Was macht mein Jochen? Er geht regelmäßig ins Fitnessstudio und trainiert sich den Speck ab. Ganz konsequent. Jetzt ist er viel schlanker, nicht richtig drahtig, aber er hat wieder eine gute Figur. Und sein Unvermögen beim Sex, habe ich gedacht, treibe ich ihm schon noch aus. Ich dachte, es wäre Unerfahrenheit.“

„Und wie denkst du heute?“

„Ich glaube, er lernt es nie“, seufzte sie.

„Dabei bist du doch eine gute Lehrerin“, Allmers streichelte über Wiebkes Kopf. Sie nahm seine Hand und legte sie demonstrativ auf den Küchentisch. „Denk an unsere Abmachung“, sagte sie.

Allmers nickte enttäuscht und wechselte schnell das Thema. Er hatte genug von ihrem missglückten Liebesleben gehört: „Glaubst du, dass Friedel Rolke erschlagen hat?“

Wiebke kannte Friedel und Hella Köhler seit ihrer Kindheit, sie war mit Brigitte zur Schule gegangen und hatte mit ihr die ganze Kindheit spielend verbracht. Sie war deshalb umso entsetzter über Rolkes Bemerkung gewesen.

„Der ist doch viel zu schmächtig und zu hektisch. Friedel hätte in der Aufregung daneben gehauen. Und dann hätte Rolke ihn zerquetscht. Ich frage mich seit gestern Abend, was in Rolke gefahren war, Friedel zu reizen. Das ist doch auch für ihn peinlich, nicht nur für Friedel."

„Am peinlichsten ist es doch für Hella gewesen. Wie kann man seine direkte Nachbarin so bloßstellen und demütigen?"

„Glaubst du, da ist etwas dran?"

Allmers schüttelte den Kopf: „Niemals. Hella und Rolke? Unvorstellbar. Rolke war ein unausstehlicher Mensch."

„Ich hatte ja in den letzten Jahren viel Zeit, ich arbeite ja nur halbtags. Weißt du, was ich da gemacht habe?"

„Keine Ahnung", meinte Allmers. „Wir sind uns vor siebzehn Jahren das letzte Mal nahe gekommen."

Wiebke lachte: „Ich habe nicht zu Hause herumgesessen, so wie mein geliebter Jochen das vermutet. Ich habe ja meistens nachmittags gearbeitet und morgens den Haushalt gemacht. Aber wenn man nur zu zweit ist, ist das keine wirklich erschöpfende Arbeit. Ich habe mich mit der Dorfgeschichte beschäftigt und die Dorfchronik erweitert. Jochen weiß nichts davon, er braucht das auch nicht zu wissen. Nachdem Rolke ermordet worden ist, habe ich entdeckt, dass ich auf interessante Details aus Rolkes Leben gestoßen bin. Rolkes Hof wird ja seit ewigen Zeiten von seiner Familie bewirtschaftet und deshalb ist fast in jeder Chronik etwas darüber nachzulesen. Soll ich was davon erzählen?"

„Gerne", Allmers war begeistert über Wiebkes Interesse an der Dorfgeschichte.

„Manchmal hat man, wenn man so in alten Dokumenten blättert, den Eindruck, dass sich besonders die Bosheit gut vererbt. Rolkes Großvater mütterlicherseits hatte einen Hof außerhalb des Dorfes, am Rand des Moores, du kennst die Höfe dort. Ein Teil der Flächen und die Gebäude liegen auf der Marsch, dahinter ist Moor. Er hatte ihn Anfang des zwanzigsten Jahrhunderts gepachtet, für fünfzig Jahre, wie das damals so üblich war. Der Besitzer war ein Beamter, der durch irgendeine Tante, die er beerbt hatte, zu dem Hof gekommen war. Früher wurde in den Pachtverträgen festgelegt, dass die Pacht sowohl mit Geld als auch mit Naturalien bezahlt werden sollte. Anfang Oktober musste der Pächter den zehnten Teil seines Kleinviehs, also der Gänse, Enten, Hühner und Kaninchen, dazu noch Eier und anderes an den Verpächter liefern. Im ersten Weltkrieg, ich glaube es war 1917, hat der Großvater dann geglaubt, den großen Coup landen zu können. Im September packte er sein gesamtes Kleinvieh auf einen Hänger und fuhr es nach Nordkehdingen zu seinem Bruder."

„Und als der Verpächter kam", unterbrach sie Allmers, „war nichts mehr da! Sehr clever. Das hätte von Rolke selbst sein können."

„Es hat sich aber gerächt." Wiebke war in Fahrt gekommen. „Die Frau des Verpächters, die schwerkrank war und die dringend gutes Essen hätte gebrauchen können, nahm kurz vor ihrem Tod ihrem Mann ein Versprechen ab: Sollte der Hof je verkauft werden, sollte der Pächter ihn auf keinen Fall bekommen."

„Und? Hat er sich daran gehalten?", fragte Allmers.

Wiebke nickte: „Er musste vierzig Jahre warten. 1956 wurde der Hof verkauft. Der Pächter hat gejammert und geklagt, aber der Besitzer blieb hart: er musste den Hof verlassen. Der Hof wurde verkauft, aber nicht an ihn. Ein Flüchtling aus dem Osten hat ihn bekommen."

Allmers wusste sofort, um welchen Hof es sich handelte. Er hielt sich zugute, alles über die Höfe seiner näheren Umgebung zu wissen: „Sind da jetzt die Biobauern drauf? Die mit den Windrädern?"

Wiebke nickte: „Der Hof hat eine wechselvolle Geschichte. Er ist mehrmals verkauft worden, zuletzt vor ungefähr dreißig Jahren."

Kapitel 12

Rolke arbeitete ein paar Jahre als Aufhörer. Er war nicht beliebt bei den Bauern, seine arrogante Art, aufzutreten und die Preise zu drücken, stieß vielen übel auf. Er konnte nicht viel erreichen und irgendwann setzte ihn sein Verwandter vor die Tür.

Nachdem in Stade eine Genossenschaft gegründet wurde, in der sich die meisten der örtlichen Viehhändler zusammenschlossen, da sie merkten, dass sie mit ihren kleinen Viehhandlungen an ökonomische Grenzen stießen, ließ sich Rolke als Viehhändler anstellen. Er fuhr mit einem alten Lastwagen durch die Gegend und kaufte Kälber, die er schnell an andere Betriebe weiterverkaufte. Den Hof bewirtschaftete seine Frau, er molk nur morgens und verschwand dann mit seinem Laster. Dass seine Frau darüber unglücklich war, dachte sich niemand.

Irgendwann wurde Rolke die Kälbervermarktung entzogen. Danach sollte er nur noch mit Ferkeln und Schlachtschweinen handeln. Die Rinderzüchter aus der Umgebung hatten sich zu oft über ihn beschwert, und so fuhr er dann weitere Strecken, da es in der näheren Umgebung keine größeren Schweinebetriebe gab.

Nur Friedrich Winkler, sein Nachbar, verkaufte ab und zu eine Partie Ferkel, meist zehn oder zwölf Stück, die aus einem Wurf seiner Muttersauen stammten. Als Rolke einmal erfuhr, dass eine neue Partie zum Verkauf anstand, tauchte er mit einem Gehilfen unangemeldet bei Winkler auf. Der Betrieb lag nur ein paar Minuten von seinem entfernt. An Friedrich Winklers Hof waren die Neuerungen der modernen Landwirtschaft ebenso vorbeigegangen wie an Rolkes, trotzdem verachtete Rolke seinen Kollegen aus tiefstem Herzen, weil dessen Betrieb im Moor lag. Winklers leicht behinderter Sohn wurde immer wieder Opfer seines Spotts.

Als Rolke auftauchte, war der alte Winkler nicht zu Hause, nur seine beiden Söhne Horst und Klaus, die achtzehn und sechzehn Jahre alt waren, arbeiteten im Stall.

„Ist Fritz da?“, fragte Rolke freundlich.

Beide Winklers schüttelten den Kopf. Klaus stellte seine Mistgabel in die Ecke und verschwand wortlos aus dem Stall.

„Muss wohl pinkeln“, feixte Rolke und fragte: „Was sollen die Ferkel kosten?“

„42 Mark“, erwiderte Horst, stolz, mit dem Viehhändler, den er eigentlich nicht ausstehen konnte, zu verhandeln.

„Viel zu teuer“, erwiderte Rolke, und es begann das sich immer wiederholende Ritual des Viehhandels. Erst nach mehreren Runden durften sich Käufer und Verkäufer auf einen Preis einigen, sonst hätte der ganze Kauf keinen Spaß gemacht. Nach einer halben Stunde des Feilschens einigten sich beide auf 38 Mark und Horsts Gesicht glühte vor Stolz. Erst vor einigen Tagen hatte sein Vater eine andere Partie verkauft und dabei nur 35 Mark pro Ferkel erlöst.

Ein Handschlag besiegelte den Verkauf und beide bestätigten noch einmal den Preis von 38 Mark.

Rolke drehte sich um und wies seinen Helfer an, den Lastwagen nahe an den Stall zu rangieren. Horst half mit, die quiekenden, aufgeregten Schweine zu verladen. Rolke setzte sich auf den Beifahrersitz, schloss die Tür und drehte das Fenster hinunter. Er nahm, ohne eine Miene zu verziehen, genau abgezählt 38 Mark aus seinem Geldbeutel und drückte sie Horst Winkler in die Hand.

„Hier“, sagte er gönnerhaft, „ein wirklich guter Preis.“

Verdattert sah Winkler auf seine Hand und sagte: „Das waren zehn Ferkel. Das sind zusammen 380 Mark.“

Rolke schüttelte den Kopf: „Wir haben 38 Mark abgemacht. Es war keine Rede davon, dass das nur für ein Ferkel sein soll. Oder?“ Er drehte sich zu seinem Helfer um: „Das war doch so?“ Der Helfer nickte verschüchtert, ihm graute wohl vor der Heimfahrt, wenn er Rolke in den Rücken fiel.

„Du Schwein“, schrie Horst Winkler und konnte seine Tränen der Wut und Enttäuschung nicht verbergen. „Du hast mich beschissen.“

„Ich habe einen Zeugen“, sagte Rolke ungerührt. „Du kannst nichts machen. Das nächste Mal musst du besser verhandeln.“

Rolke freute sich diebisch über seinen Coup. Seine Kollegen aber mussten sich bei jedem Bauern, den sie besuchten, Vorhaltungen machen lassen über diese Art des Viehhandels. Manche Landwirte warfen Rolke sofort vom Hof und erteilten ihm Hofverbot, wenn er mit seinem Lastwagen auftauchte.

Auf einer Betriebsversammlung der Viehhändlergenossenschaft führten sein Verhalten und seine Tricks, die nur darauf abzielten, Bauern über den Tisch zu ziehen, zu einer erregten Debatte, bei der schließlich ein alter, erfahrener Viehhändler, der um seine Umsätze fürchtete, aufstand und Rolke schwere Vorwürfe machte. Zum Schluss seiner Rede verlangte er „Ehrlichkeit, liebe Kollegen. Nur mit Ehrlichkeit haben wir eine Chance bei den Bauern“.

Ungerührt stand Rolke auf und sagte kurz: „Ehrlichkeit? Wie soll denn das gehen?“

Kapitel 13

Das Telefon klingelte während der Mittagspause. Es dauerte eine ganze Weile, bis Allmers den Hörer aufnehmen konnte, er hatte nach dem Mittagessen erst eine Weile gelesen und war dann eingeschlafen. Als er sich meldete, klang seine Stimme noch verschlafen.

„Allmers", sagte sein Bruder am anderen Ende der Leitung. „Volltreffer. Von wegen keine Zeit."

„Ich war draußen", log Hans-Georg, „ich habe Rasen gemäht."

„Sei froh, dass du nicht unter Eid stehst, sonst müsste ich dich jetzt verhaften lassen. Der Rasen ist viel zu nass."

„Sehr witzig. Seit ich denken kann, liebe ich deinen Humor. Was ist?"

„Pass mal auf ..." begann sein Bruder. Hans-Georgs Laune erreichte endgültig ihren Tiefpunkt. Auch wenn es nur eine von vielen Leuten gebrauchte Floskel war, war sie aus dem Mund seines Bruders für Allmers kaum zu ertragen. In diesen drei Worten spiegelte sich das Verhältnis der beiden Brüder wie sonst nirgendwo.

Die beiden Brüder waren Rivalen, seit sie denken konnten, nur hatte Hans-Georg das Handicap, der deutlich jüngere zu sein. Er erreichte nie die gerissene Skrupellosigkeit seines großen Bruders, wenn es darum ging, sich einen Vorteil zu verschaffen, und sei es auf Kosten des anderen.

Besonders schlimm traf es Allmers einmal, als er noch zur Grundschule ging und kurz vor Weihnachten das Versteck entdeckte, in dem die Weihnachtsgeschenke verstaut waren. Da Geburtstage in der Familie nicht gefeiert wurden, hatten Geschenke wirklichen Seltenheitswert.

Einer der beiden sollte eine kleine Konzertina bekommen, ein Art kleines Akkordeon. Die kleine pietistische Gemeinde, in der die Familie aktiv war, hatte kein Geld für eine Orgel, und Allmers Mutter hörte ihren Sohn schon mit seinem Instrument die Gemeindemitglieder begleiten, wenn sie Psalmen sangen.

Die Konzertina lag schon einige Zeit auf dem Schrank seiner Eltern in deren Schlafzimmer, und als die beiden einmal allein im Haus waren, hatte er sie auf Werners Anweisung hin heruntergeholt. Werner war neugierig, wo die Töne versteckt sein könnten und schnitt den Balgen mit einem Küchenmesser auf. Seine Enttäuschung über den leeren Balgen war groß. Er klebte ihn mit Tesafilm wieder zusammen, stellte ihn zurück auf den Schrank und hatte die Sache nach kurzer Zeit vergessen.

Einen Tag vor Heiligabend hörte man durch das Haus einen schrillen Schrei, als seine Mutter den Frevel entdeckt hatte. Werner schob im Verhör der Mutter alle Schuld auf seinen Bruder. Sie schlug, ohne seine Version auch nur anzuhören, so heftig zu, dass Allmers am ganzen Körper blaue Flecken hatte und dem Weihnachtsgottesdienst fernbleiben musste, weil er nicht sitzen konnte.

Das Thema der Predigt des nächsten Gottesdienstes, den er besuchen musste, lautete: „Welche ich lieb habe, die strafe und züchtige ich" aus der Offenbarung des Johannes.

Allmers wusste sofort, dass seine Mutter bei der Themenwahl ihre Finger im Spiel gehabt hatte. Er verzieh seinem Bruder den Verrat nie, noch als Erwachsener glaubte er manchmal, die Schmerzen zu spüren, die seine Mutter ihm für diesen harmlosen Streich in sinnloser Wut unberechtigt zugefügt hatte. Sie war außer sich gewesen und hatte lange auf ihren Sohn eingeprügelt. Werner hatte währenddessen teilnahmslos in ihrem gemeinsamen Zimmer gespielt, und als Hans-Georg sich weinend auf sein Bett warf, wortlos den Raum verlassen.

Seit Allmers denken konnte, prahlte sein Bruder mit seiner angeblichen intellektuellen Überlegenheit. Hans-Georg beschloss, das Gespräch so schnell wie möglich zu beenden. Das ging am besten, wusste er, wenn er möglichst kurz angebunden war.

„Kennst du die Geschichte mit Rolke und Köhler?"

„Ja, Garbe hat sie mir vor ein paar Tagen erzählt."

„Und warum hast du mir davon nichts berichtet?" Sein Bruder war wütend. „Friedel ist damit der Hauptverdächtige, das dürfte dir wohl klar sein. Hast du Hella darauf angesprochen?"

Allmers war entsetzt: „Wie hätte ich das denn, bitte schön, machen sollen? Vielleicht so: Ach Hella, ich habe gehört, Brigitte ist nicht von Friedel. Du bist vielleicht naiv. Ich habe das Thema tunlichst vermieden."

„Wenn du so etwas erfährst, musst du mir das sofort mitteilen, das ist dir doch hoffentlich klar. Du kannst doch nicht einfach was verschweigen, was dir nicht in den Kram passt, wie die Geschichte mit dem Jogger."

„Ich habe nichts verschwiegen, ich mache aber auch keine Ermittlungsarbeit für dich! Du kannst vielleicht deine Polizisten anpöbeln, aber nicht mich."

Wütend knallte Allmers den Hörer auf.

Als er sich wieder auf sein Bett legte, aufgewühlt und verärgert über die Arroganz seines Bruders, der ihm in fast jedem Gespräch seine Unterlegenheit demonstrieren wollte, fiel ihm seine eigentlich längst vergessene Rache wieder ein und er beschloss, von jetzt an immer an diese Geschichte zu denken, wenn er sich wieder einmal über seinen Bruder ärgerte.

Die beiden Brüder Hans-Georg und Werner hatten beide verschiedene Aufgaben im Haus und im Garten der Eltern zu erledigen. Werner half seiner Mutter oft beim Pflegen der Büsche, zu Allmers' unaufschiebbaren Arbeiten, die er schon als Grundschulkind zu erledigen hatte, gehörte das Mähen des Rasens. Seine Mutter konnte es nicht ertragen, wenn der Rasen über eine bestimmte Länge gewachsen war. Er mochte diese Arbeit nicht gerne, für ihn war ein kurz geschorener Rasen viel weniger schön als einer, der mit Gänseblümchen und Butterblumen übersät war. Aber Frau Allmers war unerbittlich. Der Rasen musste gemäht werden, und sie fing schon im März an, ihren Sohn an diese Pflicht zu erinnern. Es war, als ob jeder Anflug von Grün bekämpft werden müsste. Allmers musste die Grasnarbe so kurz scheren, dass der Rasen danach völlig braun war.

Nach dem Weihnachtsfest, das ihm durch die Prügel, die er bezogen hatte, sein Leben lang in Erinnerung blieb, hatte er sich Rache geschworen. Nur wenig später predigte der Pfarrer in der Kirche über den Spruch: „Simson aber sprach zu ihnen: Wenn ihr solches tut, so will ich mich an euch rächen und danach aufhören." (Richter 15.7)

Für Allmers war das wie eine Bestätigung dessen, was er vom ersten Prügelschlag an geplant hatte. Die Rache sollte fürchterlich sein, hatte er sich vorgenommen, und es sollte eine Rache sein, bei der man ihn als Verursacher nicht erkennen könnte. Still wollte er sie nach getaner Arbeit genießen und sich am Unglück seiner Mutter und seines Bruders weiden. Nur so, schien es ihm, konnte er die Prügel, die er eingesteckt hatte, irgendwann vergessen.

Er hörte bei der Predigt nicht genau zu und schon, als er die Kirche verlassen hatte, waren ihm die Worte des Pfarrers entfallen. Nur der Satz, der das Thema der Predigt bildete, war ihm im Gedächtnis geblieben: „...so will ich mich an euch rächen und danach aufhören."

Wenn dies so in der Bibel stand, befand er, und er schlug zu Hause sogar extra die Stelle noch einmal nach, konnte Rache nichts Schlechtes sein. Sagte das Alte Testament nicht auch, dass man Auge um Auge und Zahn um Zahn vergelten solle?

Schließlich fiel die Rache viel weniger dramatisch aus, als er sie sich ausgemalt hatte. Er fand aber, sie war deshalb nicht weniger wirkungsvoll und traf seine Mutter tief.

Frau Allmers hatte einen, so fand ihr Sohn schon als Grundschüler, verhängnisvollen Hang zu Azaleen, den sie mit ihrem Sohn Werner teilte. Wenn sie im Garten an diesen Pflanzen arbeitete, sie wässerte oder düngte, konnte sie immer auf die Hilfe ihres ältesten Sohnes zählen. Frau Allmers und Werner pflanzten die Azaleen in allen Farben planlos nebeneinander, so dass schließlich alle Modefarben der letzten Jahre miteinander wetteiferten, nicht immer zur Freude der Betrachter. Sie setzten lachsrote Varianten ungerührt neben rosafarbene, dunkle neben schreiend rote. Allmers musste lange warten, bis der richtige Zeitpunkt seiner Rache gekommen war. Als die Pflanzen im frühen Sommer aufblühten, schritt er zur Tat. Er mixte Reste von Pflanzenschutzmitteln zusammen, kratzte sorgfältig die Erde rund um die Pflanze beiseite und goss die Azaleen mit diesem Gemisch. Danach breitete er die Erde wieder sorgfältig über die feuchte Stelle und legte noch ein paar Laubreste um den Busch.

Zwei Tage später waren alle Pflanzen eingegangen und Allmers erfreute sich am Streit zwischen seiner Mutter und Werner, die sich gegenseitig beschuldigten, für den Tod der gehätschelten Pflanzen verantwortlich zu sein.

Es kam nie heraus, warum die ganze Azaleenpracht abgestorben war.

Allmers schlief ein. Seine Mittagsschläfchen dauerten

manchmal bis zur abendlichen Milchkontrolle, aber heute wachte er nach ein paar Minuten wieder auf. Seine kurzzeitige gute Laune war wieder wie weggeblasen, und er grübelte, warum ausgerechnet er immer so direkt mit Menschen zu tun hatte, die zu den brutalsten Verbrechen fähig waren. Allmers versuchte, alle Gedanken an Gewaltverbrechen beiseite zu schieben, aber es gelang ihm nicht. Seine Rolle beim Tod seiner Mutter hatte ihn fast zum Alkoholiker werden lassen. Er war lange Zeit nicht darüber hinweggekommen, dass er nicht schon früher gemerkt hatte, welches Spiel seine Freundin mit ihm getrieben hatte.

Susanne Hansen war im sechsten Monat schwanger gewesen, als sie damals aus dem Krankenhaus entlassen worden war. Sie hatte nach einem schweren Autounfall drei Monate gebraucht, bis sie wieder so gesund war, dass die Ärzte sie gehen ließen. So lange sie im Krankenhaus war, hatte Allmers verschwiegen, dass er genau wusste, dass sie es war, die ihre Tante Else Weber getötet hatte. Er hatte jedoch vor ihr nicht verbergen können, dass seine Liebe und Zuneigung zu ihr unter der Wahrheitsfindung sehr gelitten hatten. Aber die gesunde Entwicklung des ungeborenen Kindes war ihm wichtiger als ein unfruchtbarer Streit. Als sie entlassen wurde, holte er sie ab, brachte sie in ihre Wohnung und legte ihr wortlos das Buch vor, das er beim Aufräumen in ihrer Wohnung gefunden hatte. Es hatte versteckt im hintersten Winkel eines Schrankes gelegen, und Allmers hatte es nur durch Zufall entdeckt. Sein Bruder und die Polizei hatten, nachdem der vermeintliche Mörder erst Allmers' Mutter und dann sich selbst erschossen hatte, den Fall für erledigt erklärt. Der offiziell festgestellte Mörder war Ernst Poppe, der von allen verdächtigt worden war, in Wahrheit aber mit dem Tod von Else Weber überhaupt nichts zu tun gehabt hatte. Das von Allmers gefundene

Buch war der Beweis für die Täterschaft Susanne Hansens.

„Du weißt es?", hatte sie verblüfft gefragt, mehr erstaunt als erschrocken.

Allmers hatte wortlos genickt und versucht, ruhig zu bleiben.

„Und nun?", hatte sie nach einer Weile gefragt.

„Ich kann nicht mit jemandem zusammenleben", hatte er geantwortet und sich bemüht, die Worte, die er sich vorher genau überlegt hatte, langsam und bestimmt auszusprechen, „,der einen Mord begangen hat und für den Tod meiner Mutter verantwortlich ist. Ich muss dich verlassen und du musst aus meinem Blickfeld verschwinden, sonst gehe ich zur Polizei. Nimm das Buch und hau ab."

„Und unser Kind?"

Allmers traten Tränen in die Augen. Er zuckte nur stumm die Schultern, drehte sich um und verließ ihre Wohnung.

Er hatte Susanne seitdem nicht mehr gesehen.

Drei Monate später kam ein Brief, der ihm endgültig den Boden unter den Füßen wegzureißen drohte. Sein schwarzer Rand ließ Unheil erahnen. Der Umschlag hatte keinen Absender und der Stempel war unleserlich. Allmers dachte erst an eine der üblichen Todesnachrichten, wenn jemand aus dem Dorf gestorben war, umso härter traf ihn das Geschriebene:

Lieber Hans-Georg Allmers,

ich weiß nicht, was Sie und Susanne dazu bewogen hat, den angefangenen gemeinsamen Lebensweg wieder getrennt zu beschreiten. Susanne hat nie ein Wort darüber verlauten lassen, jede Frage danach hat sie brüsk zurückgewiesen.
Trotzdem sind Sie derjenige, dem ich die traurige Nachricht als Erstem schreiben muss.

Meine liebe Tochter ist bei der Geburt Eures Kindes gestorben. Und Euer kleiner Sohn durfte auch nicht ein einziges Mal einen Strahl der Sonne oder einen Regentropfen auf seiner Haut spüren. Wir haben nun beide ein ähnliches Schicksal, wir haben beide ein Kind verloren.
Susanne ist, so sagen die Ärzte, völlig überraschend an einer Eklampsie gestorben und ihr oder besser Euer Kind konnte das nicht überleben. Man hätte es wohl schon früher bemerken können oder müssen, aber ich möchte niemandem, vor allen Dingen nicht den Ärzten, Vorwürfe machen, die ich nicht beweisen kann.
Ich muss Sie nun allein lassen mit dieser traurigen Nachricht. Vielleicht haben Sie jemanden, dem Sie Ihr Leid so mitteilen können, dass es Sie tröstet.
Ich habe mich für eine gemeinsame Einäscherung entschieden, so sind die beiden nun für immer so vereint, wie sie es vorher neun Monate gewesen waren. Ich hoffe, ich habe auch in Ihrem Sinne gehandelt. Die Grabstätte liegt auf dem Zehlendorfer Friedhof.

Heidemarie Hansen

Allmers gab wie betäubt „Eklampsie" in eine Suchmaschine des Internets ein, er wollte wissen, woran Susanne und das Kind gestorben waren. Was auf dem Schirm erschien, konnte er dann nur noch verschwommen lesen, seine Augen hatten sich rasend schnell mit Tränen gefüllt. Von „Krämpfen, die durch lokale Gefäßkonstriktionen im Gehirn ausgelöst" werden, stand da zu lesen, weiter kam er nicht. Er schaltete den Computer aus und begann, die Schränke nach Cognac, Korn und allem anderen, was hochprozentig war, zu durchsuchen. Nach dem Tod der Mutter hatte er schon einmal ein großes Problem mit Alkohol gehabt und hatte sich nur mit Mühe aus einer beginnenden

Abhängigkeit herausgerettet, jetzt jedoch war ihm alles egal.
Er setzte sich an den Küchentisch, weinte und trank bis in den Abend. Erst als alle Flaschen leer waren, schleppte er sich in seine Toilette, kotzte das ganze Elend, das ihn erfasst hatte, aus und schlief auf den Fliesen ein. Erst vierundzwanzig Stunden später fand ihn, immer noch halb betäubt, sein Bruder.

Kapitel 14

Rolke galt bei den Dorfbewohnern als ein unverbesserlicher rechter Schreihals, der auf Versammlungen und privaten Gesprächen aus seinem Gedankengut kein Geheimnis machte. Er tat es so laut und oft vulgär, dass sich auch die, die ihm eigentlich zustimmten, offiziell von ihm abwandten. Gewählt wurde er dennoch, als er sich mit einer unverhohlen fremdenfeindlichen Gruppierung für den Gemeinderat bewarb.

Allmers bekam gleich am ersten Tag seiner ersten Milchkontrolle bei Rolke mitgeteilt, welcher Wind bei ihm wehte.

„Bist du schwul?“, fragte er ihn unvermittelt und ohne Grund. Rolke war über einen Meter neunzig groß und, als er sich vor Allmers aufbaute, der fast fünfzehn Zentimeter kleiner war, bekam der es mit der Angst zu tun. Rolke hatte einen hochroten Kopf, dessen Farbe sich bei Wut und Aufregung in ein tiefes Dunkelrot steigerte. Er sah zu Allmers hinunter, und Hans-Georg fiel bei dieser Gelegenheit ein Detail in Rolkes Gesicht auf, das ihn vollkommen verwirrte. Rolke hatte beide Augenbrauen rasiert. Bei jeder Milchkontrolle bis zu Rolkes Tod starrte er ihn immer wieder verwundert an, um erstaunt festzustellen, dass er diese Angewohnheit immer noch pflegte.

Allmers errötete. Er war siebzehn oder achtzehn Jahre alt und wusste keine andere Antwort auf die unverschämte Frage als: „Nein, wie kommst du darauf?“

„Wer in deinem Alter keine Freundin hat, ist doch meistens schwul.“ Rolke sah Allmers’ roten Kopf an und meinte: „Ins Blaue geraten und ins Schwarze getroffen, oder?“

Allmers schüttelte den Kopf. Er wäre am liebsten aus dem Stall gerannt.

„Weißt du, was man mit solchen Schweinen machen muss?“ Rolke redete sich in Rage. „Arbeitslager. Und die ganzen Behinderten. Da gibt es doch mittlerweile Möglichkeiten. Das kann man untersuchen, bevor sie geboren sind. Und dann“, er ahmte die Handbewegung nach, die ein Arzt ausführte, wenn er einem Patienten eine Spritze geben musste: „Abspritzen. So einfach ist das. Anstatt die ganzen Krüppel mit unseren Steuergeldern durchzufüttern.“

Allmers hatte geschwiegen und sich noch lange geärgert, Rolke nicht die Milkoskope vor die Füße geworfen zu haben.

Die Geschichte kam ihm wieder in den Sinn, als er hörte, wie Hasim, Rautenbergs türkischer Arbeiter, von Rolke behandelt worden war. Er hatte bei Regen Schutz gesucht unter der Trauerweide, die Rolkes Grundstück zur Straße hin schmückte. Rolke kam aus dem Haus gestürmt und forderte Hasim mit unflätigsten Worten auf, die der nicht alle verstanden hatte, zu verschwinden. Er würde keine Bäume pflanzen und mühsam hochziehen, damit schwule Ausländer darunter faulenzen.

Kapitel 15

Die jährliche Fortbildungstagung des Landesverbandes Niedersächsischer Milchkontrollvereine fand in Zeven statt. Wiebke fuhr Allmers in den Ort und suchte das Tagungshotel. Er hatte sie überredet, die Nacht im Hotel zu verbringen, da er angeblich nicht wusste, wann die Tagung am nächsten Tag zu Ende gehen sollte.

„Kein Doppelzimmer!“, hatte Wiebke zur Bedingung gemacht. Allmers hatte genickt; enttäuscht, aber er hatte es sich nicht anmerken lassen.

Die Zusammenkunft sollte diesmal zwei Tage dauern, da es das fünfzigjährige Jubiläum des Verbandes war und am Sonnabend eine Festveranstaltung vorgesehen war, auf der verdiente Kontrollassistenten zu Oberkontrollassistenten befördert wurden. Diesen Höhepunkt im Berufsleben der Milchkontrolleure hatte Allmers schon vor ein paar Jahren hinter sich gebracht.

Der Landesverband hatte alle Kontrolleure aus Niedersachsen nach Zeven beordert. Es war eine Versammlung, die es in dieser Größe noch nie gegeben hatte.

Die Festveranstaltung begann abends um halb acht mit einem Grußwort des stellvertretenden Landrates, danach hielt der Tierzuchtinspektor ein Referat zum Thema der aktuellen Entwicklung der Milchleistung niedersächsischer Milchkühe, der Leiter der Landwirtschaftskammer ergänzte diese Ausführungen sachkundig. Dann sprach der Vorsitzende der örtlichen Molkereigenossenschaft über die Milchmengenentwicklung und ihren Einfluss auf die anstehenden Investitionen der Molkereien. Der Zevener Bürgermeister fasste sich kurz, bevor die Landräte der Nachbarkreise Grußworte überbrachten. Zum Schluss erhob sich der Landwirtschaftsminister, nachdem er von seinem Nachbarn mit einem kurzen Stoß an seinen Auftritt erinnert worden war. Als der Minister ans Pult trat, begann das Blasorchester des Zevener Schützenvereins zu spielen und ließ sich auch von der Prominenz des Redners nicht davon abhalten, das eingeübte Programm bis zum Ende durchzuhalten. Der Minister hielt sich erst irritiert am Rednerpult fest, ging dann zurück zu seinem Stuhl, um in dem Moment, wo er sich setzen wollte, feststellen zu müssen, dass das bunte Potpourri aus heimatlichen Melodien zu Ende war. Er erhob sich wieder, ging zum Rednerpult und hielt die längste Rede des Abends.

Von Beginn der Veranstaltung an kämpfte Allmers mit seiner Müdigkeit, die ihn immer überfiel, wenn er in überfüllten Sälen lange auf einem Stuhl sitzen musste. Meist begann es damit, dass bei ihm der Automatismus des Sehens versagte. Allmers musste sich dann zwingen, die Augen offen zu halten. Aber er wusste im Grunde von diesem Moment an, dass er wieder verloren hatte. Kurze Zeit später senkte sich meistens der Kopf mit geschlossenen Augen unaufhaltsam nach vorne, bis das Übergewicht so stark wurde, dass er davon aufschreckte. Bestürzt von seinem Versagen versuchte er sich dann wieder auf den Vortrag zu konzentrieren, aber nach ein paar Minuten hatte er erneut keine Gewalt mehr über sich. Die Müdigkeit übermannte ihn aufs Neue und er kippte nach vorne. So lange er noch nicht eingeschlafen war, bemerkte er in manchen Veranstaltungen voller Anteilnahme, dass er nicht der einzige Zuhörer war, dem dieses Missgeschick passierte.

Heute hielt er lange durch. Er nutzte alle Tricks, die er

sich in vielen Veranstaltungen antrainiert hatte, um wach zu bleiben. Er begann damit, sich laut in sein Taschentuch zu schnäuzen, obwohl seine Nase sauber war. Ein paar Minuten später nahm er seine Brille ab und putzte sie ausgiebig. Konzentriertes Arbeiten, wusste er, war ein gutes Mittel gegen Langeweile und Müdigkeit. Es war ihm egal, ob er den Vortragenden nur verschwommen sehen konnte, er putzte lange und mit Hingabe. Als er die Brille wieder aufsetzte, redete gerade der Bürgermeister. Die scheppernde Blasmusik ließ ihn noch einmal aufhorchen, dann ergriff die Müdigkeit endgültig Besitz von ihm. Er kämpfte verzweifelt mit der Schwere seiner Lider und versuchte weiter, den Zeitpunkt des Einschlafens hinauszuzögern. Erst atmete er tief durch, in der Hoffnung, mit gut gefüllten Lungen seinen Kopf wach zu halten, als dies nichts nützte in der abgestandenen Luft des überfüllten Saales, beschloss er, sich auf die Hautunreinheiten der älteren Frau zu konzentrieren, die vor ihm saß. Sie trug ein Kleid, das ihre Schultern nicht bedeckte. Für die Frau des stellvertretenden Schriftführers des örtlichen Milchkontrollvereins war dieser Abend der Höhepunkt ihres bisherigen gesellschaftlichen Lebens.

Allmers schlief ein und kippte nach vorne. Erschrocken zuckte er zusammen, als er aufwachte, weil das Übergewicht zu schwer wurde. Er hatte den Rücken der Frau nur um Zentimeter verfehlt.

Beim nächsten Mal passierte es. Er kippte wieder nach vorne und schlug mit seiner Stirn unterhalb des Nackens auf. Die Frau schrie auf, der Minister unterbrach erschrocken seine Rede und Allmers wurde bis unter die Haarspitzen rot.

Der Vorfall gab Anlass zur ersten Glosse, die je im Verbandsblatt „Niedersächsischer Milchkontrolleur“ erschienen ist. Allmers hatte lange unter dem Spott seiner

Kollegen zu leiden. Der stellvertretende Schriftführer und seine Frau redeten den ganzen Abend kein Wort mit ihm und verließen die Veranstaltung vorzeitig.

Nachdem die Ehrungen beendet und die Beförderungen ausgesprochen waren, verließ die örtliche Prominenz die Veranstaltung und die Stimmung auf der Feier normalisierte sich. Die Männer standen mit einem Bierglas herum, die Frauen saßen und tranken süße Liköre.

Allmers ging um zwölf auf sein Zimmer. Wiebke hatte er den ganzen Abend kaum gesehen, er meinte nur, ihr helles Lachen herausgehört zu haben, als die Zuhörer nach dem ersten Schreck über sein Missgeschick in brüllendes Gelächter ausbrachen, froh über die gelungene Abwechslung an diesem langweiligen Abend.

Er schämte sich immer noch, er war niemand, der einen solchen Fauxpas locker wegstecken konnte.

Er beschloss, vor dem Schlafen zu duschen, er sehnte sich nach einem heißen Strahl, der das Missgeschick, das ihm den heutigen Abend verdorben hatte, abspülen würde. Er zog sich aus, warf seine Kleider achtlos auf den Boden des Hotelzimmers und ging nackt in das kleine Badezimmer. Er suchte eine Ablage für seine Brille, damit er sie nach dem Duschen problemlos wiederfinden konnte. Allmers sah seine Umgebung ohne Brille so verschwommen wie durch ein sehr unscharfes Fernglas. Seine Sehschwäche wurde erst erkannt, als er in die Schule gekommen war. Seinem Lehrer war aufgefallen, dass der Junge die Schrift auf der Tafel nicht richtig erkennen konnte, und so bekam er schon mit sieben Jahren eine Brille. Seine Kurzsichtigkeit verstärkte sich mit der Pubertät so heftig, dass er manchmal jedes Jahr Gläser mit größerer Stärke brauchte. Er wurde mit seinen immer dickeren Brillengläsern schnell zum Gespött seiner Klasse. Wollte man ihn besonders ärgern, musste ihn jemand von hinten packen, festhalten und demjenigen präsentieren, der ihm die Brille langsam von der Nase zog. Allmers konnte in seiner Wut große Kräfte entwickeln, aber seine Schulkameraden wussten dies, und deshalb wurde der Stärkste von allen damit beauftragt, ihn von hinten zu packen. Diese plumpe Art des Ärgerns wurde später bei den Heranwachsenden durch Spott ersetzt, wobei Allmers die Karikaturen, die ihn mit immer dickeren Brillen zeigten, bis die Sehhilfe schließlich von einer Art Galgen gehalten wurde, sogar witzig fand, sie sammelte und aufhob.

Ohne Brille war Allmers nahezu hilflos. Er war kein guter Schwimmer und behielt selbst im Hallenbad die Brille auf, was ihn beim Duschen immer vor das Problem stellte, wo er seine Brille deponieren sollte. Oft löste er das Problem so, dass er sie einfach mit den Zähnen an den Bügeln festhielt, bis er sich den Kopf gewaschen hatte.

Allmers liebte es, seine Freundinnen an den kleinen See zu führen, den sein Vater im Moor hatte ausheben lassen und der mittlerweile so von Brombeerbüschen umstanden war, dass man sich dahinter gut verstecken und den Mädchen ungesehen unter die Bluse fassen konnte. Aber selbst wenn ein Mädchen sich auszog und sich mit ihm nackt auf die ausgezogenen Kleider legte, Allmers behielt immer seine Brille auf.

Wenn er zu Hause duschte, legte er die Brille immer an dieselbe Stelle im Badezimmer. So hatte er die Gewissheit, sie nachher ohne allzu großes Suchen wiederzufinden. Nach der Stallarbeit oder wenn er in die Stadt musste, duschte Allmers oft lange, vergaß aber manchmal unter dem ermüdend heißen Wasser die Systematik der Reinigung. Er wusch sich gerne ausgiebig die Haare, seifte die Achseln, die Arme und den Körper ein und ließ dabei immer lange das Wasser laufen, was ihm seine Mutter verübelte, wenn sie dahinterkam. Wenn er sich die Seife abduschte, spielte er manchmal mit seinem Geschlecht, zuweilen trieb er es bis zum Ende. Aus Bequemlichkeit vernachlässigte er bei seinen Reinigungsritualen oft die Beine und die Füße. Und diese Unart verstärkte sich noch, je kurzsichtiger er wurde. Nun erkannte er nicht einmal mehr, ob er bei der Reinigung auch Erfolg gehabt hatte. Am folgenreichsten war dies an Sommertagen, wenn er mit kurzen Hosen im Stall gearbeitet hatte und die nackten Unterschenkel mit Kuhscheiße verdreckt waren. Sobald der Mist an den Beinen angetrocknet war, ließ er sich nicht mehr einfach mit dem fließend heißen Wasser abspülen und so geschah es oft, dass Allmers erschöpft und erfrischt aus der Dusche stieg, sich abtrocknete und dann, wenn er die Beine bearbeitet hatte, laut fluchend das Handtuch in die Ecke warf. Das fließende Wasser hatte die Kuhscheiße aufgeweicht, und er hatte mit dem Handtuch die Reste über die Beine verschmiert.

Als Allmers unter der Dusche stand, dachte er, dass es wohl wirklich Wiebke gewesen war, die am lautesten gelacht hatte, als er klatschend auf dem Rücken der Frau aufprallte. Seit sie ihn aus der Schulzeit kannte, passierten ihm immer wieder Dinge, wenn er mit ihr zusammen war, die man nicht vorhersehen konnte. Früher löste es bei ihr eher Mitleid aus als Zuneigung, vielleicht war es heute anders, hoffte er. Soweit er sich erinnern konnte, empfand er ihr Mitleid früher als wenig hilfreich für die Beziehung, aber ihre Sommerliebe lag schon so lange zurück, dass er Schwierigkeiten hatte, sich an Einzelheiten zu erinnern.

Als Wiebke kurz nach Allmers die Veranstaltung verlassen hatte – die Frauen tranken den Likör mittlerweile aus Wassergläsern und die Männer standen sich nur noch stumm gegenüber – wollte sie nur noch ins Bett, aber Allmers ging ihr nicht aus dem Sinn.

Sie dachte an ihren Mann. Jochen war um einiges ernsthafter als Allmers, dessen Art, sich immer als jemand aufzuführen, der nicht erwachsen werden wollte, ihr manchmal zuwider war. Jochen dagegen war solide, wenn auch sterbenslangweilig. Die Tage, Wochen und Monate mit ihm waren immer von den gleichen Ritualen des täglichen Lebens geprägt. Morgens nach dem Aufstehen wurde geduscht, stumm gefrühstückt und, nachdem sie ihm die Pausenbrote geschmiert hatte, verabschiedete sich ihr Mann an der Tür mit einem gemurmelten „Tschüs, Schatz“ und drückte ihr noch einen nachlässigen Kuss auf die Wange.

Wiebke ging langsam die Treppe des Hotels hinauf und wunderte sich über ihre seltsamen Gedanken. Schließlich konnte sie sich auf ihren Mann verlassen. Aber es passierte auch nichts mit ihm.

Sie schloss ihr Zimmer auf.

Ich werde nicht zu ihm gehen, beschloss sie. Auf keinen Fall. Ich gehe jetzt ins Bett.

Sie hatte sich auf die eine Nacht im Hotelzimmer gefreut. Da sie erst einmal in einem Hotel übernachtet hatte – es war schon Jahre her, dass sie mit ihren Eltern ein paar Tage Urlaub an der Ostsee gemacht hatte – waren Hotels in ihrer Vorstellung Herbergen des Luxus und der gepflegten Langeweile. Sie freute sich, in ein frisch gemachtes Bett zu schlüpfen, das fremde, anders riechende Bad zu nutzen und morgens gemeinsam mit Allmers zu frühstücken und sich dabei an einem reich gefüllten Büffet bedienen zu können. Aber als sie nach der Anreise die Tasche in dem Zimmer abgestellt hatte und für ein paar Minuten allein war, hatte sie sich gefragt, wer ein Leben in Hotelzimmern aushalten könne. Sie spürte eine kalte Einsamkeit, als sie sich umsah und war froh, das einfach und lieblos möblierte Zimmer schnell verlassen zu können.

Sie machte das Licht an. Es schien ihr als ob nicht nur das Zimmer, sondern auch die hinterste Ecke ihrer Seele ausgeleuchtet würde. Die Vorstellung, dass Hans-Georg Allmers im Nebenzimmer allein in seinem Bett schlief, machte sie nervös. Sie schloss die Tür hinter sich, spielte fahrig mit dem Schlüssel und ließ ihren Gedanken freien Lauf. Sie erinnerte sich an den gemeinsamen Sommer, an die unbeholfenen Zärtlichkeiten am See und daran, wie sie Allmers geholfen hatte, seine Schüchternheiten zu überwinden. Sie dachte an das erste Mal, als sie miteinander geschlafen hatten, und musste lächeln, als sie sich erinnerte, wie sie sich vorsichtig in die Scheune geschlichen und die Angst gleich zweifach gespürt hatten. Sie wollten auf keinen Fall riskieren, entdeckt zu werden, es wäre furchtbar gewesen, nackt aus dem Heu fliehen zu müssen. Und dann war da die Angst vor dem ersten Mal, die beide spürten, die sie sich aber gegenseitig nicht eingestanden hatten. Und wie groß ihre Erleichterung war, als sie nach zwei Wochen Zittern ihre Regel bekommen hatte.

Wiebkes erotische Erinnerungen steigerten sich immer mehr und wurden zu einem Verlangen, dass sie in dieser Heftigkeit in den letzten Monaten nicht mehr gespürt hatte.

Jochen ist so abweisend geworden, dachte sie, so gleichgültig und lieblos. Vielleicht war seine Liebe, sinnierte sie bedrückt, zu mir doch nicht so stark gewesen, wie ich es vor der Heirat gehofft hatte. Am Anfang ihrer Beziehung brauchte sie ihn nur anzusehen und sie stand sofort in Flammen. Er hatte sich meistens bemüht, diese Glut zu löschen, aber es war ihm nur selten so gelungen, wie sie es gerne gehabt hätte. Er hatte kein Gespür für ihre Lust. Fast immer musste sie ihn erst zum Löschen auffordern. Mittlerweile war es so geworden, wie sie es sich in ihren schlimmsten Träumen nicht hätte denken können: Sie teilten sich zwar noch die Wohnung und aßen gemeinsam. Nach außen boten sie das Bild eines normalen Ehepaares, hinter den geschlossenen Türen ihrer Wohnung waren sie sich fremd geworden. Sie hatte mehrmals versucht, mit Jochen darüber zu reden, aber er hatte ihre Bedenken und Einwände immer nur erstaunt zur Kenntnis genommen und gemeint, dass man doch harmonisch zusammenlebe, er wisse gar nicht, was sie habe. Mittlerweile hatte sie die Hoffnung auf eine Besserung ihrer Situation fast aufgegeben und war kurz davor, sich damit abzufinden, eine vertrocknete, griesgrämige Ehefrau zu werden, so wie die, die sie manchmal beim Einkaufen beobachtete: Frauen, die mit zusammengekniffenen Lippen, mit knallrot gefärbten Haaren und freudlosem Gesichtsausdruck durch die Geschäfte hetzten und denen sie schon immer unterstellt hatte, sexuell unbefriedigt zu sein.

Eine Freundin hatte sie einmal gefragt, ob sie glücklich sei. Wiebke hatte an die Frauen gedacht und geschwiegen.

Jetzt, in diesem kalten und abweisenden Zimmer spürte sie plötzlich den fast vergessenen Wunsch nach der Schwere eines Mannes auf ihr, und fast schien es ihr egal, wer es wäre. Sie versuchte sich, halbherzig, wie sie sich eingestand, dagegen zu wehren, aber es gelang ihr nicht, die Aufregung, die in ihrem Körper immer mächtiger wurde, abzuschütteln.

Ich bin scharf auf ihn, dachte sie, ich gebe es zu, aber es geht nicht und es darf nicht sein. Wenn ich jetzt schwach werde, ist meine Ehe am Ende. Jochen würde mich niemals betrügen und ich brauche seine Liebe und keinen Sex mit dem Exfreund, nur weil die Gelegenheit günstig ist. Sie öffnete die Tür und sah auf den Gang. Als sie ihr Zimmer verließ, beschloss sie: Wenn bei ihm die Tür abgeschlossen ist, ist die Entscheidung gefallen.

Sie klopfte und als keine Antwort kam, drückte sie

zaghaft die Klinke herunter. Die Tür war offen.

Zögernd trat sie ein und schloss die Tür leise hinter sich. Ihr Herz klopfte, als sie das Wasser unter der Dusche rauschen und Allmers vor sich hin summen hörte. Er genoss den intensiven Wasserstrahl.

Wiebke warf einen zaudernden Blick in das Badezimmer, dann zog sie sich entschlossen aus, ging hinein und zog die Duschkabinentür auf.

„Mach mal Platz", sagte sie.

Kapitel 16

Allmers streifte als Kind mit seinem Fahrrad viel durch die Gegend. Alleine oder mit Schulfreunden überquerte er gerne den alten Deich und fuhr oft nach Kamerun. Früher, als der große Elbdeich noch nicht gebaut war, lag diese Hofstelle mit dem exotischen Namen im Außendeichsgelände und ragte bei den meisten Sturmfluten wie eine Insel aus dem Wasser. Ein Rückkehrer aus Afrika, der nach dem ersten Weltkrieg die ehemalige deutsche Kolonie verlassen musste, hatte Anfang der zwanziger Jahre die Hofstelle gekauft und ihr mit den Worten „Das ist mein Kamerun" diesen Namen gegeben. Seine mittlerweile verwitwete Tochter lebte als alte Frau mit zwei Kühen, ein paar Schweinen und viel Kleinvieh allein in der Einsamkeit des weiten Geländes. Sie verließ so gut wie nie ihren Hof, und Allmers fragte sich jedes Mal, wo sie die begehrten Bonbons her hatte, die sie freigiebig an die Kinder, die sie gerne besuchten, verteilte. Begehrter waren allerdings ihre Butterbrote, die sie den hungrigen Kindern schmierte, wenn sie manchmal zu fünft oder sechst unangemeldet auf ihrem Hof erschienen, um den zwischendurch aufgetretenen Hunger zu stillen.

Jetzt, wo das Land von zwei Deichen geschützt war, war der Zauber von Kamerun dahin, fand Allmers. In seiner frühen Kindheit hatte er bei Sturmfluten nachts zitternd in seinem Bett gelegen und war vor Angst um die alte Bäuerin fast vergangen.

Allmers' Vater hatte ein paar Weiden von der alten Frau

gepachtet und Hans-Georg hatte als kleines Kind einmal erlebt, wie die Ochsen, die dort grasten, von einer Sturmflut überrascht worden waren. Sie hatten sich auf die Fluchthügel gerettet, die in der Landschaft wie kleine Berge aus der riesigen, tosenden Wasserfläche herausragten. Die Tiere wurden mit Booten von den Hügeln geholt und hinter den Deich in Sicherheit gebracht. Die alte Frau hatte eine Evakuierung abgelehnt, sie hatte das Kleinvieh und die Schweine auf den Heuboden gebracht. Nur die Kühe vertraute sie der Feuerwehr an. Sie selbst wollte auf dem Hof bleiben.

In der Nacht tobte zu dem Sturm noch ein Gewitter, und es war großes Glück, dass kein Blitz in Kamerun einschlug.

Viele Bauern, die im Moor ihre Höfe hatten, konnten nur überleben, weil sie auf den fetten Marschweiden des Außendeichs so viel Futter ernteten, wie sie benötigten. Die Moorwiesen waren oft sauer und wenig ertragreich, die wertvollen Futtergräser waren ein paar Jahre nach der Aussaat wieder verschwunden und von Honiggras und Binsen verdrängt. Eduard Rolke hatte als Marschbauer besseres Land rund um seinen Hof und, obwohl er durch die Abziegelungen seiner Vorfahren eigentlich keinen Grund zur Überheblichkeit gehabt hatte, sah er mitleidig und hochnäsig auf die armen Schlucker aus dem Moor herunter, die mühselig das Gras die weite Strecke bis auf ihre Höfe transportieren mussten, um es dann zu Hause zu Silagehaufen zu stapeln.

Als Kind liebte Allmers die weiten Fahrten zu den Außendeichswiesen nach Kamerun, die er als Beifahrer auf dem kleinen Trecker mitmachen durfte, wenn sein Vater das alte Mähwerk angehängt hatte, um Gras für Heu oder Silage zu mähen. Der alte Allmers musste einen weiten Umweg fahren, die Bauern hüteten eifersüchtig ihr Überfahrtsrechte über die Deichübergänge. Nur in absoluten

Ausnahmefällen oder in großer Not wagte es ein Kollege, eine Überfahrt zu benutzen, die ihm nicht gehörte. So fuhr Allmers' Vater durch das ganze Dorf, um die Deichlücke, durch die die Straße führte, zu durchqueren. Die direkte Überquerung des Deiches war ihm verwehrt. Rolke zeigte jeden sofort an, der es wagte, seine Überfahrt zu benutzen. Hans-Georg Allmers war es recht. Die Fahrten mit dem Trecker konnten gar nicht lange genug sein.

Allmers hatte in dieser Zeit fest vor, einmal den Hof seiner Eltern zu übernehmen. Auch später sah er sehnsüchtig jedem Heuwagen hinterher, der durch das Dorf fuhr. Seine Faulheit, meinte er mittlerweile, wäre kein Hindernis gewesen. Er arbeitete gerne als Milchkontrolleur, aber manchmal wünschte er sich einen anderen Beruf, einen, bei dem die Termine schnell und unbarmherzig aufeinander folgten und ihm jede Möglichkeit zu faulem Phlegma verwehrten. Diese Charaktereigenschaft hatte ihm bei vielen Lebensentscheidungen schon im Weg gestanden.

Als er ein wenig älter war und die Zeit der Freundschaften unter den Schuljungen zu Ende ging, setzte er sich gerne auf den Deich, der sich an den Entwässerungsgräben und Bodenstrukturen entlang zog und sah auf die weite Landschaft und den großen Strom.

Brauchte er Ruhe, so musste er nur den Deich ein paar Schritte hinunter laufen. Sofort erlosch jeder Lärm, es war dann, als würde man in eine andere Welt versetzt. Es umfing einen eine Stille, die Allmers jedes Mal wieder verblüffte, und nach der er sich manchmal, wenn der Alltag hektisch war, sehnte.

Er genoss es, den Blick über das kräftige Grün der Wiesen streifen zu lassen, auf denen grasende Tiere wie rote oder schwarze Punkte wirkten. Man hörte nur den Wind, brüllende Rinder und krächzende Möwen. Ab und zu flog schreiend ein Kiebitz auf, um einen Raubvogel von seiner Brut abzulenken und, wenn der Wind günstig stand, hörte man manchmal ein Signalhorn von den großen Schiffen auf der Elbe, die ansonsten lautlos, wie von einer Schnur gezogen, auf dem Strom schwammen. Nach Hamburg, um entladen zu werden, oder schon wieder geschäftig in Richtung Nordsee.

Als Schulkind fühlte sich Allmers der Elbe besonders verbunden, wenn er mit seinem Ranzen auf dem Rücken den kurzen Weg in die Schule zurücklegte. Er war der Meinung, dass er jetzt eine ähnlich verantwortungsvolle Aufgabe übernommen hatte, wie die Elbe sie schon immer hatte: Er trug eine schwere Last auf seinem Buckel wie die Elbe die Schiffe auf ihrem.

Eduard Rolkes Ochsen und neuerlich auch seine Bullen liefen auf Weiden, die direkt an den alten Deich grenzten. Jeden Morgen nach dem Melken fuhren die wohlhabenden Marschbauern aus dem Dorf zuerst mit ihren Treckern, und später, als sie es sich leisten konnten, mit den schweren Geländewagen, die sie vorgaben, als Bauern zu benötigen, auf ihren Übergängen bis auf die Deichkrone, zogen ihre Feldstecher heraus und zählten die grasenden Tiere.

Allmers fühlte sich jedes Mal, wenn er das beobachtete, an dänische Strände erinnert. Dort saßen die Einheimischen auch in ihren Autos, lasen manchmal Zeitung oder betrachteten halbnackte Touristen durch ihre Ferngläser.

Danach trafen sich die Bauern zum täglichen Frühschoppen in der örtlichen Gaststätte. Wer als Letzter kam, musste die Rechnung für alle übernehmen. Einige Bauern saßen aus diesem Grund schon ab halb neun beim ersten Bier und warteten gespannt, wer dieses Mal seinen Geldbeutel zücken musste.

Kapitel 17

Carlos Rautenberg war Holländer, obwohl sein Name nicht darauf schließen ließ. Sein spanisch klingender Vorname passte nicht zu seinem Körper, der, bis auf die Größe seines Kopfes, so gebaut war, wie es sich viele bei einem holländischen Bauern vorstellten. Er hatte Hände, die so groß waren, dass er ohne Weiteres ein neugeborenes Ferkel darin hätte verstecken können.

Seine Mutter, die als Kind nach Holland gekommen war und einen Bauern geheiratet hatte, war für seinen Vornamen verantwortlich. Consuela Rautenberg hatte sich ihr Leben lang nach der warmen Sonne Galiziens gesehnt und wollte wenigstens, wenn sie ihren Sohn rief, an Spanien erinnert werden. Sie vertrocknete vor Heimweh mehr oder weniger in der ewig regennassen Landschaft Groningens und wurde in dem Maße immer kleiner, in der ihr Sohn wuchs und gedieh.

Als Zwanzigjähriger war Rautenberg schließlich fast zwei Meter groß, hatte Schultern wie ein Gewichtheber und Pranken wie ein Boxer. Auf seinem massigen Hals saß ein winziger Kopf mit scharf geschnittener Nase und einem immer freundlich lächelnden Mund. Seine schwarze Haarpracht ließ sich kaum im Zaume halten. Als er sich einen dicken Schnauzbart wachsen ließ, weinte seine Mutter vor Glück. Spötter unterstellten ihr, sie könne das gar nicht gesehen haben, da sie mittlerweile so klein geworden war, dass sie Carlos nur noch bis zum Bauch reichte. Der Spott traf sie tief, denn sie war so steif geworden, dass sie tatsächlich nicht mehr ihren Kopf in den Nacken legen konnte, um nach oben zu sehen.

Carlos Rautenberg war vor zwanzig Jahren von Holland nach Kehdingen gezogen, die niedrigen Pachtpreise hatten ihn gelockt. Er hatte sich einen großen Betrieb mitten im Dorf gepachtet. Der Hof war von ihm im Laufe der Jahre zum größten der Gemeinde ausgebaut worden. Neben der Milchwirtschaft mästete er Schweine, hielt eine große Anzahl Zuchtsauen und baute auf großen Flächen Getreide an.

Rautenberg war anders als die meisten seiner Kollegen, man konnte fast philosophische Gespräche über die Weltprobleme oder die Milchpreise mit ihm führen. Er war immer einer der ersten gewesen, der technische Neuerungen in seinem Betrieb eingeführt hatte. Seine Kälber wurden schon automatisch getränkt, als seine Kollegen noch erregt darüber debattierten, ob die empfindlichen Tiere durch diese lieblose Behandlung nicht Schaden nehmen könnten. Seine Kühe erhielten ihr Kraftfutter an einer Futterstation, die auf die Halsbänder, die um die Kühe gehängt waren, reagierte, und im Melkstand nahm er die Melkzeuge schon lange nicht mehr mit der Hand ab, wenn der Milchfluss versiegte. Ein automatisches Abnahmesystem erleichterte ihm die Arbeit. Dass Garbe ein Melkkarussell gebaut hatte und nicht er, ärgerte ihn viele Jahre. Sein Stall war aber noch zu neu und noch lange nicht abbezahlt, als dass er schon wieder in neue aufwendige Technik hätte investieren können.

Vor ein paar Monaten hatte er Allmers wieder einmal überrascht, als er zur Milchkontrolle kam.

„Die Dinger brauchst du nicht mehr“, hatte er Allmers schon am Auto abgefangen, als der seine Milkoskope auspacken wollte. „Komm mal mit“.

Allmers war ihm ratlos in den Melkstand gefolgt und

hatte gestaunt. Rautenberg hatte an jeden seiner zehn Melkplätze einen riesigen Glasbehälter anbauen lassen, der nicht nur die gesamte Milchmenge der gerade zu melkenden Kuh sammelte, bevor sie dann auf einmal in den großen Milchtank gepumpt wurde, sondern die auch gleichzeitig mit einer geeichten Einrichtung die Menge feststellte, die dann Allmers nur noch ablesen und in seine Liste eintragen musste. Am unteren Ende des Pokals war ein Ablasshahn, aus dem er bequem eine kleine Milchprobe entnehmen konnte.

„Gut, oder?" Carlos Rautenberg war vor Stolz fast geplatzt.

„Da bin ich ja bald überflüssig", hatte Allmers gemeint und war froh, dass diese Technik noch nicht bei allen Bauern vorhanden war. Sonst droht nur noch Langeweile, hatte er gedacht.

„Ach was", hatte Rautenberg ihn getröstet. „Es sind doch die Bauern, die sich mehr auf die Kontrolle freuen als du. Sonst bekommt man ja gar nicht mit, was so läuft."

Rautenbergs Humor hatte Allmers zu Beginn seiner Arbeit als Milchkontrolleur nicht verstanden. Erst als er etwas älter wurde, verlor er seine leichte Angst, die er zuerst vor diesem sehr bestimmt auftretenden Bauern hatte, wenn er zur Kontrolle kam. Rautenberg konnte ebenso herzhaft schimpfen wie lachen, und bei manch unverständlicher Äußerung wusste der Zuhörer nicht sofort, ob er es ernst meinte oder sich nur einen Spaß erlaubte. Allmers war am Anfang seiner Arbeit ab und zu mit der Einteilung seiner Besuche durcheinander gekommen und hatte Rautenberg einmal gefragt, ob er damit einverstanden wäre, sonntags die Milchkontrolle zu machen.

„Wir melken am Wochenende nicht", hatte Rautenberg so überzeugend gesagt, dass Allmers völlig verwirrt war. Erst schoss ihm der Gedanke durch den Kopf, dass Holländer sehr moderne Bauern sind, dann, dass manche Bauern dreimal täglich melken, warum sollte dann jemand nicht auch auf das freie Wochenende bestehen ... Erst als Rautenberg losprustete und ihm auf die Schulter klopfte vor Vergnügen über den gelungenen Scherz, war Allmers klar, dass er auf den Arm genommen worden war.

Ohne Führerschein und Auto war der Hof von Rautenberg für Allmers ohne Wiebkes Hilfe zu erreichen. Er lag nur ein paar hundert Meter von Allmers' Hofeinfahrt entfernt.

„Wird das Wetter besser?", war Rautenbergs erste Frage. Wie Allmers befürchtete er einen nassen und kalten Sommer.

Allmers zuckte mit den Schultern: „Wahrscheinlich wird der Sommer wie immer bei uns."

„Das ist zu befürchten." Rautenberg bereitete das Melken vor und steckte einen Milchfilter in die Leitung.

„Heute Abend melke ich, morgen früh Marie", sagte Rautenberg, nachdem er die ersten Kühe in den Melkstand geholt hatte, und setzte die Melkzeuge an. Er war einer der besten Melker der ganzen Gegend. Viele andere Bauern melkten hektisch und eckig, und es zischte oft so, dass man dachte, es wären Schläuche defekt. Nicht so bei Rautenberg, der die Melkzeuge in einem einzigen Schwung elegant und mit enormer Präzision unter der Kuh anbrachte. Nie hörte man unnötiges Zischen, nur ganz selten verfehlte er sein Ziel, die Zitzen, und das auch meist nur dann, wenn das Tier nicht mitspielte.

„Marie?", fragte Allmers.

„Mein neuer Lehrling", erwiderte Carlos Rautenberg. „Drittes Lehrjahr. Eine Perle, hoffe ich. Der Beginn ist viel versprechend."

„Ist sie schon lange da?", fragte Allmers und nahm eine Probe aus dem Pokal.

„Seit zwei Monaten", erwiderte Rautenberg, „seit zwei Wochen lasse ich sie allein melken. Es kann sein, dass sie noch nicht alle Namen kennt, du musst ein bisschen Geduld haben. Rosalinde."

Trotz der Größe des Betriebes, Rautenberg hatte 90 Kühe, bestand er darauf, jedem Tier einen Namen zu geben. Das war nichts Ungewöhnliches für Allmers, was ihn aber sehr erstaunte, war die Tatsache, dass auch die Muttersauen einen Namen bekamen. Später erfuhr er, dass das durchaus üblich war, trotzdem fand er es auch dann noch lustig, wenn eine Sau Brigitte oder Susanne hieß. Für Rautenberg war es selbstverständlich, es war für ihn unvorstellbar, sich am Abend mit seinen Söhnen über eine Kuh oder ein Schwein als „Nummer 394" zu unterhalten anstatt sie mit „Gundula", „Brunhilde" oder „Esmeralda" zu bezeichnen.

Rautenberg war der Familientradition treu geblieben und hatte keine Einheimische geheiratet. Seine Frau stammte aus Irland und war vor einigen Jahren gestorben. Er war allein geblieben und hatte neben dem großen Hof auch noch die Aufgabe bewältigt, seine drei Söhne durch die Schule zu begleiten. Der Älteste hatte gerade eine landwirtschaftliche Lehre begonnen und wollte den Hof später übernehmen.

Warum Rautenberg seitdem meistens weibliche Lehrlinge beschäftigte, war Allmers sofort klar gewesen.

Allmers verstand sich glänzend mit ihm, auch wenn Rautenbergs Angewohnheit, gute Pointen oft wochenlang zu wiederholen, ihm ab und zu auf die Nerven ging. Aber Allmers ließ sich auch heute nichts anmerken, als Rautenberg zu seinem Lieblingswitz ansetzte. Die Namen seiner Kühe legte er alle selbst fest, das überließ er keinem Lehrling. Um die Jahrgänge der neu aufgestallten Kühe auch nach Jahren noch auseinander halten zu können, benutzte er immer bestimmte Themenkreise für die Namensfindung. Vor ein paar Jahren hatte er alle Kühe mit Namen bedacht, die aus der Literatur oder der Oper stammten. So gab es eine Marthe, eine Ophelia und eine Lucretia. Dieses Jahr war die Ornithologie an der Reihe und seine Kühe hießen jetzt Amsel, Eule, Elster oder Drossel.

Als die erste Kuh der neuen Partie in den Melkstand kam, beschloss Allmers, völlig ruhig zu bleiben. Seit der Milchkontrolle vor drei Monaten brachte Rautenberg jedes Mal den gleichen Scherz, den er sehr liebte. Auch heute lief es so ab, wie von Allmers erwartet.

„Wer ist das?", fragte Allmers.

„Amsel", sagte Rautenberg und zwinkerte Allmers zu: „Du weißt doch: Amsel, Drossel, Fink und Meise und die ganze Vogelsch ..." er machte eine Kunstpause und sagte dann mit dröhnender Stimme: „...schar."

Er musste bei den letzten Worten so lachen, dass er kaum weiterarbeiten konnte. Allmers verzog keine Miene und notierte die gemolkene Milchmenge: Amsel, 10,9 Liter.

Nachdem sich Rautenberg beruhigt hatte, begann er übergangslos von seinem letzten Restaurantbesuch zu erzählen. Ab und zu lud er seine Kinder in das Auto und aß mit ihnen in einem Restaurant zu Abend. Allmers interessierte sich nicht besonders für seine aufwendig ausgeschmückten Restaurantkritiken, er kannte Rautenbergs Angewohnheit, ein Thema anzureißen und dann mehrere Minuten über Nebensächlichkeiten zu schwafeln, bis er endlich wieder zum Ausgangspunkt zurückfand. Allmers schaltete ab. Uninteressantes von Interessantem zu trennen, hatte er in den vielen Gesprächen mit Bauern gelernt. Während Rautenberg ausführlich die Vorzüge und Nachteile der Speisenkarte des Restaurants, der Einrichtung und der Lage erörterte, staunte Allmers wieder einmal über die Selektionsfähigkeit seiner Ohren. So etwas Ähnliches hatte er vor Jahren mit seinem Hund erlebt, der mit Vorliebe seinen Kopf auf einem der beiden Lautsprecher in Allmers Zimmer legte und tief schlief, auch wenn die Musik so laut gestellt war, dass Allmers' nichts anderes mehr hören konnte. Öffnete jemand die Zimmertür, war der Hund sofort hellwach. Was Allmers' Aufmerksamkeit in Rautenbergs langatmiger Rede erregt hatte, wusste er nicht, aber rechtzeitig zur Pointe hörte Allmers wieder hin.

„Wir hatten Nr. 84. Für 8,90 Euro. Balkanspieß mit Reis und Salat. Der Salat war Scheiße, alles in alter Soße ertränkt, und der Reis war kalt, das Fleisch etwas zäh, aber sonst war es nicht schlecht." Carlos Rautenberg lachte. „Am Nebentisch saßen ein paar Jungbauern", fuhr er fort. „Die erzählten sich zum x-ten Mal die Rettung von Rolkes Haus." Allmers grinste. Er war bei dem Feuerwehreinsatz selbst dabei gewesen und wusste, was seine Feuerwehrkameraden feierten.

Ein paar Wochen vor seinem Tod brannte bei Eduard Rolke der Schornstein. Er hatte eine alte Holzheizung und bei der Anfeuerung hatte er dem Feuer zuviel Wind zugemutet. Funkenflug breitete sich durch den ganzen Schornstein aus und erhitzte den Kamin so, dass Qualm und Hitze den ganzen Dachboden in Mitleidenschaft zogen. Nur ein paar Minuten nach dem Alarm, der auch Allmers auf seinem Feuerwehr-Pieper erreichte, war fast die gesamte Wehr des Dorfes auf Rolkes Hof versammelt. Friedel Köhler gab die Kommandos, ließ C-Rohre ausrollen, rannte geschäftig hin und her und befahl vier Feuerwehrmännern, schweren Atemschutz anzulegen. Es war windstill an diesem Tag, der Brand qualmte und schwelte und wäre ohne großen Wassereinsatz leicht zu löschen gewesen.

Wenig Wasser, von ausgefahrenen Leitern gezielt auf dem Dach verteilt, hätte ausgereicht, die Folgen des Brandes gering zu halten. Friedel Köhler ließ alle Leitern ausfahren oder anlegen und schickte alle Feuerwehrmänner mit allen Rohren, die die örtliche Wehr hatte, auf das Dach. Als er das Kommando „Wasser marsch" gab, wusste Allmers, der in einem Atemschutz steckte, dass das noch Ärger geben würde. Rolke sah fassungslos zu, wie die Feuerwehr ohne zu zögern und mit allen Mitteln, die ihr zur Verfügung standen, sein Haus unter Wasser setzte. Niemand hatte Mitleid mit ihm, als er hilflos über den Hof rannte und nur rufen konnte: „Mein Haus, mein Haus."

Rolke hatte Glück, dass die beiden Kriminalpolizisten, die nach der Meldung des Brandes auf dem Hof erschienen waren – sie kannten ihre Pappenheimer und waren bei jedem Brand eines Bauernhofes sofort zur Stelle –, seine verzweifelten Rufe nach weniger Wasser falsch interpretierten. Rolke hatte neben ihnen gestanden und immer wieder „Weniger Wasser, weniger Wasser" gerufen. Die Polizisten glaubten, er habe Angst vor zu großem Wasserschaden. Rolke wusste, dass es bei einem Brand nur zwei sinnvolle Alternativen gibt: Entweder löscht die Feuerwehr einen Brand mit wenig Aufwand und geringen Folgeschäden oder das Haus brennt bis auf die Grundmauern ab. Rolke hätte das Haus am liebsten ganz abbrennen lassen. Er wusste, dass er gut versichert war.

Friedel Köhler ließ, als der Dachboden nicht mehr verqualmt war, die atemgeschützten Feuerwehrmänner durch das Haus auf den Dachboden steigen und gab ihnen die Anweisung, sich von verschlossenen Türen nicht abhalten zu lassen. Die Männer hatten verstanden und gebrauchten eher ihre Äxte, als dass sie Rolke nach Schlüsseln fragten. Als sie auf dem Dachboden angekommen waren, öffneten sie wie vorgesehen das Dach rund um den Schornstein. Kaum hatten sie sich in Sicherheit gebracht, ließ Köhler die „letzten Brandnester", wie er später in seinem Bericht schrieb, löschen. Wie aus Kanonen schoss das Wasser durch die Öffnung in das Dach und lief schließlich durch alle Decken bis in Rolkes Küche. Selbst sein Bett war ein Opfer von Friedel Köhlers Rache. Rolke musste die Nacht in einem Hotel verbringen.

Als Köhler, der während des gesamten Einsatzes keine Miene verzog, den Befehl zum Abzug gab, konnte sich Rolke kaum mehr beherrschen: „Das wirst du mir büßen", zischte er Köhler an, der unbeeindruckt erwiderte, er verstehe, dass Rolke niedergeschlagen sei, habe aber jetzt keine Zeit, darauf einzugehen. Damit ließ er Rolke stehen.

Friedel Köhlers Rache war lange Gesprächsthema im Dorf. Einige beglückwünschten ihn zu seinem Mut, er verbat sich jedoch jede Kommentierung. Er habe nur seine Pflicht getan, sagte er doppeldeutig.

Als sich Allmers aus dem schweren Atemschutz quälte, fragte er sich, warum Friedel Köhler so gehandelt hatte, aber er konnte es sich nicht erklären. Auch den anderen Feuerwehrleuten ging es ähnlich. Niemand konnte sich einen Reim auf Friedels Verhalten machen.

Am nächsten Morgen molk Marie. Nach ein paar Minuten konnte Allmers verstehen, warum Rautenberg so begeistert von ihr war. Sie molk fast noch besser als ihr Lehrherr, sie verbreitete eine solch souveräne Arbeitsatmosphäre im Melkstand, dass Allmers beeindruckt war. Selbst als die Ratte auftauchte, ließ sie sich nicht aus der Ruhe bringen.

Marie stand an einem Pokal und las für Allmers den Wert ab, als der fette, kastrierte Kater, der auf einer extra für ihn gepolsterten Kiste lag und dem Treiben im Melkstand bewegungslos zusah, wie in Zeitlupe den Kopf hob. Allmers und Marie bemerkten den Grund für seine Unruhe: Eine große Ratte kam durch die Ausgangstür des Melkstandes, besah sich kurz die Lage und lief dann seelenruhig an der Wand des gesamten Melkstandes entlang, bis sie durch ein kleines Entwässerungsloch wieder im Stall verschwand. Der Kater hatte nur den Kopf gehoben, ihr gelangweilt hinterher gesehen und sich nach ihrem Verschwinden beruhigt zusammengerollt.

„Nicht sein Tag heute", meinte Marie ungerührt und molk weiter.

Allmers war begeistert, Marie begann ihm zu gefallen. Sie war etwa zwanzig, schätzte er, groß und dünn. Ihre Figur konnte er unter den weiten Arbeitsklamotten nur erahnen, aber das Entscheidende für ihn waren ihr Gesicht und ihr Ausdruck. Sie war keine Schönheit, aber sie strahlte Selbstbewusstsein aus. Und das gefiel Allmers an Frauen. Ihm war es egal, wie sie aussahen, er mochte keine Püppchen, Betthäschen oder Frauen, die wie seine Mutter nie einen Fuß vor das Hoftor setzten, außer es ging zum Einkaufen, zu den Landfrauen oder in die Kirche.

„Wann hast du eigentlich Feierabend?", fragte er und hoffte, dass sie nicht sofort seine Absicht durchschauen würde.

Er hatte sich getäuscht: „Seid ihr hier alle unterversorgt?", fragte sie spöttisch. „Gestern Abend kam Carlos nach dem Essen zu mir und klopfte besoffen an die Zimmertür: ‚Marie, ich finde dich so toll', hat er gelallt. ‚Ich nenne eine Sau nach dir! Außerdem bin ich sterilisiert.'"

Kapitel 18

Die Frau verabschiedete sich von ihren Kollegen, verließ das Gebäude und sah erschrocken, dass der Bus, der sie nach Hause bringen sollte, schon an der Haltestelle stand. Sie beschleunigte ihre Schritte, begann zu winken und schließlich laut zu rufen. Der Busfahrer schien sie nicht zu bemerken, er betrachtete gelangweilt die Monatskarten einiger Schulkinder, schloss die Türen und fuhr los.

Die Frau rannte wütend hinter dem Bus her, aber er war schon aus der Bucht auf die Straße eingebogen und reihte sich in den Verkehr ein. Drei Schüler, wahrscheinlich Achtklässler, dachte sie wütend, streckten ihr begeistert die Zunge heraus, als sie aus dem hinteren Fenster sahen, dass die atemlose Lehrerin den Bus verpasst hatte und im strömenden Regen stehen geblieben war. Zu ihrem Ärger hatte sie am Morgen ihren Regenschirm zu Hause vergessen.

„Steigen Sie ein, Sie holen sich ja den Tod", sagte der Mann, der die Szene beobachtet hatte. Er hatte das Seitenfenster elektrisch geöffnet und saß freundlich lächelnd hinter dem Steuer. „Kommen Sie, Frau Fecht, ich fahre Sie nach Hause, wir haben doch fast den gleichen Weg."

Widerwillig musste sie sich eingestehen, dass ihr der Vorschlag zur rechten Zeit kam. Zum einen wurde sie immer nasser und zum anderen hatte sie am Nachmittag mehrere Termine. Sie gab einigen Kindern Nachhilfe, und wenn sie jetzt über eine Stunde auf den Bus warten müsste, hätte sie absagen müssen.

Sie überlegte kurz, der Mann forderte sie ein zweites Mal freundlich auf: „Kommen Sie, Sie werden klitschnass, steigen Sie ein.“ Schließlich überwand sie sich.

„Für mich ist das kein Umweg“, sagte der Mann freundlich, während sie einstieg, „ich fahre sowieso nach Hause.“

Marlene Fecht kannte ihn, seit sie denken konnte, sie wohnten im gleichen Dorf, aber sympathisch war er ihr noch nie gewesen.

„Wenn wir über den Landernweg fahren“, schlug er vor, als sie Stade verlassen hatten, „geht es viel schneller.“

Sie nickte, ihr war es egal, wie er fuhr, Hauptsache, sie war bald zu Hause.

Der Landernweg war ein ausgebauter Feldweg, auf dem einspurig Schlepper und Autos verkehrten. Eigentlich war er nur für landwirtschaftlichen Verkehr geöffnet, aber viele nutzten ihn als Abkürzung, wenn sie die Moorstraße meiden oder schnell nach Hause wollten. Manchmal verkehrte dort stundenlang kein Fahrzeug, in Erntezeiten dagegen war manchmal kein Durchkommen. Bei regnerischem Wetter wie an diesem Tag fuhren nur ganz selten ein paar Bauern zu ihren Weiden, um die Rinder zu zählen.

Der Mann bog von der kleinen Landstraße ab, fuhr gemächlich durch die Pfützen, an den Wiesen und Weiden vorbei, die den Weg säumten und summte vor sich hin. Marlene Fecht sah träumend aus dem Seitenfenster und war froh, dass er keinen Wert auf eine ausgedehnte Unterhaltung zu legen schien. Er war ihr einfach nicht sympathisch.

Noch ein paar Minuten, dachte sie erleichtert und versuchte die aufkeimende ängstliche Unruhe zu bekämpfen. In der Ferne sah sie den Kirchturm ihrer Ortschaft auftauchen.

„So ein Mist“, sagte der Mann plötzlich und versuchte das Steuer zu halten. Der Wagen schien zu schlingern, schließlich hielt der Mann an. Er stieg aus, ging um das Auto und öffnete verärgert die Heckklappe des Kombis.

„Können Sie mir kurz helfen?“, fragte er. „Das ist mir richtig peinlich“, er fing verlegen an zu lachen, „jetzt nehme ich Sie mit und schon haben wir einen Plattfuß.“

Marlene Fecht wunderte sich. Sie verstand nichts von Autos, aber bei ihrem Wagen hatte noch nie ein Reifen Luft verloren. Unsicher stieg sie aus, fragte, was zu tun sei, und, als der Mann sie bat, ihm zu helfen, das Ersatzrad auszubauen, nickte sie resigniert.

Sie beugte sich in den Laderaum des Wagens und löste, wie er es erklärt hatte, die Schraube des unter der Abdeckung angebrachten Rades.

Marlene Fecht bemerkte plötzlich einen blauen Schatten, der sich schnell und lautlos von der Seite ihrem Kopf nährte, drehte sich instinktiv, um ihm auszuweichen, und sah den Stahl mit hoher Geschwindigkeit auf sich zu kommen. Etwas Hartes, Kaltes explodierte an ihrer Schläfe und alles wurde dunkel. Sie kippte nach vorne, rutschte an der Stoßstange ab und fiel auf den nassen Asphalt. Sie versuchte verzweifelt, sich aufzurichten, ohne zu begreifen, was mit ihr geschehen war. Sie wusste nur, dass sie kämpfen musste. Angst um ihr Leben erfasste sie, durchflutete ihren Kopf und ließ sie ihre letzten Kräfte mobilisieren. Sie stemmte die Fäuste auf den Asphalt, um aufzustehen, legte alle Energie in diesen hilflosen und verzweifelten Versuch der Flucht, aber der zweite Schlag traf sie krachend auf dem Kopf und zerschmetterte die Schädeldecke. Sie fiel an die Beine des Mörders, riss ihn um und kippte tot zur Seite. Dem Mann wurde die Waffe aus der Hand geschleudert, flog durch die Luft und versank zwischen Grasbüscheln und Schilf klatschend im Graben.

Es schien eine Ewigkeit zu vergehen, bis sich der Mann entschließen konnte, von der Toten, auf der er wie beschützend lag, aufzustehen. Ihm wurde schwarz vor Augen, es war ihm völlig unbegreiflich, wie er zu einer solchen Brutalität fähig gewesen war. Vor Rolkes Tod hatte er noch nie einem Menschen etwas zuleid getan, und, soweit er sich erinnern konnte, auch keinem anderen Lebewesen. Dann dachte er an den Hund. Rolkes Hund. Er hatte die Rattengift-Päckchen sofort gefressen, als er sie ihm ein paar Tage vor dem Mord in der Dämmerung vor die Füße geworfen hatte. Der Hund war bellend auf ihn losgerannt, aber die Päckchen hatten ihn sofort abgelenkt.

Der Mörder richtete sich auf und zwang sich, Ruhe zu bewahren. Die tote Frau zu seinen Füßen berührte ihn zu seiner eigenen Überraschung nicht.

Er versuchte seine Gedanken zu ordnen. Die Waffe war im Wasser des Grabens versunken. Er überlegte, ob er sie suchen sollte, aber dann beschloss er, dass es praktisch kein besseres Versteck als diesen Graben geben würde. Es werde Jahre dauern, wusste er, bis sich irgendjemand dazu entschließen würde, ihn sauber zu machen. Und dann wäre jede Spur des Mordes daran verschwunden.

Er kletterte auf die Motorhaube und sah sich um. In der einen Richtung waren in der Ferne die Häuser des Dorfes zu erkennen, in der anderen die einzeln stehenden Häuser an der Moorstraße. Alles war ruhig. Niemand hatte den Mord gesehen. Der Feldweg war menschenleer, es waren keine Bauern oder Spaziergänger unterwegs, nur in der Ferne glaubte er einen Trecker zu hören. Er kniff die Augen zusammen, um besser sehen zu können und bemerkte erschrocken, dass sich das Fahrzeug in seine Richtung bewegte. Er sprang hektisch herunter, rannte hinter das Auto und versuchte den Leichnam in den Kombi zu hieven.

Die Tote war schwerer als er gedacht hatte. Er konnte sie nicht einfach in das Auto heben. Als der Oberkörper endlich auf der Ladefläche lag, rollte er sofort wieder heraus, nachdem der Mann die Beine angehoben hatte. Er hörte schon das Motorgeräusch des Treckers, der unaufhaltsam näher kam. Panik überkam ihn, er zerrte und riss an der Toten, stopfte sie förmlich in den Wagen, warf ihr schließlich eine alte Decke über und schloss atemlos die Heckklappe.

Der Treckerfahrer hielt an, als er den Mörder unschlüssig auf dem Weg stehen sah.

„Alles in Ordnung?“, rief er und sah verwundert auf den Blutfleck, der vom Regen verdünnt wurde und als kleines Rinnsal in den Graben floss.

„Ich habe ein Reh angefahren“, sagte der Mörder geistesgegenwärtig, „aber es ist abgehauen.“

„Ich sag Brokelmann Bescheid“, meinte der Treckerfahrer und fuhr über den kleinen Seitenstreifen, um an dem Auto vorbei zu kommen, „er ist der Jagdpächter.“

Als er in der Ferne verschwunden war, musste sich der Mann übergeben.

Er fuhr ziellos durch Kehdingen. Grübelnd saß er hinter dem Steuer, nicht wissend, wohin mit der toten Frau. Er hatte den Mord schon lange geplant, aber dass es heute klappen würde, hatte er nicht geahnt. Er ärgerte sich, dass er einige Details so schlecht vorausbedacht hatte; es war, schien es ihm, wie eine Wiederholung des ersten Mordes. Auch damals hatte er nicht gewusst, was er tun sollte, nachdem das Opfer tot zusammengebrochen war.

Heute kam ihm das Wetter zu Hilfe. Es goss in Strömen und die wenigen Feldwege auf Krautsand waren menschenleer. Er hielt schließlich an einem kaum einsehbaren Teil der

Süderelbe, öffnete die Heckklappe und zog die Tote aus dem Wagen. Sie war so schwer, dass sie problemlos über den Abhang ins Wasser rutschte.

Kapitel 19

Marie kam ein paar Minuten vor acht. Sie klopfte nicht an oder öffnete zögerlich die Tür. Sie trat so ein, als ob sie schon Jahre in Allmers' Haus ein- und ausgegangen wäre.

„Guten Abend“, stotterte Allmers überrascht und, weil ihm nichts anderes einfiel, fragte er: „Willst du einen Kräutertee?“ Marie nickte und setzte sich neben Allmers auf den alten Küchenstuhl. Sie trug ein Kleid und hatte sich gegen die Abendkühle eine alte Jacke, die sie auch manchmal im Stall trug, über die Schulter gelegt.

„Ich dachte“, sagte sie ein wenig schüchtern, was nicht zu ihrem forschen Eintreten passte, „ich schaue mal vorbei.“

Allmers freute sich über den Besuch und überlegte, was sie vorhaben könnte.

„Gemütlich“, sagte sie nach ein paar schweigsamen Minuten, die sie und Allmers gemeinsam mit dampfenden Tassen am Küchentisch gesessen hatten.

„Wohnst du ganz allein hier?“

Allmers nickte.

„Keine Frau, keine Freundin?“

„Nein“, sagte Allmers, „ich habe nur ganz selten Besuch.“

„Hast du einen Hund?“

„Früher hatten wir immer Berner Sennenhunde“, erwiderte Allmers und trank einen Schluck, „zur Zeit habe ich keinen. Vielleicht sollte ich mir wirklich mal wieder einen anschaffen.“

„Was machst du den ganzen Tag? Auf die Arbeit warten?“,

fragte Marie und sah sich in der Küche um. Allmers sah sie verwundert an. Sie schien direkte Fragen zu lieben.

„Ich habe ein paar Rinder", sagte Allmers und verschwieg, dass es nur vier waren. Die Tiere machten im Sommer kaum Arbeit, und das Futter für den Winter zu machen, war eine Sache von ein paar Tagen im frühen Sommer. „Dann ist für den Milchkontrollverein Bürokratie zu machen, ich mache die Lohnbuchhaltung für die beiden anderen Milchkontrolleure und mich."

Marie hörte interessiert zu.

„Außerdem lese ich viel. Warum willst du das so genau wissen?"

Über Maries Antwort freute sich Allmers noch lange: „Ich finde es gut", sagte sie ohne Verlegenheit, „viel über einen Mann zu wissen, bevor ich mit ihm schlafe."

Allmers stutzte und beugte sich zu ihr. Als er versuchte, sie zu küssen, wehrte sie ihn ab und sagte: „Erzähle mir mehr über dein Haus."

„Früher", fuhr er irritiert fort, „war die Küche viel kleiner. Wo wir jetzt sitzen, war die Stube und hier", er zeigte mit einem Finger auf einen hellen Streifen im Fußboden, „war eine Wand. Ich habe die Wand herausgebrochen und die Küche vergrößert."

„Die Stube ist doch der Raum", bemerkte sie amüsiert, „in dem immer ein Sofa steht, auf dem der Bauer seinen Mittagsschlaf hält, während die Bäuerin abwäscht?"

Allmers lachte: „So war das bei uns auch. Manchmal hat sich mein Vater darüber beschwert, dass meine Mutter so laut mit dem Geschirr geklappert hat. Er könne nicht schlafen, schrie er dann durch die geschlossene Tür. Meine Mutter hat dann immer so getan, als ob sie es nicht gehört hätte und noch lauter herumhantiert."

„Ich mag große Küchen", sagte Marie und sah sich lange um. „Ich halte mich immer in der Küche auf, selbst bei

Rautenberg bin ich meistens dort. Hast du noch einen Tee?" Allmers goss ihr die Tasse voll und fragte: „Willst du das ganze Haus sehen?"

Marie nickte: „Nachher vielleicht." Sie trank einen Schluck und sagte: „Der Tee schmeckt übrigens gut. Bei Rautenberg gibt es keinen Kräutertee."

„Du kannst ja mal einen besorgen", schlug Allmers vor. „Vielleicht rennst du offene Türen ein."

Marie schüttelte den Kopf: „Carlos trinkt nur Bier. Nur zum Frühstück nicht, da trinkt er Kaffee. Ich will mich da nicht mit zu vielen Vorschlägen einmischen, sonst bin ich ganz schnell die Haushälterin und nicht mehr der Lehrling."

„Gefällt es dir bei ihm?", fragte Allmers.

„Man lernt sehr viel", sagte sie. „Er kann wirklich gut erklären und hat meistens gute Laune. Da waren die anderen Lehrhöfe anstrengender. Die Bauern waren meistens nicht da und, wenn sie entgegen ihrer Gewohnheit etwas erklären wollten, sind sie schnell an die Grenze ihrer intellektuellen Fähigkeiten geraten. Manchmal ist Carlos allerdings ein bisschen aufdringlich. Er sucht eine Frau."

„Das ist doch nicht verboten, oder?", fragte Allmers spöttisch.

„Natürlich nicht. Aber er stellt sich ein bisschen dämlich an. Wenn er auf Brautschau geht, nebelt er sich mit einem stinkenden Parfüm ein, dass einem schlecht wird."

„Und das noch Stunden in der Luft bleibt", ergänzte Allmers und freute sich, dass er sich mit Marie gut unterhalten konnte. Er liebte den mitfühlenden Tratsch über Bauern und andere Dorfbewohner. Hella Köhler und er beherrschten diese Kunst bis ins kleinste Detail.

„Am schlimmsten sind die Versicherungsvertreter", Allmers redete sich in Fahrt, „die die Nachhaltigkeit ihrer Angebote dadurch unterstreichen, indem sie ihr billiges Rasierwasser so dick auftragen, dass der Geruch, wenn sie mir die Hand gegeben haben, noch stundenlang an mir kleben bleibt. So was lernen sie wahrscheinlich in irgendeinem Coachingseminar oder wie der Schwachsinn heißt: Physische Präsenz generieren trotz persönlicher Abwesenheit durch Einsatz dosierter Klebekosmetika." Allmers holte Luft. Er fand sich gut.

Marie lachte schallend: „Hast du das auswendig gelernt?", fragte sie prustend.

Allmers schüttelte den Kopf: „Kommt alles spontan. Das ist mir gerade eingefallen." Marie sah Allmers intensiv an.

„Weißt du eigentlich", fragte sie unvermittelt, „dass Hasim wieder in die Türkei will?"

Allmers war sehr verwundert: „Aber er ist doch schon ewig in Deutschland. Mindestens fünfzehn Jahre, glaube ich. Was will er denn in der Türkei?"

„Er hat die Schnauze voll", erklärte Marie. „Dauernd wird er von Leuten angepöbelt. Die Geschichte mit Rolke hat ihm wohl den Rest gegeben."

Allmers zuckte mit den Schultern: „Wegen Schwierigkeiten mit Rolke muss man doch nicht abhauen. Da müsste das halbe Dorf auswandern."

„Hasim hat mir erzählt, dass Rolke auch mit einem Messer auf ihn losgegangen ist, wusstest du das?"

Allmers schüttelte verwundert den Kopf: „Ich kenne nur die Version, dass er ihm verboten hatte, unter seinem Baum Schutz vor Regen zu suchen."

„Hasim hat mir erzählt, dass Rolke, weil er nicht sofort reagiert habe, in den Stall gerannt sei und mit einem großen Messer wieder gekommen sei. Er hat dann wohl geschrien: ‚Ich schneide dir deine dreckigen Finger ab, du Scheißkerl.' Jetzt hat Hasim Angst und geht zurück."

„Das ist ein herber Verlust für Rautenberg", stellte Allmers fest. „Hasim konnte doch fast alles. Was will er denn in der Türkei machen?"

„Einen Kiosk aufmachen, das scheint dort ganz gut zu gehen."

Marie hatte zwischendurch den Tee ausgetrunken: „Jetzt kannst du mir gleich dein Haus zeigen", sagte sie. „Nur noch eine halbe Tasse, bitte."

Sie nahm die Jacke von der Schulter und Allmers sah, wie mager sie war. Ihre Schulterblätter standen hervor und die Arme waren dünn. Ihre kleinen Brüste füllten kaum den Stoff des Kleides aus, das an ihr hing und schlabberte, als müsse sie noch hineinwachsen. Trotzdem freute er sich darauf, sie zu sehen.

Ihre Figur entsprach überhaupt nicht seinen Vorlieben, er bevorzugte, seit er denken konnte, Frauen mit kräftigen Körpern. Allmers betrachtete das Gesicht der schweigenden Marie und überlegte, dass der Mund den Kopf scheinbar in zwei ungleiche Hälften teilte. Wenn sie sprach, reichten die Lippen weit nach rechts und links. Ihm gefiel ihre Stimme, die zwar gerade ziemlich erschöpft klang, sich aber am Morgen in Rautenbergs Melkstand klar und sehr bestimmt angehört hatte. Marie schien fast so kurzsichtig zu sein wie er, bemerkte er, als ihm die Dicke der Brillengläser ins Auge fiel. Sie trug eine dieser modernen Frauenbrillen, die die Gesichter streng erschienen ließen, viel strenger, als er es bei Frauen gerne sah: Es waren schmale, meist dunkel gefärbte und dadurch sehr dominierende Kunststoffgestelle, die den Eindruck vermittelten, als seien sie mit dem Lineal entworfen worden. Es gab nichts Weiches, Fließendes an ihnen. Allmers selbst trug ein Metallgestell und achtete bei der Auswahl darauf, möglichst unauffällige Modelle zu bekommen.

„Fertig?", fragte er. Marie trank ihren Tee aus und nickte.

Zu Maries Überraschung trat Allmers vor die Küchentür und zeigte ihr zuerst die alten Ställe, die jetzt im Sommer nicht belegt waren. Die Rinder liefen auf einer Weide hinter dem Haus.

Allmers wunderte sich, dass Marie so schnell zu frösteln begann. „Lass uns reingehen", schlug sie schon nach ein paar Minuten vor, „es ist kalt geworden." Allmers nickte und zeigte ihr im Haus die verschiedenen Räume.

In seinem Schlafzimmer stellte sich Marie mit dem Rücken zu Allmers und zog mit einer kleinen, fast nicht zu bemerkenden Bewegung die beiden Träger ihres Kleides von der Schulter. Als das Kleid zu Boden fiel, wusste Allmers, warum es Marie so schnell kalt geworden war. Sie war nackt.

*

„Gehst du?", fragte Allmers verschlafen.

„Ja", flüsterte Marie und löste sich aus seiner Umarmung. „Es ist schon halb zwei. Ich muss los."

Allmers hielt sie fest. „Du bist schön", flüsterte er ihr ins Ohr und meinte es ernst.

„Alles Haut und Knochen", seufzte Marie. „Ich habe eine Scheißfigur."

„Ich mag dünne Frauen", log Allmers. Marie küsste ihn und sagte: „Ach was. Wer mag schon Knochengestelle."

„Soll ich dich nach Hause fahren?" Allmers setzte sich auf und sah zu, wie sie ihr Kleid überstreifte.

Marie schüttelte den Kopf: „Ich bin mit dem Fahrrad da, hast du das nicht bemerkt?"

„Wann kommst du wieder?"

Marie schüttelte erneut mit dem Kopf: „Gar nicht. Das hätte keine Zukunft." Sie setzte ihre Brille auf. „Ich bin ganz schön kompliziert." Nach einer Kunstpause sagte sie: „Aber einfach."

Sie öffnete die Tür, kam noch einmal zu Allmers zurück

und küsste ihn lang. „Es war schön. Der Körper hat's gebraucht."

Allmers döste, versuchte einzuschlafen und genoss die Erinnerung an Maries Geruch. Ihre gellende Stimme riss ihn aus den Träumen.

„Hans-Georg!", schrie sie, „es brennt! Schnell, es brennt!"

Sie riss die Tür des Schlafzimmers auf, machte das Licht an und Allmers sah die Angst in ihren Augen.

Als er aus dem Haus stürzte, brannte der kleine, mit alten Eternitplatten gedeckte Rinderstall schon lichterloh. Allmers lief zurück ins Haus, rief den Notruf an und rannte wieder zurück auf den Hof. Er riss den Gartenschlauch, der aufgerollt an der Hauswand hing, herunter, rollte ihn ab und begann verzweifelt, das Reetdach seines Wohnhauses unter Wasser zu setzen. Als die Eternitplatten begannen, sich rot zu färben, sich scheinbar mit Feuer voll zu saugen, wusste Allmers, dass es nur noch eine Sache von Minuten war, bis sie zu explodieren begannen, um dann wie glühende Bomben durch die Luft zu schießen.

„Ich habe jemanden weglaufen sehen", schrie Marie laut, um das Knattern und Toben des Feuers zu übertönen, aber Allmers hörte sie nicht.

Die Feuerwehrmänner richtete nur die Hälfte der Rohre auf den Stall, sie kannten die Gefahr brennender Eternitplatten und versuchten, sie gekühlt abbrennen zu lassen. Die andere Hälfte der Rohre ließ soviel Wasser auf Allmers Haus regnen, dass herüberwehende Funken zischend erloschen.

Nach zwei Stunden gab Friedel Köhler den Befehl zum Abmarsch. Der alte Rinderstall war nur noch ein kleiner Haufen qualmenden Schutts. Allmers hätte den Feuerwehrmännern gerne noch eine Kiste Bier spendiert, aber die meisten waren so müde, dass sie das Angebot nicht annehmen wollten.

„Ich habe jemanden davonlaufen sehen", sagte Marie, nachdem Allmers sich erschöpft an den Tisch in der Küche gesetzt hatte.

Er nickte stumm, ihm war von Anfang an klar gewesen, dass nur Brandstiftung als Ursache in Frage kam.

„Soll ich Tee kochen?", fragte sie zaghaft.

Allmers nickte wieder und sagte nichts.

Marie setzte Wasser auf und erzählte, dass sie völlig schockiert gewesen war, als sie die Haustür aufgemacht hatte. In der Nähe des Hauses hätte ein Mann gestanden und intensiv in das Fenster des Schlafzimmers gesehen.

„Wie ein Spanner", meinte sie. Allmers runzelte die Stirn.

„Wie ein Spanner?", fragte er nach.

„Er hat mir garantiert zugesehen, wie ich mich angezogen habe. So ein Schwein", empörte sie sich. „Gibt es das hier öfter? Vielleicht hat er uns auch zugesehen, wie wir miteinander geschlafen haben?"

„Möglich. Hat es schon gebrannt, als du aus dem Haus getreten bist?"

„Das habe ich erst bemerkt, als ich um die Ecke gegangen bin, aber da war er schon weggerannt."

Friedel Köhler war der einzige weit und breit, von dem Allmers wusste, dass er nachts ausschwärmte, um in fremde Schlafzimmer zu sehen. Aber Friedel als Brandstifter? Das schien ihm völlig undenkbar. Gerade noch hatte er Friedel für seine Arbeit gedankt, nur ihm war es wohl zu verdanken, dass sein Haus noch stand, dachte er.

„Will dir jemand etwas Böses?", fragte Marie in Allmers' Schweigen.

„Das habe ich mir auch gerade überlegt, aber ich kann mir das eigentlich nicht vorstellen Ich weiß vor allen Dingen nicht, warum." Er erzählte Marie von seinem Unfall und von Friedels nächtlichen Ausflügen an erleuchtete Fenster.

„Das gibt keinen Zusammenhang", stimmte sie ihm zu.

Sie setzte sich auf Allmers' Schoß und legte ihre Arme um seinen Hals.

„Soll ich da bleiben?", meinte sie und streichelte Allmers beruhigend über die Haare.

„Wie du möchtest", antwortete er ausweichend, weil er nicht den Mut hatte, ihr zu sagen, dass er eigentlich allein sein wollte.

Kapitel 20

Allmers ging nicht gerne zur Milchkontrolle bei Fritz und Irene Grambow. Fritz redete so undeutlich, dass Allmers ihn auch nach Jahren kaum verstand. Er bellte seine Befehle für seine Frau durch den schmutzigen Stall und kümmerte sich nicht um Allmers' fassungsloses Gesicht, wenn er sie wieder mit bösem Ton durch die Kuhreihen kommandierte. Er hatte seine Kühe in einem dunklen, engen Stall angebunden und schloss die Tore immer so fest, dass kaum frische Luft eindringen konnte. Er hatte vor vielen Jahren von seinem Berufschullehrer gelernt, dass man Kühe keinem Zug aussetzen sollte. Daran hielt er sich konsequent, auch als seine Kollegen schon lange begriffen hatten, dass Wind und Zug nicht das Gleiche waren. Er verrammelte seine Gebäude so dicht, dass die Kühe die Ställe im Winter aufheizten und sie schweißnass auf ihren Plätzen stehen und ihre Lungen mit ammoniakgesättigter Luft verätzen mussten. Ein leichter Luftzug hätte die geschwächten Tiere tatsächlich schwer erkranken lassen, während die Kühe in den modernen Ställen selbst im Winter sich oft im Freien aufhielten. Sie konnten sich ein dickes Winterfell wachsen lassen und genossen es, wenn ein frischer Wind um ihre Nasen wehte. Sie wurden nicht krank, sie waren abgehärtet.

Grambow war bekannt für seine Sturheit. Dass er auch egoistisch und hinterhältig war, wussten nur wenige. Er ließ sich selten auf Versammlungen blicken, nur bei Hochzeiten und Beerdigungen war er regelmäßiger Gast. Manchmal war er so maulfaul, dass er den ganzen Abend mit niemandem ein Wort wechselte, ab und zu blieb er bis in die frühen Morgenstunden und suchte sich dann ein Opfer, das mit ihm tanzen musste. Seine Frau schickte er spätestens nach Mitternacht nach Hause, sie sollte dann am nächsten Morgen das Vieh versorgen.

Bei einem Hochzeitsfest war Hella die Unglückliche gewesen, er forderte sie andauernd auf und redete ununterbrochen in seinem unverständlichen Kauderwelsch auf sie ein. Hella nickte nur und sagte ab und zu „Ja" oder „Nein", was dazu führte, dass sie ihn so falsch verstanden hatte, dass er irgendwann empört den Saal verließ. Hella hatte nie herausbekommen, womit sie ihn getroffen hatte.

Als Allmers auf den Hof kam, wurde er nur von dem großen Bernhardiner begrüßt, der früher böse und beißbereit über den Hof gewacht hatte, mittlerweile aber meistens in der Ecke lag und aus seinem fast zahnlosen Maul auf den Asphalt sabberte.

„Hallo Bruno", sagte Allmers. Der Bernhardiner stand auf, knurrte kurz und lustlos und legte sich wieder auf seinen Platz.

Fritz Grambow hatte ein unschlagbares Gedächtnis. Er wusste von jeder Kuh die zehnstellige Ohrmarkennummer auswendig, wusste, wo sie auf Allmers Liste stand – „Erika? Zweite Seite, dritte von oben" – und konnte von jeder Kuh die Mutter und Großmütter samt Ohrmarkennummern aufzählen. Allmers wunderte sich auch nicht, als Grambow ihm einmal die Abfolge der Klauenerkrankungen in einer Kuhfamilie erläuterte und dabei bis auf die Urgroßmutter der aktuell erkrankten Kuh zurückgehen konnte. Er hatte ein feines Gespür für die Tiere, ein Gefühl, dass er seinen Mitmenschen nie entgegenbringen konnte. Er brüllte seine Befehle und Anweisungen an seine Frau so unbeherrscht durch den Stall, dass Allmers jedes Mal zuckte. Irene Grambow schien sich dagegen nicht davon beeindrucken zu lassen.

Vor einiger Zeit hatte Allmers aus Neugier in der Molkerei alte Milchgeldabrechnungen durchgesehen und hatte sich gewundert, wie gut die Hygienewerte bei Grambow gewesen waren. Er kannte Betriebe, die große Schwierigkeiten mit der Sauberkeit der Milch hatten und oft Abzüge bei den Milchgeldabrechungen bekamen, obwohl die Ställe und die Milchkammern so sauber waren, dass er bedenkenlos von den dortigen Böden gegessen hätte. Bei Grambows waren die Melkzeuge schon so lange nicht mehr gesäubert worden, dass die metallisch glänzenden Zitzenbecher unter einer braunen Dreckschicht verschwunden waren. Trotzdem lieferte Grambow immer Milch der höchsten Güteklasse ab.

Allmers ging in den Stall. Die Kühe waren schon von der Weide geholt worden, aber es war weit und breit niemand zu sehen, der sie hätte melken wollen. Die schmutzigen Melkzeuge hingen an ihren Plätzen, sie schienen wie Allmers auf den Bauern zu warten. Er baute seinen kleinen Tisch auf, hängte die Milkoskope an die Rohrleitung und sah sich um. Irgendwann wurde es ihm zu langweilig und er machte sich auf die Suche nach dem Bauern.

Vielleicht holt er ein paar Jungtiere nach Hause, dachte Allmers und musste an die Anzeige denken, die sich Grambow von Rolke eingefangen hatte, als er im letzten Dezember ein paar wild gewordene Jungrinder einfangen musste. Grambow hatte Allmers und einen anderen Kollegen gebeten, ihm dabei zu helfen. Nach mehreren Versuchen – sie waren zum Schluss zu zehnt gewesen –, die Tiere in den Stall zu treiben, hatte sich Grambow entschlossen, die Rinder mit Treckern zu treiben.

Es waren Jährlinge, die das erste Mal in ihrem Leben auf einer Weide und nicht gewöhnt waren, getrieben zu werden. Kam Grambow allein auf die Weide, um sie zu zählen und zu begutachten, waren sie neugierig und näherten sich ihm ohne große Scheu. Sobald zwei oder mehr Bauern auftauchten, rannten sie kopflos davon.

Am frühen Abend begannen Grambow, Allmers und Brauer die Tiere mit ihren Treckern zu treiben. Es begann verheißungsvoll und die Tiere liefen so diszipliniert vor den Treckern her, dass sich Allmers über Grambows klugen Entschluss freute. Lange hielt seine Freude nicht an, die Tiere durchschauten nach ein paar Minuten fast jedes Manöver der Fahrer, nutzten die kleinste Unaufmerksamkeit und brachen regelmäßig ein paar Meter vor dem Stall nach rechts oder links aus, rannten durch Zäune und stapften mit schweren Klauen durch die frisch eingesäten Getreidefelder. Nach mehr als drei Stunden, in denen drei Mal Trecker aus Gräben gezogen werden mussten, mehreren zerrissenen Zäunen und lauten Flüchen der Bauern, waren die Tiere völlig erschöpft und standen zitternd und dampfend vor dem Stall. Allmers hatte sich so heftig den Kopf am Kabinendach seines Treckers gestoßen – er war mit hoher Geschwindigkeit in ein Loch auf der Wiese gefahren und war vom gefederten Sitz wie ein Katapult ans Dach geschossen –, dass er noch Tage danach Kopfschmerzen hatte. Allmers stieg vorsichtig und mit ganz langsamen Bewegungen aus dem Trecker und versuchte die entkräfteten Tiere in das Stalltor zu lotsen.

Als der Blitz eines Fotoapparates die Tiere erschreckte und sie davongaloppierten, war Grambow kurz davor, einen Mord zu begehen.

Eduard Rolke hatte die Jagd von seinem Küchenfenster aus beobachtet. Nachdem die Tiere aufgeregt durch seine Getreidefelder gerannt waren, hatte er sich in seinen alten

Unimog gezwängt und war mit seinem Fotoapparat zu Grambows Hof gekommen.

„Du Arschloch! Du blödes Arschloch!“, schrie Grambow und sprang von seinem Trecker. Er war außer sich. „Du bist so blöde, du Idiot!“ Seine Stimme überschlug sich und er ging mit krebsrotem Gesicht auf Rolke los. Grambows Kinder, die die Szene in der Haustür stehend beobachteten, begannen zu weinen. Seine Frau stellte sich ihm in den Weg, um Schlimmeres zu verhindern. Grambow hätte zugeschlagen, dessen war sich Allmers sicher, und er hätte Chancen gegen Rolke gehabt. Grambow hatte Kräfte wie ein Bär. Rolke kletterte in den Unimog und fuhr davon.

Erst nach einer weiteren halben Stunde wildester Jagd gelang es, die Tiere in den Stall zu leiten.

Drei Tage später bekam Grambow einen Anruf vom örtlichen Veterinäramt.

Es habe eine Anzeige gegeben, sagte die freundliche Amtsleiterin. Die Tiere seien gehetzt worden und außerdem seien sie in einem schlechten Ernährungszustand.

Grambow musste tief Luft holen. Er verlange, dass sofort jemand kommen solle, um die Tiere zu begutachten. Seine Tiere seien gut genährt. Das müsse er sich nicht bieten lassen.

Die Leiterin versuchte den aufgebrachten Bauern zu beruhigen. Sie wisse, wie seine Tiere aussähen, meinte sie, sie müsse deshalb nicht extra kommen, sie kenne schließlich ihre Pappenheimer. Aber was denn mit dem Treiben gewesen wäre?

„Natürlich haben wir sie getrieben“, schnaufte Grambow wütend ins Telefon. „Wir haben sie so getrieben, dass ihre Fußsohlen gebrannt haben und sie flehend darum gebettelt haben, endlich in den Stall zu kommen. Das war doch der Zweck der Übung: Die blöden Viecher hatten eine Fluchtdistanz von zweihundert Metern. Anders, als sie bis zur

Erschöpfung zu hetzen, ging es nicht. Erst als sie nicht mehr laufen konnten, sind sie in den Stall gekrochen."

Ob man die Tiere nicht im Laufe des Sommers handzahm bekommen könne, fragte die Amtsleiterin noch zaghaft nach, aber auf Grambows brüske Antwort, die heutigen Ställe seien eben so gebaut, dass die Tiere im Winter nicht mehr handzahm seien, wie man das denn bitte im Sommer auf der Weide schaffen solle, wusste sie nichts mehr zu erwidern und legte nach ein paar unverbindlichen Floskeln auf.

Die Anzeige stammte von Rolke. Er hatte die ganze Zeit die Jagd auf die Tiere fotografiert und die Abzüge mit seiner Anzeige an das Veterinäramt geschickt.

Auf dem Platz hinter dem Stall traf Allmers Grambow, seine Frau und seinen türkischer Helfer, einen jungen Mann, der schon seit zehn Jahren illegal in einem Verschlag auf ihrem Hof lebte und sich als Tagelöhner durchs Leben schlug. Er war so bekannt im Dorf, dass er selbst von den Polizisten der örtlichen Polizeidienststelle freundlich gegrüßt wurde.

Die drei zogen eine Folie über den gerade fertig gestellten Haufen mit Grassilage, als eine heftige Windböe so an der schweren Folie, die über fünfzig Meter lang war, zerrte, dass sie erst von Irene Grambow und dann von dem Tagelöhner losgelassen werden musste.

Fritz Grambow begann zu toben, hielt sich verzweifelt an der Folie fest, die sich aber wie ein Segel blähte und ihn zu Boden warf. Allmers versuchte, ihm zu Hilfe zu kommen, aber da war es schon zu spät. Wie ein Fallschirm senkte sich die Folie nach einem kleinen Höhenflug neben dem großen Silagehaufen zu Boden und begrub Grambows Frau unter sich.

Grambow weinte fast vor Wut, der Boden war steinig und

schon ein paar kleine Risse in der über den Boden geschleiften Folie würden sie wertlos machen. Nur wenn sie absolut luftdicht war, konnte man aus dem Grashaufen ein für die Kühe schmackhaftes Futter werden lassen.

„Ihr seid so bescheuert", rief er immer wieder dröhnend, „ihr seid so bescheuert!"

Irene Grambow versuchte kriechend das Ende der Folie zu erreichen, bekam aber bald unter der sich schnell erwärmenden Folie keine Luft mehr. Allmers sah ratlos zu, wie sie sich unter der Folie aufrichtete, er wollte ihr zu Hilfe eilen, wurde aber von Fritz Grambow, der Angst um die Unversehrtheit der Folie hatte, zurückgehalten. Irene Grambow geriet in Panik und begann zu schreien. Plötzlich stach sie ihr Taschenmesser durch die Folie und schnitt einen großen Schlitz, durch den sie ihren hochroten Kopf steckte. Sie weinte so heftig, dass Allmers Mitleid bekam. Fritz Grambow dagegen nicht. Er konnte dem surrealen Bild seiner Frau, die die Folie wie ein riesiges Brautkleid mit Schleppe trug, nichts abgewinnen.

„Du bescheuerte Kuh", schrie Grambow, „du bescheuerte Kuh!". Er rannte über die Folie zu seiner Frau und schlug ihr rechts und links mit der flachen Hand ins Gesicht, so wie man früher unartigen Kindern Ohrfeigen verabreicht hatte.

Allmers drehte sich um, ging in den Stall und beschloss, nie wieder bei Grambow Milchkontrolle zu machen.

Kapitel 21

Eduard Rolkes Vater war überzeugter Nationalsozialist. Schon vor der Machtergreifung war er 1932 in die Partei eingetreten und, als er ein paar Jahre später heiratete, war er schon Kreistagsabgeordneter der NSDAP. Nachdem Eduard geboren war, stieg er erst zum Ortsbauernführer und später zum Kreisbauernführer auf. Auf seinem Hof wurden die ersten Zwangsarbeiter aus Polen und später aus Russland beschäftigt. Sein Regiment über die Menschen war gefürchtet. Die Arbeiter mussten zu zehnt in einem kleinen, ungeheizten Raum im Pferdestall, der zwei Außenwände hatte, hausen. Die Waschgelegenheit war auf dem Hof, es gab nur kaltes Wasser, im Winter, wenn es gefroren war, oft wochenlang keines. Hinter dem Pferdestall war eine Latrine, die Männer und Frauen ohne Sichtschutz benutzen mussten. Johannes Rolke, der sich als der unbeschränkte Herrscher über die Menschen sah, lief am liebsten mit einer Peitsche über den Hof, von der er zwar selten Gebrauch machte, manchmal jedoch unvermittelt damit zuschlug.

Die Arbeiter fügten sich in ihr Schicksal, es blieb ihnen auch kaum etwas übrig, eine Möglichkeit zur Flucht hatte es nicht gegeben. Die Bevölkerung war den Kriegsgefangenen nicht freundlich gesonnen und hätte sofort jeden verraten, der einen Fluchtversuch unternommen hätte. Im Laufe der Jahre wurden die Arbeiter und Arbeiterinnen, die auf dem Hof von Rolkes arbeiteten, immer jünger. In den besetzten Gebieten war die männliche Bevölkerung zum Teil schon gefangen genommen worden oder sie war liquidiert, ein kleiner Teil kämpfte auf der sowjetischen Seite oder als Partisanen gegen die Deutschen.

Johannes Rolke vertrat einen strikten nationalsozialistischen Kurs und achtete scharf darauf, dass es zu keiner Verbrüderung zwischen den Gefangenen und seinen wenigen deutschen Knechten und Mägden kam. Die sogenannten Fremdarbeiter durften mit den Deutschen keinerlei Kontakt haben, der über das Allernotwendigste der Arbeitsanweisungen hinausging. Ihr Essen bekamen sie in Blechtellern, es gab für sie keinen Tisch und keine Stühle. Sie mussten im Stehen essen.

Zu Beginn der Gefangenschaften bis Anfang 1940 wurden schwangere Fremdarbeiterinnen wieder in ihre Heimat zurückgeschickt, um unnötige Esser nicht durchschleppen zu müssen. Das nutzten viele Frauen, die sich schwängern ließen, um der Hölle der Zwangsarbeit zu entkommen. Johannes Rolke begrüßte sehr, dass bald im Kreis eine Regelung eingeführt wurde, die schon in anderen Gegenden erfolgreich war: die Errichtung von „Kleinkinderbetreuungseinrichtungen einfachster Art".

Im Dorf gab es im Hüttenweg eine aufgelassene Ziegelei. Der Weg hatte seinen Namen von den Ziegeleihütten, in denen die frischen Ziegel einige Zeit zum Trocknen gelagert wurden. Diese alten Schuppen wurden notdürftig mit Fenstern versehen und wurden ohne Heizung als Kinderheim in Betrieb genommen. Die Frauen wurden zur Entbindung in dieses Heim gebracht und mussten nach spätestens zwei Wochen wieder an ihren Arbeitsplatz zurückkehren. Die Kinder blieben im Heim und wurden systematisch unterversorgt. Sie starben alle innerhalb kürzester Zeit.

Einen kleinen Exkurs in das Mittelalter – in das richtige, auch wenn man hier sehr daran erinnert wird – kann ich an dieser Stelle nicht ersparen. Der Staufenkaiser Friedrich II, der „Hammer der Welt", wie er sich selbst nannte, spielte in der verklärten Geschichtsschreibung der Nazis eine besondere Rolle. Friedrich II war der erste christliche Herrscher, der sich von dem Geschichts- und Wissenschaftsdogma der Bibel befreit hatte. Er setzte auf die Überzeugung der Erfahrung und ließ in der Folge *auch Menschenversuche durchführen. Und hier schließt sich ein fürchterlicher Kreis: Friedrich II hatte untersuchen lassen, wie es sich auf Kinder auswirkt, wenn sie emotional nicht versorgt werden. Er ließ Sklavinnen die Kinder wegnehmen, hatte sie Ammen übergeben und ihnen befohlen, die Kinder zu säugen, zu wickeln und zu waschen. Verboten waren Liebkosungen aller Art, keine Zärtlichkeiten und keinerlei Ansprache. Alles hatte stumm zu geschehen. Nach ein paar Wochen waren alle Kinder tot. Es kann jetzt eigentlich keinen Zweifel an meiner Einschätzung geben, dass das Dritte Reich der neuerliche Einbruch des Mittelalters in unsere Gesellschaft gewesen ist.*

Schnell gab es Gerüchte, dass Bauern, die sich mit polnischen Mädchen eingelassen hatten, sehr froh waren, dass die Kinder, die aus diesen, meist nicht freiwilligen Verbindungen hervorgegangen waren, ohne weitere Spuren zu hinterlassen, verschwanden.

Auch Johannes Rolke wurde von vielen verdächtigt, mehrere und besonders junge Polinnen geschwängert zu haben. Die Kinder dieser oft erst vierzehn- oder fünfzehnjährigen Mütter sind alle am Hüttenweg gestorben.

Die Leiterin des Heimes war eine Hebamme, deren Aufgabe ja eigentlich sein sollte, Kindern zum Leben zu verhelfen. Ihr Name war Adele Schmidt. Ihr Mädchenname vor der Hochzeit war Rolke. Sie war die Schwester von Johannes und die Tante von Eduard. Nach dem Krieg ist sie untergetaucht und wird bis heute gesucht.

Als der Krieg 1943 richtig nach Deutschland kam, wurde Hamburg schwer ausgebombt. Es traf auch den Bruder von Johannes Rolke, der in Hamburg mit seiner Familie lebte, einer der wenigen Rolkes, von dem keine Parteikarriere bekannt ist. Ihre Wohnung in Harburg wurde völlig zerstört. Sie retteten sich auf den Hof seiner Eltern, wo sie von Johannes und seiner Frau, die eine führende Stellung beim Bund deutscher Mädchen (BDM) hatte, nicht freudig aufgenommen wurden. Rolke gab seinem Bruder und seiner Familie, zu der auch ein Neugeborenes gehörte, ein schwer beheizbares Zimmer unter dem Dach, ohne Zugang zu Wasser und sanitären Anlagen. Heizmaterial stellte er nicht zur Verfügung. Er hätte selbst nicht genug, soll seine lapidare Antwort auf die entsprechende Frage seines Bruders gewesen sein. Der Hof wurde damals mit Torf beheizt, den die Zwangsarbeiter im hofeigenen Torfstich während des ganzen Winters abstechen mussten. Der ganze Dachboden über dem Schweinestall war voll mit getrockneten Torfsoden, die Rolke aber seinem Bruder nicht gönnte. Der ist nachts auf den Torfboden geschlichen und hat seinen Bruder bestehlen müssen, damit das Kind nicht erfriert.

1945 kamen die Engländer. Sie holten ein paar Zwangsarbeiter von den Höfen und fuhren mit ihnen durch das Dorf. Die befreiten Männer saßen außen auf den Panzern und zeigten auf die Höfe, auf denen sie oder ihre Mitgefangenen drangsaliert worden waren. Sie brauchten nur zu nicken, dann schoss aus den Flammenwerfern eine Stichflamme in die Reetdächer und setzte die Höfe der schlimmsten Peiniger in Brand.

Johannes Rolke hatte sich schon vor der Kapitulation mit den künftigen Besatzern verständigt und blieb verschont. Wie er das geschafft hat, hat er nie jemandem erzählt.

„Und?“, fragte Wiebke, „Wie findest du es?“

Allmers war übel geworden: „Woher weißt du das alles? Ich bin schockiert. Ich weiß nicht, was ich sagen soll.“

Wiebke nickte: „Ich habe dir doch erzählt, dass ich an der Dorfchronik arbeite. Und bei der letzten Ausgabe, die ist ungefähr vor dreißig Jahren erschienen, steht zum Dritten Reich nur drin: ‚Es war eine schwere Zeit.‘ Dieser eine Satz, sonst nichts. Damit haben sich der Autor selbst und die ganze Gemeinde rein zu waschen versucht. Ich habe mit ein paar alten Zeitzeugen gesprochen, darunter war auch die alte Frau Wienberg. Kennst du die?“

Allmers nickte. An Wienberg hatte er keine guten Erinnerungen.

„Die haben heute noch die kleine Kneipe. Früher hatten sie dazu noch eine kleine Landwirtschaft und eine kleine Tischlerei“, erzählte Wiebke.

„Darf ich dich mal unterbrechen?“, fragte Allmers. „Was möchtest du mit diesem Text machen? Hast du den nur für dich geschrieben? Oder meinst du, das wird veröffentlicht?“

„Ich wollte daraus einen Vortrag beim Heimatverein machen. Sie haben mich darum gebeten. Das Thema heißt: Die Entwicklung unserer Gemeinde am Beispiel einzelner Höfe.“

„Ich befürchte, sie schmeißen dich nach der Hälfte raus“, entgegnete Allmers.

„Sollen sie doch“, meinte Wiebke trotzig. „Aber ich wollte dir noch von Wienberg erzählen: Die alte Frau Wienberg war damals ein kleines Mädchen und sie erinnert sich noch daran, dass in der Tischlerei ihres Vaters viele kleine Särge gezimmert wurden. Für die deutschen Kinder aus Eiche oder Kiefer, je nach Finanzlage der Eltern, für die Kinder aus dem Hüttenweg wurden Waschmittelkisten – früher wurden Waschmittel in Holzkisten transportiert – zu kleinen Särgen umgezimmert. Weil der Bedarf so hoch war, hat der Vater die Särge alle unterschiedlich groß gemacht, sodass er sie ineinander stapeln und bequem mit seinem Fahrrad transportieren konnte. Sie erinnert sich noch daran, dass sie an der Hand ihres Vaters zu diesem Haus gelaufen ist, um die Särge abzugeben. Dabei habe der Vater immer gesungen: ‚Morgenrot, Morgenrot, ich bringe dir den frühen Tod‘.“

Kapitel 22

Nachdenklich legte Allmers das Buch aus der Hand, als das Telefon klingelte. Wiebkes Nachforschungen hatten ihn nicht in Ruhe gelassen und er hatte sich ein paar Bücher über die Geschichte des Landkreises besorgt. Was er darin las, war ernüchternd. Bis auf wenige Ausnahmen hatte praktisch keine Stadt und keine Gemeinde eine lückenlose Chronik des Geschehens im Dritten Reich in Auftrag gegeben und sich mit seiner Geschichte auseinander gesetzt.

Am Telefon war wieder sein Bruder.

„Wir sind noch nicht weitergekommen", sagte der Staatsanwalt. „Die Brandursache ist klar. Es wurden Brandbeschleuniger gefunden, aber das ist auch schon alles. Wir wissen nur, dass dir einer die Bude angesteckt hat, aber haben keine Spur, wer es gewesen sein könnte."

Allmers erzählte seinem Bruder von seinem mysteriösen Unfall, den er schon beinahe vergessen hatte und dessen körperlich spürbare Erinnerungen langsam vergingen.

„Da wirst du doch nicht etwa einen Zusammenhang konstruieren wollen?", lachte sein Bruder. „Ein Milchkontrolleur wird gejagt. Das wäre doch 'ne Schlagzeile!"

„Ich leide nicht an Verfolgungswahn", erwiderte Allmers ernst, „aber ich mache mir da schon so meine Gedanken."

„Quatsch mit Soße. Bleib auf dem Teppich. So bedeutend bist du nun auch wieder nicht. Die Aussage deiner kleinen Freundin wollte ich noch mal mit dir besprechen. Sie hat angegeben, jemanden gesehen zu haben. Sie meinte, es wäre so etwas wie ein Spanner gewesen. Dir ist doch klar, wer da gemeint sein könnte?"

„Natürlich", erwiderte Allmers, „aber das halte ich für Blödsinn. Friedel sieht gerne sein Privatfernsehen, aber dass er mir den Stall anzündet, halte ich für völlig ausgeschlossen. Was für ein Motiv soll er denn haben?"

„Er wäre nicht der erste Feuerwehrmann, der zündelt, um sich dann zu profilieren. Unser Problem ist, dass Hella ihm natürlich sofort sein Alibi bestätigen würde. Würde sie zugeben, dass er nachts ab und zu auf Tour geht, hätte sie ja keinen mehr, der sie mit den neuesten Entwicklungen in den Betten des Dorfes versorgt."

„Friedel war es nicht, davon kannst du ausgehen." Allmers war sich sehr sicher.

„Worüber ich mich sehr wundere ist Folgendes: In beiden Fällen stoßen wir nach kurzer Zeit auf den Namen Friedel Köhler. Das ist doch sehr erstaunlich, findest du nicht auch? Wir bleiben dran. Nun etwas anderes: Kennst du einen Erwin Seelmann?", fragte der Staatsanwalt.

Allmers überlegte. Dann musste er verneinen: „Keine Ahnung, ich habe den Namen nie gehört. Wer soll das sein?"

„Das ist ein Nachbar von Rolke, allerdings kein Bauer. Ich glaube, er war vor seiner Rente Tischler oder Zimmermann. Er hat so gegen Rolke gewettert, dass ich ihn schon fast verhaftet hätte."

„Das darfst du doch gar nicht", fiel Allmers seinem Bruder ins Wort.

„Was darf ich nicht?" Der Staatsanwalt war ungeduldig. „Was meinst du damit?"

„Du darfst doch niemanden selbst verhaften, dachte ich. Du kannst ihn doch höchstens verhaften lassen."

„Sehr witzig." Werner Allmers wurde wütend: „Du weißt genau, was ich meine. Seelmann hat Rolke noch posthum alles an den Hals gewünscht, was man sich nur wünschen kann. Angefangen von der Pest bis zur Kastration. Widerlich. Ich hatte mir ernsthaft überlegt, ob hier der Tatbestand der Störung der Totenruhe vorliegt."

„Vielleicht ist er auch nur so ein Choleriker wie Rolke einer war", erwiderte Allmers, der sich jedes Mal freute, wenn es ihm gelungen war, seinen Bruder zu ärgern. „Die sind ja oft nur laut, aber machen nix."

„Nach dem Motto: Der will ja nur spielen?"

„Ja, so ähnlich. Was war denn der Grund für seinen Hass?" Allmers war nicht wirklich interessiert, er hätte gerne weiter gelesen. Allerdings musste er zugeben, dass er diese Gespräche mit seinem Bruder genoss. Er war meistens der erste, der wichtige Neuigkeiten über die Ermittlungen erfuhr. Die Brüder standen sich näher, als beide zugeben wollten.

„Es ging um den Hund von Seelmanns. Der Köter hat Rolke angeblich immer auf den Rasen gekackt."

„Und, was ist daran so fürchterlich?"

„Rolke hat es immer behauptet, und Seelmann hat es immer bestritten. Schließlich hat Rolke die Hundescheiße eingesammelt und sie in seiner Tiefkühltruhe eingefroren."

„Hast du irgendetwas getrunken?" Allmers konnte sich das Lachen kaum verkneifen, sein Bruder war dagegen völlig ernst geblieben. „Geht es dir nicht gut?"

Jetzt fing auch sein Bruder an zu lachen: „Weißt du was er damit vorhatte? Laut Seelmann wollte er eine DNA machen lassen, um den Köter zu überführen!"

Allmers lachte laut und so lange, dass sein Bruder schließlich die Geduld verlor: „Bist du noch dran, Hans-Georg? Ich soll einen Mord aufklären und muss mich mit Hundekacke beschäftigen. Und du lachst darüber!"

„Das war typisch Rolke. Aber Seelmann hat ihn doch deshalb wohl nicht erschlagen?" Werner Allmers versuchte ernst zu bleiben: „Das wäre in die Justizgeschichte eingegangen. Aber sei's drum, ich wollte dich noch ein paar andere Dinge fragen. Wir haben Friedel Köhler vernommen, allerdings bisher nur zu dem Mord. Auch hier hat er natürlich ein Alibi. Als du an dem Morgen zu Rolke gefahren bist, hast du da die Melkanlage von Köhler gehört? Du musstest doch an dem Hof vorbeifahren."

Allmers überlegte lange. Schließlich musste er zugeben, sich nicht erinnern zu können. Nur beim zweiten Mal, als er zurückgekommen war und auf die Polizei gewartet hatte, sei ihm Licht im Stall bei Köhlers aufgefallen.

„Du kannst dich aber auch nicht daran erinnern", bohrte sein Bruder nach, „dass kein Licht brannte?"

Allmers verneinte.

„Wo bist du heute Abend?", fragte Werner zum Schluss.

„Bei Hella und Friedel."

„So ein Zufall, halte mal die Ohren auf."

Allmers legte sich wieder auf sein Bett. Er las weiter, aber nach ein paar Minuten klingelte das Telefon erneut. Wütend sprang er aus dem Bett, nahm den Hörer und schnauzte seinen Bruder an: „Was ist denn jetzt schon wieder?"

„Entschuldige", stammelte Wiebke am anderen Ende, „ich wollte ..."

„Entschuldige. Es tut mir leid", Allmers hatte seine Stimme noch nicht unter Kontrolle und war zu laut, „ich dachte, es wäre Werner."

Wiebke schwieg. Allmers versuchte, seine Stimme zu beherrschen und begann erneut: „Entschuldige noch mal", sagte er sanft, „über deinen Anruf freue ich mich wirklich."

„Das hoffe ich: Was machst du heute Abend?"

„Ich kann mit dem Fahrrad zu Hella fahren, wenn du keine Zeit hast, kein Problem."

„Und danach, ich meine am richtigen Abend?"

Allmers überlegte, was sie vorhaben könnte, ihr Ton war

ungewöhnlich, ein wenig verschwörerisch, aber dennoch nicht selbstsicher.

„Ich habe nichts vor."

Wiebke senkte die Stimme: „Jochen ist heute zu einer Klassenfahrt weggefahren. 8. Klasse, eine Reise in den Harz."

Allmers verstand immer noch nicht, worauf Wiebke hinaus wollte: „Der Arme. Bin ich froh, dass ich kein Lehrer bin. Klassenfahrten waren für die Lehrer immer die Hölle, soweit ich mich an meine eigenen erinnern kann." Plötzlich verstand er: „Ich würde mich freuen, wirklich" sagte er begeistert.

Wiebke holte tief Luft: „Dir ist klar, was wir da machen?"

„Man nennt so etwas normalerweise Ehebruch!"

„Ja", sagte Wiebke. „Ich bleibe bis zum Morgen."

Allmers dachte an Wiebkes rote Haare und freute sich.

*

Hellas Kuchen waren für Allmers bisher immer ein guter Grund gewesen, auch zwischen den monatlichen Milchkontrollen in ihrer Küche vorbeizuschauen. Egal, ob er zum nächsten Nachbarn von Hella Köhler oder zu einem Betrieb auf Krautsand musste, ein kleiner Umweg zu Hellas Küche und ihre Kuchen lag meistens drin. Diesmal stellte er erschrocken fest, dass er längere Zeit nicht mehr bei ihr gewesen war. Hella ließ sich nichts anmerken.

„Sind wir schon wieder dran?", fragte sie betont beiläufig, so als ob Allmers letzter Besuch erst drei Tage her gewesen wäre.

Allmers nickte: „Ist Friedel schon da?"

„Er ist vor fünf Minuten losgegangen, der Regen hat ja jetzt aufgehört."

Alles wie früher, dachte Allmers, diesen Dialog führen wir

seit bald zehn Jahren, immer mit den gleichen Worten.

„Was hast du gebacken?", fragte er nach einer Weile schüchtern. Er wunderte sich, Hella hatte ihm nichts angeboten.

„Nichts", sagte sie, „ich habe etwas vom Bäcker geholt."

Allmers sah sie mit großen Augen an: „Vom Bäcker?"

Er rang mit seiner Fassung. Seit er Hella kannte, ging sie nur zum Bäcker, um Brot oder Brötchen zu kaufen. Wenn sie schlechte Laune hatte, konnte es vorkommen, dass er ein Stück trockenen Sandkuchen auf den Teller geworfen bekam, dazu gab es abgestandenen Kaffee und böse Blicke von Hella. Irgendwann aber löste sich dann die Spannung und Hella stand auf, hatte den Streit mit Friedel, der meistens der Auslöser für ihre Übellaunigkeit gewesen war, wieder vergessen. Mal waren es Auseinandersetzungen mit Friedel über zu früh geschlachtete Kaninchen oder sie hatte sich über Nachbarskinder geärgert, die ihr die ersten Kirschen aus dem Baum geklaut hatten. Da sie nicht nachtragend war, hatte sie die Streitigkeiten meistens schnell abgehakt und, wenn sie sich dann erhob, wusste Allmers, dass in ihrem Küchenschrank wirkliche Leckereien lagerten. Aber niemals hatte sie in den ganzen Jahren auch nur ein einziges Stück Kuchen gekauft, sie achtete sogar darauf, wenn sie Brot besorgte, den in den beleuchteten Vitrinen der Geschäfte ausgestellten Kuchen mit keinem Blick zu würdigen. Diese minderwertigen Machwerke aus industriell hergestellten Backvormischungen, die man beim Bäcker kaufen konnte, waren für sie völlig indiskutabel.

Hella nickte und ging zu ihrem Schrank: „Amerikaner. Ich habe für jeden zwei."

„Nein, danke", Allmers lehnte ab. Schon die Vorstellung, dieses staubtrockene Mürbegebäck mit der klebrig-süßen Zuckersoße essen zu müssen, verursachte bei ihm Übelkeit.

Hella schloss die Schranktür wieder und fragte Allmers mit unfreundlichem Blick:

„Willst du wenigstens einen Kaffee?"

Allmers nickte verwundert über ihren Ton. Als der Kaffee eingeschenkt war, tranken beide schweigend und musterten sich. Irgendetwas führt sie im Schilde, dachte Allmers. Aber er erriet es nicht. Sie spielt ein Spiel, dessen war er sich sicher. Irgendwann wurde Allmers die Stimmung unangenehm, er begann eine unverfängliche Unterhaltung über den Plan der Gemeindeverwaltung, im Dorf den vierten Supermarkt zu genehmigen, aber Hella schwieg die ganze Zeit. Direkte Fragen von Allmers beantwortete sie einsilbig mit „Ja" oder „Nein".

„Friedel ist da", sagte sie unvermittelt und stand auf.

Kopfschüttelnd ging Allmers in den Stall. Er suchte nach Erklärungen für ihr Verhalten. Wollte sie ihn bestrafen, weil sein Bruder Friedel im Verdacht hat? Oder wollte sie sich rächen dafür, dass er die ganze Zeit nicht zum Kuchenessen gekommen war? Dass Hella Kuchen beim Bäcker kaufte, musste eigentlich ein Zeichen für einen besorgniserregenden Zustand sein. Sie verabscheute Bäckerkuchen zutiefst, er galt ihr als Anschlag auf das seelische Wohlbefinden, ihre Integrität als Bäckerin und die Gesundheit.

Allmers beobachtete Friedel während der gesamten Melkzeit. Friedel Köhler verhielt sich normal, er rannte wie immer durch seine Kühe, die das alles mit ruhiger Selbstverständlichkeit ertrugen. Er vermied peinlich den Themenkreis, der Allmers am meisten interessierte: Rolke und seine Unverschämtheit auf der Feuerwehrversammlung. Nur über den geglückten Feuerwehreinsatz auf Allmers Hof redete er ohne Unterbrechung. Allmers merkte ihm seinen Stolz an und war sich sicher, dass Friedel niemals als Brandstifter in Frage kommen würde.

Als die Hälfte der Kühe gemolken war, kam Hella in den Stall. Auf dem Tablett, das sie trug, standen zwei Teller, die nicht groß genug waren, dem Käsekuchen genügend Platz zu bieten, der darauf lag. Allmers lief das Wasser im Mund zusammen, als er sah, dass sich neben dem Teller eine kleine Pfütze aus dem herausgetropftenfetten Saft der Kuchenstücken gebildet hatte.

Hella grinste: „Ich war gar nicht beim Bäcker. Ich war nur sauer, dass du nicht mehr gekommen bist."

Allmers war erleichtert. Wäre er einverstanden gewesen, die überhaupt nicht vorhandenen Amerikaner zu essen, hätte Hella ihm das kaum verziehen. Ihr ganzer, sorgfältig konstruierter Scherz wäre hinfällig gewesen.

Mit so viel Genuss hatte Allmers selten Hellas Kuchen gegessen. Sehnsüchtig erwartete er das Ende der Kontrolle, um sich dann endlich in der Küche einem zweiten oder dritten Stück widmen zu können.

„An der Geschichte ist nichts dran", begann Hella, als sie mit Allmers nach der Milchkontrolle allein in der Küche war. Sie stand am Schrank und wandte Allmers den Rücken zu: „Rolke ist nicht Brigittes Vater. Um es gleich zu sagen: Ich bin einmal bei Rolke schwach geworden, das stimmt und ich habe es sofort danach Friedel gebeichtet. Wir waren da noch gar nicht verheiratet. Danach war nie wieder etwas zwischen Rolke und mir. Es war nach einem Schützenfest. Wir waren beide ziemlich angesäuselt. Aber Brigitte ist erst zwei Jahre später zur Welt gekommen. Von Friedel." Das Geständnis fiel ihr schwer, Allmers merkte es an ihrer Stimme und er war froh, ihr dabei nicht ins Gesicht sehen zu müssen.

Sie schnäuzte laut in ein Taschentuch, drehte sich um und fragte betont beiläufig: „Noch ein Stück?"

Allmers verstand, dass er besser schwieg. Er nickte. Er war so froh über die Wendung des Abends, dass er am liebsten bis in die Nacht schweigend mit Hella zusammengesessen und Kuchen gegessen hätte.

„Friedel hat Rolke nicht umgebracht, das weiß ich", sagte Hella plötzlich sehr bestimmt. „Er hat in der Zeit die Kühe geholt."

Allmers riss die Augen auf: „Das ist aber kein Alibi", sagte er mit vollem Mund. „Da war er ja draußen. Hast du das so meinem Bruder erzählt?"

Hella schüttelte den Kopf: „Ich habe gesagt, er war beim Melken. Das stimmt doch auch, das Treiben der Kühe gehört doch zum Melken."

Kapitel 23

Wiebke erwartete ihn schon. Sie hatte ihr Auto in Allmers Garage, die direkt neben dem abgebrannten Stall stand und unversehrt geblieben war, gefahren und das Tor geschlossen. Allmers war es sofort aufgefallen, als er mit dem Fahrrad auf seinen Hof einbog, das Tor war seit Jahren nicht mehr geschlossen gewesen. Niemand sollte ihre Anwesenheit bei Allmers bemerken. Auch wenn sein Hof an einer kleinen Landstraße außerhalb des Dorfes lag, hatte sie große Angst, ihre Affäre mit Allmers könnte im Dorf bekannt werden.

„Ich habe Tee gekocht", begrüßte sie ihn, als er in die Küche kam. Sie saß am Küchentisch und löste in der Zeitung ein Kreuzworträtsel. Allmers beugte sich zu ihr hinunter und küsste sie.

„Ich habe Hunger", sagte er, „obwohl ich drei Stücke Kuchen bei Hella gegessen habe. Ich brauche jetzt etwas Salziges."

Er öffnete den Kühlschrank, stellte Butter, Käse und Wurst auf den Tisch. Wiebke sah ihm zu: „Man merkt, dass du allein wohnst", sagte sie nachdenklich. „Jochen kann noch nicht einmal Käse aus der Verpackung befreien."

„Nicht freiwillig", antwortete Allmers und begann zu essen. „Ich wohne nicht freiwillig allein."

„Heute wohnen wir zusammen", Wiebke lächelte. „Bis morgen früh."

„Hast du kein schlechtes Gewissen?"

„Doch", erwiderte Wiebke. „Sehr schlecht. Das darf nie

jemand erfahren“, sagte sie eindringlich, „Jochen verzeiht mir das nie.“

„Du riskierst sehr viel mehr als ich“, Allmers biss in ein Brot. „Mir blüht vielleicht ein blaues Auge.“ Er sah Wiebke eindringlich an: „Warum machst du das?“

„Ist das ein Verhör?“, antwortete sie erstaunt und ärgerlich zugleich. „Ich kann ja auch wieder gehen.“

Allmers schüttelte den Kopf: „Entschuldige, das war überhaupt nicht so gemeint. Ich glaube, du machst es, weil du gerne vögelst und mich gern hast, stimmt's?“

Wiebke nickte erleichtert: „Sogar die Reihenfolge stimmt.“

Sie saßen noch eine Weile in der Küche und unterhielten sich über den Brand.

„Ich finde Brandruinen immer gruselig“, meinte Wiebke nach einer Weile. „Es riecht so eigenartig.“

Allmers entschloss sich, Wiebke von Marie zu erzählen und zu seiner Freude machte sie keine Bemerkung über sein Liebesleben. Sie nahm es hin und Allmers schloss daraus, dass sie es mit ihm nicht ernstmeinte, was ihn durchaus erleichterte. Sie wurde erst unruhig, als er ihr die Geschichte mit dem Spanner erzählte, der wohl ihn und Marie beobachtet hatte.

„Gut, dass ich nicht bei dir war“, sagte sie und stand auf. „Lass uns ins Bett gehen.“

Erst als Allmers ihr versprochen hatte, auf keinen Fall das Licht an zu machen, begann sie sich auszuziehen. Sie ließ sich Zeit und streifte nur sehr bedächtig Kleidungsstück für Kleidungsstück vom Körper. Als Wiebke schließlich nackt auf seinem Bett lag, sah sie ihn an und sagte nur: „Findest du mich dick?“

„Weißt du nicht“, sagte er zärtlich, „dass deine Figur mich seit siebzehn Jahren verrückt macht?“

Allmers hatte, seit er sich für das andere Geschlecht interessierte, eine Vorliebe für Frauen mit kräftiger Figur und ausladendem Hintern. Die oft gehörte Ansicht, dass Männer Frauen bevorzugen, die ihren Müttern ähneln, traf bei Allmers nicht zu. Seine Mutter war groß und hager gewesen. Wie sie nackt ausgesehen hatte, ob sie knochig oder einfach nur schlank gewesen war, hatte Allmers nie erfahren. Niemals hätte sich Grete Allmers ihren Kindern unbekleidet gezeigt.

Es dauerte sehr lange, bis Allmers das erste Mal eine Frau nackt sehen konnte. Auch seine Schwester schloss sich immer ein, wenn sie das Badezimmer oder die Toilette aufsuchte. Er hörte ab und zu von Schulkameraden, dass sich die ganze Familie im Badezimmer versammelte, dass es sogar Familien gab, in denen kleine Kinder mit den Eltern gemeinsam duschten. Das war in seiner Familie unvorstellbar. Nacktheit hatte für seine Mutter etwas mit Sünde zu tun, und so wurde das Thema auch behandelt. Wer nicht von der Sünde redet, begeht auch keine, war ein ungeschriebenes Familienmotto.

Nur bei den Spielen mit den Freunden, wenn die Kinder von benachbarten Höfen dabei waren, konnte es vorkommen, dass es Allmers möglich war, anatomische Studien zu betreiben, meist, wenn sich ein Mädchen zum Pinkeln hinter einen Busch verziehen musste.

„Ihr dürft euch nicht umdrehen", bestimmte es dann, aber ab und zu warf Allmers einen scheuen Blick hinter das Gestrüpp, ohne dass seine Spielkameradin es bemerkte. Er war dann immer sehr verwundert, dass sie sich so eigenartig hinhockte, während er das alles bequem im Stehen erledigen konnte. Die kleinen, drahtigen Kinderbeine, die den hockenden Körper im Gleichgewicht hielten und der plätschernde Strahl, der dazwischen heraussprudelte – alles das verwirrte ihn. Aber ein paar Minuten später hatte er alles vergessen und spielte weiter „Fischer, Fischer, wie tief ist das Wasser“.

Es dauerte schließlich bis zu dem Sommer, in dem er zehn wurde. Hans-Georg Allmers zog mit zwei Freunden an einem heißen, sonnigen Nachmittag mit den Fahrrädern durchs Moor. Sie hatten keine bestimmte Vorstellung von dem, was sie an diesem Nachmittag erleben wollten. Sie ließen sich gerne treiben, ohne bestimmtes Ziel. Alles konnte plötzlich interessant werden: ein Ameisenhaufen, ein auf dem Boden liegender toter Kuckuck oder ein Rudel Rehe, das in dem kleinen Birkenwäldchen stand, um dann im Galopp über die nächste Wiese vor ihnen Reißaus zu nehmen.

Schließlich erreichten sie nach ziellosem Umherfahren den Königsweg, eine ungewöhnliche Eichenallee, die ins Moor hineinführte und vor langer Zeit von Allmers' Großvater angelegt worden war. Sie fuhren hintereinander her, nicht schnell und hingen alle drei ihren Gedanken nach. Sie machten kleine Kunststückchen mit ihren Rädern, fuhren träumerisch unter den großen Eichen und rissen dabei ihre Vorderräder über die quer liegenden Wurzeln. Als sie um eine kleine Kurve bogen, prallte Hans-Georg zurück. Er bremste so abrupt, dass Horst Winkler, der als letzter fuhr, auf das Rad von Klaus Johannsen auffuhr, der geistesgegenwärtig hinter Allmers zum Stehen gekommen war.

Ihnen kam ein Paar entgegen. Es war sehr heiß, der Mann war sommerlich angezogen: eine helle Hose, ein leichtes Hemd und Sandalen an den Füßen. Die Frau trug einen Hut.

Sie war vielleicht Mitte zwanzig und nicht sehr groß. Allmers starrte entgeistert auf ihren kleinen Busen und ihren flachen, jungen Bauch.

Fassungslos standen die drei Freunde nebeneinander,

klammerten sich an ihren Rädern fest und beobachteten, wie der Mann und die nackte Frau ungerührt näher kamen. Ihre kleinen Brüste hüpften bei jedem Schritt. Allmers musste schlucken. So etwas hatte er noch nie gesehen. Seine Verblüffung war unermesslich. Sein Blick wanderte langsam den Körper der Frau hinunter und beim Anblick des dunklen Fells, das dicht und buschig war und ihn an das weiche Fell seiner Stallhasen erinnerte, erschrak er.

Es dämmerte ihm erst, als die Frau näher gekommen war, dass niemand einem Kaninchen das Fell abgezogen hatte, um seine Blöße zu bedecken, sondern dass das, was er da sah, wohl angewachsen war.

Er glaubte zu ersticken, als das Paar ohne Zögern weiter auf die drei Kinder zulief. Sie blieben ein paar Meter vor ihnen stehen, lachten und die Frau rief ihnen zu: „Passt auf, dass euch die Augen nicht rausfallen!" Dann drehten sich die beiden um und gingen genauso gelassen, wie so gekommen waren, den Weg zurück. Der Mann hatte seinen Arm um den Rücken der Frau gelegt und ließ im Gehen die Hand langsam nach unten gleiten. Der Blick der drei blieb gebannt auf dem lässigen Schaukeln ihres Hinterteils hängen. Es hatte erstaunliche Ausmaße, und Allmers fragte sich später, als er erwachsen war, ob seine Vorliebe für Frauen und Kühe mit großen, festen Hintern aus diesem Zusammentreffen stammte.

Ihr braunes Dreieck blieb ihm Jahre in Erinnerung. Horst hatte dem staunenden Hans-Georg am nächsten Tag erzählt, seine Mutter sähe auch so aus. Allmers schloss daraus, dass wohl viele, wenn nicht alle Frauen ähnlich behaart sein müssten.

„Wer war das?", stammelte Allmers, als das Paar hinter der Biegung verschwunden war.

„Der macht was im Fernsehen." Horst konnte kaum

sprechen. „Da habe ich ihn mal gesehen."

Tatsächlich war der Mann ein Journalist aus Hamburg, der ab und zu eine Nachmittagssendung moderierte und sonst über den Erfolg oder Misserfolg einer Schauspielkarriere entscheiden konnte. Er arbeitete als Produzent von Fernsehspielen und eine Aufgabe unter vielen war die Auswahl der Schauspieler. Er hatte im Moor ein kleines Häuschen gemietet, wo er die Wochenenden mit oft wechselnder, aber immer weiblicher Begleitung verbrachte. Seine Besetzungscouch solle da stehen, wurde im Sender gemunkelt.

Als am nächsten morgen Allmers Wecker klingelte, war er allein. Auf Wiebkes Kopfkissen lag ein Zettel: „Ich kann heute Abend wiederkommen, wenn du möchtest."

Kapitel 24

Ilse Brauer redete nicht viel während der Milchkontrolle. Manchmal, weil sie einfach keine Lust hatte, und an anderen Tagen, weil sie von ihrem Mann im Suff verprügelt worden war. Sie gab es nie zu, es war aber ein offenes Geheimnis. Ihr Mann, ein Hüne von zweieinhalb Zentnern, soff sich regelmäßig durch die Gasthäuser des Dorfes und kümmerte sich wenig um seinen Hof. Man fand ihn einmal sturzbetrunken über einem Weidezaun hängend. Brauer zuckte rhythmisch mit den Stromstößen des Weidezaungerätes, und, hätte man ihn nicht gefunden, wäre er wohl dabei gestorben. Seine dauernde Trunkenheit führte schließlich dazu, dass sein großer Marschhof immer kleiner wurde. Ihm blieb schließlich nur noch das schlechte Land im Moor, die guten Marschweiden fielen seiner Trunksucht zum Opfer.

Allmers hatte das Gefühl, dass Dietmar Brauer jedes Mal, wenn er ihn sah, noch fetter geworden war. Als Allmers noch ein Kind war, hatte Brauer ihn öfter eingeladen, bei ihm auf dem Trecker mitzufahren. Auch damals schon war er von so erheblichem Körperumfang, dass Allmers seine Beine nicht in den Innenraum des Treckers stellen konnte. So saß er mit dem Rücken zum Fahrer auf dem offenen Kotflügel des kleinen, kabinenlosen Treckers und ließ seine Beine verbotenerweise nach außen baumeln. Er wirkte, von der Ferne betrachtet, wie ein Zwerg neben der Brauerschen Leibesfülle. Der Trecker hatte einen primitiven Schalensitz, der aus einem einzigen Stück Eisen hergestellt worden war und auf einer großen Blattfeder saß. Entfernte man sich ein wenig von dem von Brauer gelenkten Gefährt, das schwer unter seiner Last ächzte, sah man von hinten nur noch die gewaltigen Hinterbacken Dietmar Brauers, zwischen denen die winzige Schale des Sitzes verschwunden war. Es sah dann aus, als ob ein Fleischberg auf einer Feder balancieren würde. Als Brauer sich einen Kabinenschlepper kaufte, war kein Platz mehr für Allmers. Der Beifahrersitz war nicht zu benutzen, denn Brauer hatte sich aus Sparsamkeit ein einfaches Modell gekauft, bei dem die Schaltung zwischen den Beinen angebracht war. Nach drei Wochen spendierte er sich einen neuen Schlepper, bei dem die Schaltung rechts lag, auf Armhöhe. Beim ersten Modell hatte er sich zu oft verschaltet, es war ihm unmöglich gewesen, zwischen seinen mächtigen Schenkeln nach dem Schaltknüppel zu suchen.

Es gab Tage, da nannte Ilse Brauer während der gesamten Kontrolle nur die Namen der Kühe und sagte sonst kein einziges Wort. Jemand, der sie nicht kannte, hätte dieses Schweigen als scharfes Messer empfunden, Allmers aber empfand es eher als verbindend. Er kannte ihre Lebensgeschichte und wusste, dass er ihre Macken nicht auf sich beziehen musste.

Dietmar Brauer war mit der Silageernte beschäftigt, als Allmers zur Milchkontrolle kam. Er saß auf seinem Trecker, es war brütend heiß und der Schweiß lief ihm in Strömen über seine Fettfalten im Gesicht. Er hatte am Siloplatz mehrere Kästen Bier und Sprudel deponiert, die er im Laufe der Arbeit leerte. Da er immer mit offener Kabinentür fuhr, legte sich der Staub wie eine feine Maske auf sein Gesicht. Der Schweiß ließ den Staub in die Falten des Gesichtes fließen, sodass Brauer am Abend aussah wie ein alter Indianer.

An guten Tagen unterhielten sich Ilse Brauer und Allmers. Dabei hatte er sie einmal gefragt, wie sie es mit diesem dauernden Alkoholnebel, der aus Brauer waberte, aushalten konnte.

„Am Meer hörst du das Rauschen auch nicht mehr“, hatte sie geantwortet.

Es war wohl der schöne Hof gewesen, der die junge Ilse, die aus dem Nachbardorf stammte, dazu bewogen hatte, den schwer übergewichtigen Dietmar Brauer zu heiraten.

Es kam nicht oft vor, das Brauer selbst molk, meist ließ er diese Arbeit seine Frau machen. Nachdem am Tag zuvor Ilse gemolken hatte, weil Brauer mit der Grasernte beschäftigt war, stand er zu Allmers' Überraschung am frühen Morgen in der Melkkammer und bereitete das Melken vor. Er ächzte schwer, als er sich bücken musste, um den Filter, der die Rohmilch grob säuberte, in den Behälter zu schieben. Er sagte nicht viel, und Allmers war auf eine langweilige Milchkontrolle gefasst. Auch Ilse hatte am Vorabend wenig gesagt. Aber er hatte sich getäuscht. Als Allmers schließlich Brauers Hof verließ, fragte er sich, warum Dietmar Brauer so redselig gewesen war, schließlich hat er sich mit der ganzen Geschichte selbst verdächtig gemacht, mit Rolkes Tod etwas zu tun zu haben.

Brauers Melkstand war einer der ältesten im ganzen Dorf. Ihm fehlte das Geld, die mit grüner Ölfarbe gestrichenen Wände kacheln zu lassen, wie es in den neuen Melkständen üblich war. So ließen sich der Dreck und die Kuhscheiße nach dem Melken einfach abspritzen, bei Brauer jedoch schien der ganze Melkstand zu kleben. Allmers vermied es, die Wände und das Treppengeländer zu berühren, und baute sein kleines Pult demonstrativ in der Mitte des Melkstandes auf.

Nachdem Brauer bei den ersten vier Kühen die Melkzeuge angesetzt hatte, fing er an mit seinem durchdringenden Bass, der so tief war, dass Allmers jedes Mal ein Brummen im Bauch zu spüren glaubte, zu reden: „Selten habe ich mich so gefreut."

Allmers hob fragend die Augenbrauen. Brauer ging sofort darauf ein: „Du dich nicht? Eigentlich müsste sich doch jeder gefreut haben, dass das alte Arschloch endlich tot ist. Der Aufhörer", setzte er spöttisch hinzu. „Jetzt hat er aufgehört, aber endgültig".

„Ich fand es nicht so lustig, ihn zu finden", wandte Allmers ein und notierte die ersten Ergebnisse. Brauers Kühe hatten Namen, Ilse hatte aber in den letzten Monaten den Tieren mit flüssigem Stickstoff Nummern auf die Hinterteile brennen lassen, was dazu führte, dass Brauer nicht mehr rätseln musste, welche Kuh er gerade gemolken hatte, und Ilse manche Milchkontrolle völlig schweigsam überstehen konnte.

„Du weißt doch, dass Hans Brandt pleite ist?", fragte Brauer. Allmers nickte.

„Er musste alles verkaufen, die Kühe, die Maschinen, die Milchquote." Brauer setzte ein Melkzeug an und schnaufte. „Jetzt ist da nur noch das Land. 75 Hektar Marsch, wirklich gutes Land. Rolke wollte es haben, Fritz Grambow wollte es haben, ich wollte es haben."

Woher hast du denn das Geld, dachte Allmers. Er kannte die Geschichte, die kurz vor Rolkes Tod für Kopfschütteln im Dorf gesorgt hatte.

Vierzehn Tage vor Rolkes Tod trafen sich Dietmar Brauer, Fritz Grambow und Eduard Rolke im Haus der Landwirtschaftskammer. Alle drei hatten Wind davon bekommen, dass Hans Brandt, ein Bauer aus dem Nachbardorf, seinen ganzen Hof verkaufen musste. Die örtliche Bank hatte ihm nach langen Streitereien um nicht bediente Kredite, vergessene Termine und nicht eingehaltene Absprachen alle

Kreditverträge gekündigt. Hans Brandt war pleite. Fünfzehn Jahre zuvor hatte er mit großem Getöse den Hof gekauft. Er war zu viel Geld gekommen, weil der Kölner Flughafen erweitert werden sollte, und Brandt nach langem zähen Verhandeln so viel Geld herausgeschlagen hatte, dass er sich einen Hof kaufen konnte, der dreimal so groß war wie sein bisheriger. Seine Frau und sein Sohn begleiteten ihn auf die neue Hofstelle. Sie bewirtschafteten nun 75 Hektar, aber sie kamen mit dem schwierigen, tonigen Boden, der ohne künstliche Entwässerung überhaupt nicht zu bewirtschaften war, nie zurecht.

Sie hatten nicht unter abgeziegeltem Land zu leiden, zu weit waren die Ziegelbrennereien entfernt, die immer in der Nähe des Elbufers errichtet worden waren. Die Schwierigkeit, mit der Brandt zu kämpfen hatte, war seine Unerfahrenheit mit den schwierigen Bodenverhältnissen. In seiner Kölner Heimat konnte er die fruchtbaren Böden fast bei jedem Wetter beackern und bestellen, jetzt bedeutete ein kräftiger Regen, dass noch Tage danach dicker Kleiboden an den Stiefeln klebte, wenn man den Acker betrat. Ein nasser Oktober und die Einsaat des Wintergetreides war für dieses Jahr nicht mehr möglich.

Hans Brandt war nicht beliebt bei seinen Nachbarn, zu arrogant war er in den Anfangsjahren aufgetreten. Er hatte sich zwar auf Bauernversammlungen nicht lumpen lassen, mehrere Saalrunden spendiert und sich dann, wenn die Stimmung immer besser war, einmal auf den Stuhl gestellt und mit Händen hinter den Hosenträgern verkündet, er wolle allen hier mal zeigen, was richtige Landwirtschaft sei.

Der Hof wurde unter Zwangsversteigerung gestellt, aber Brandt dachte, der Bank ein letztes Mal ein Schnippchen schlagen zu können. Er verkaufte den gesamten Hof unter Wert an einen Fabrikanten aus Hamburg und bekam dafür einen erheblichen Betrag Schwarzgeld.

Dietmar Brauer bekam einen Tipp aus der Kanzlei des Notars, seine Nichte arbeitete dort. Brauer schaltete sofort. Er wusste, dass Kaufverträge mit Nichtlandwirten ungültig sind, wenn Landwirte Anspruch auf das Land erheben. Außerdem hatte er erfahren, dass auf dem Land zwei große Windkraftanlagen geplant waren, deren Pachtzahlungen für die Standorte so hoch ausfallen würden, dass man von dem Erlös fast den jährlichen Abtrag würde bezahlen können.

Auch Fritz Grambow und Rolke interessierten sich für das Land, sodass die Landwirtschaftskammer alle drei zu einer Besprechung einlud.

„Guten Tag, meine Herren", begrüßte der Mitarbeiter der Landwirtschaftskammer, Florian Schneider, die drei Bauern, die sich um einen Tisch versammelt hatten. Brauer und Grambow saßen nebeneinander, Rolke am anderen Ende des langen Tisches.

„Sie wissen um die Problematik, wegen der wir Sie hierher gebeten haben."

Brauer und Grambow nickten stumm, Rolke murmelte Unverständliches.

„Herr Brandt", fuhr der Mitarbeiter fort, „hat ja Insolvenz angemeldet und gleichzeitig den Hof verkauft. Ohne Wissen der Bank, die aber wahrscheinlich froh ist, dass sie das ganze Zwangsversteigerungsverfahren nicht durchziehen muss. Es hat sich aber das Problem ergeben, dass der Kaufvertrag wahrscheinlich gar nicht gültig ist, wenn jemand, also zum Beispiel Sie, ihn anfechten."

„Das wissen wir doch alles", unterbrach Rolke, „Ihre Vorträge können sie ruhig kürzer gestalten. Kommen Sie mal zur Sache. Natürlich will ich das Land kaufen."

Brauer und Grambow nickten: „Das ist bei uns genauso."

„Gut", beschwichtigte Florian Schneider, „wenn das so ist. Wenn der Vertrag nun für ungültig erklärt werden soll, muss er vor dem Landwirtschaftsgericht angefochten werden."

„Herrgott", Rolke schlug mit der Faust auf den Tisch, „das will ich nicht zum dritten Mal hören. Ich will das Land kaufen, die beiden anderen auch. Also muss die Landwirtschaftskammer entscheiden, wer es bekommt."

Der Mitarbeiter war eingeschüchtert: „Entscheiden können wir das gar nicht. Das ist doch nur eine privatrechtliche Vereinbarung. Wir können nur vermitteln."

„Wir sind drei Bauern", sagte Fritz Grambow, „der Hof ist 75 Hektar groß. Da ist es doch einfach, ihn durch drei zu teilen."

„Das ist mir zu wenig", Rolke war unzufrieden, „ich wollte eigentlich alles kaufen."

Brauer wurde ungehalten: „Das bekommst du aber nicht. Wir sind drei, also teilen wir auch durch drei. Ich würde auch alles nehmen, Fritz sicher auch, vor allen Dingen, wo die Windkraftanlagen so schön beim Abbezahlen helfen."

„Vielleicht", schränkte Grambow ein, „sie sind noch nicht endgültig genehmigt."

„Ich nehme fünfzig Hektar", beharrte Rolke, „Ihr könnt euch den Rest ja teilen."

„Du bist ganz schön unverschämt", Brauer war laut geworden. „So wird das sicher nichts."

„Meine Herren", sagte der Mitarbeiter der Landwirtschaftskammer beruhigend, „lassen Sie uns doch einmal die Karte des Hofes ansehen."

Er steckte die Karte an eine Pinnwand und zeichnete die Standorte der künftigen Windkraftanlagen ein.

„Das ist genau auf dem Land, das ich bekomme", sagte Rolke ohne Scheu. „Das nehme ich."

„Unglaublich", ärgerte sich Brauer. „Erst willst du die Hälfte und dann auch noch die beiden Standorte. Damit bekommst du mehr Geld rein, als du für die Abzahlung des Landes brauchst. Und wir sollen leer ausgehen. Du hältst dich wohl für sehr clever."

„Da kann ich Sie beruhigen", sagte Florian Schneider, „Verträge mit Windanlagenbetreibern werden immer so gestaltet, dass der Erlös auf den gesamten Hof umgelegt wird und nicht nur auf das betreffende Flurstück."

„Ach so", Rolke war sichtlich enttäuscht.

„Dann spricht nichts dagegen, durch drei zu teilen. Jeder 25 Hektar." Grambow versuchte die Gunst der Stunde und Rolkes Nachdenken zu nutzen.

Florian Schneider sah jeden der drei Bauern eindringlich an und fragte: „Ist jeder damit einverstanden? Nur dann können wir etwas dagegen unternehmen. Wenn einer ausschert, besteht die Gefahr, dass keiner etwas bekommt."

Brauer und Grambow antworteten beide auf seinen fragenden Blick mit einem deutlichen „Ja."

Rolke schnaufte und nickte nur.

„Wir sollten das wie unter Ehrenmännern machen", schlug Florian Schneider vor, „wir besiegeln das mit einem Händedruck."

Widerwillig erhob sich Rolke, ging zu den beiden anderen Bauern und gab jedem die Hand. „Ich hätte lieber alles", murmelte er, als er vor Brauer stand und notgedrungen seine Hand ausstrecken musste.

Erleichtert wollte Florian Schneider die Runde beenden, aber kurz vor der Verabschiedung fiel ihm noch etwas ein: „Ich muss Sie darauf hinweisen, dass über das Ergebnis dieses Gesprächs mit niemandem, wirklich absolut niemandem gesprochen werden darf. Sagen Sie einfach, das seien alles Gerüchte, Sie wüssten von nichts."

Verwundert fragte Brauer: „Wir tun doch nichts Ungesetzliches?"

Schneider schüttelte den Kopf: „Natürlich nicht. Es kann aber der Fall eintreten, dass Brandt noch kurzfristig das Land verpachtet. Dem Fabrikanten aus Hamburg wäre das sicher egal, er kann das Land sowieso nicht selbst nutzen.

Aber Sie hätten dann das Problem, in den Pachtvertrag einsteigen zu müssen. Und Pachtverträge dauern, das wissen Sie so gut wie ich, in der Regel zehn Jahre. Sie könnten dann zwar das Land kaufen, hätten aber erst in zehn Jahren die Möglichkeit, es selbst zu bewirtschaften."

Brauer nickte: „Pächterschutz."

„Genau, das ist das Problem. Ich wünsche Ihnen eine gute Heimfahrt, meine Herren. Sie hören von uns." Florian Schneider ging zur Tür. „Auf Wiedersehen."

Rolke stand ebenfalls auf, ging wortlos zur Tür und verließ grußlos den Raum.

Brauer und Grambow fuhren gemeinsam nach Hause. Rolke kaufte im nächsten Schreibwarengeschäft einen Musterpachtvertrag, den es in landwirtschaftlich geprägten Gegenden so einfach zu kaufen gab wie Mietverträge, fuhr zu Hans Brandt und unterschrieb nach zwei Stunden zäher Verhandlungen und mehreren über den Tisch geschobenen Hundert-Euro-Scheinen einen Pachtvertrag für zehn Jahre über die gesamte Fläche.

Kapitel 25

Allmers sah verwundert auf die rote Kladde, die auf seinem Küchentisch lag. Als er sie aufnahm und öffnete, fiel ein kleiner Zettel heraus. Er erkannte Wiebkes große, raumgreifende Schrift.

„Das habe ich gefunden bei meinen Recherchen", hatte sie notiert. „Hier ist der Beweis, dass Rolke noch viel schlimmer war, als wir beide dachten. Ich dachte, du liest es und gibst es deinem Bruder, damit er sich ein Bild vom Opfer machen kann. Und warum keiner seinen Tod bedauert."

Kein Wort zu ihrer gemeinsamen Nacht, dachte Allmers enttäuscht und begann interessiert zu blättern. Als er zu lesen begann, konnte er nicht mehr aufhören, bis er fertig war.

Protokoll der 34. Gemeinderatssitzung

Bürgermeister Osterloh eröffnet die Sitzung und stellt die Beschlussfähigkeit fest.
Anwesend:
Bürgermeister (BGM) Osterloh, Gemeindedirektor (GD) E. Schmidt
Gemeinderäte: Maier, Seelmann, Wasserberg, Groenewald, Hiermann (CDU), Jagemann, Hoffmann, Eichler, Jankautsky, Jürgens (SPD), K. Schmidt, Bammann (Wählergemeinschaft), Hagedoorn (Grüne), Rolke (FBL)

Tagesordnung:

1.Verlesen des Protokolls der 33. Sitzung
2. Errichtung einer Ampel an der Stader Straße/Kreuzung Elbweg
3. Reparatur des Radwegs an der K 23
4. Ersatzloses Auslaufen des Vertrages des Jugendpflegers
5. Zuschuss Schützenverein
6. Verschiedenes

Hagedoorn (Grüne): „Ich protestiere gegen die Tagesordnung. Unter dem Punkt Verschiedenes kann nicht der wichtigste Punkt der heutigen Debatte versteckt werden, in der Hoffnung, dass am Ende alle zu müde sind, um darüber zu sprechen."
BGM Osterloh: „Niemand will etwas verstecken, Herr Hagedoorn."

Beifall der CDU, SPD, FWG, FBL

Hagedoorn (Grüne): „Ich beantrage, den Punkt vorzuziehen, da ein erhebliches Interesse der Öffentlichkeit besteht."
BGM Osterloh: „Müssen wir darüber abstimmen, Herr Schmidt?"
GD Schmidt: „Ich glaube schon."
BGM Osterloh: „Wer ist dafür, dass der Punkt Verschiedenes vorgezogen wird? Bitte um Handzeichen. Zwei. Wer ist dagegen? Elf. Danke. Der Antrag ist abgelehnt. Wir beginnen mit Punkt 1: Verlesen des Protokolls der 33. Sitzung." /......./
BGM Osterloh: „Wir kommen jetzt zu Punkt 6, Verschiedenes. Ich bitte um kurze Wortmeldungen, es ist schon spät."
Hagedoorn (Grüne): „Es ist genauso gekommen, wie ich es gedacht habe. Seit mehreren Sitzungen versuchen wir über die Errichtung eines Gedenksteines für die ermordeten Zwangsarbeiterkinder zu debattieren."

Hiermann (CDU): „Ich muss mich dem Kollegen Hagedoorn anschließen. Wir müssen dringend zu einem Entschluss kommen. Die Debatte entgleitet uns sonst. Außerdem ist das Anliegen berechtigt."
Rolke (FBL): „Das ist Geschichtsfälschung von bestimmten Kreisen, die aus der kommunistischen Ecke kommen. Kein Kind ist damals ermordet worden. Sie sind alle eines natürlichen Todes gestorben, lesen Sie doch mal die Totenscheine."
Seelmann (CDU): „Ich frage mich sowieso schon lange, was für eine Geisterdebatte wir hier führen, über fünfzig Jahre nach dem Krieg. Es gibt weiß Gott Wichtigeres für unsere Gemeinde, als die alten Sachen aufzuwärmen."
Hagedoorn (Grüne): „Wer sich nicht der Geschichte stellt, wird immer eine Mitschuld tragen."
Rolke (FBL): „Wollen Sie damit sagen, dass ich eine Mitschuld habe? Woran denn bitte? Dass diese schwächlichen Kinder gestorben sind, war doch wahrscheinlich ein Segen für die."
Hagedoorn (Grüne): „Ich protestiere, das ist menschenverachtend."
Jankautsky (SPD): „Bevor hier die Wogen hochgehen, ein Wort zur Beruhigung: Im Landkreis ist schon ein Gedenkstein aufgestellt worden. Mein Vorschlag: Da könnte man sich doch einfach anschließen. Da kann man doch ein paar Worte mit eingravieren."
Hagedoorn (Grüne): „Ich kann es kaum glauben. In unserem Dorf sind vierzig Kinder jämmerlich krepiert und hier wird so getan, als ob das nie geschehen wäre."
Rolke (FBL): „Wir wissen doch alle, was das für Frauen gewesen sind. Die haben sich doch mit jedem eingelassen, der nur gerade gehen konnte."
Tumultartige Szenen. Gemeinderat Rolke protestiert gegen angebliche Beleidigung. Er gibt zu Protokoll, das Schimpfwort „Schwein" sei von einem nicht zu identifizierenden Gemeinderat gerufen worden. Dagegen verwahre er sich.

BGM Osterloh: „Ich würde das Thema gerne vertagen, sonst gibt es hier noch handgreifliche Auseinandersetzungen. Die Meinungen zu dem Thema gehen doch sehr weit auseinander."
Hagedoorn (Grüne): „Das ist das einzige, was euch hier einfällt: Vertagen. Beschämend. Und was die Bemerkung von Herrn Rolke angeht: Das ist eine niederträchtige Beleidigung aller Opfer des Faschismus, besonders aber der Zwangsarbeiterinnen und ihrer Kinder."
Hiermann (CDU): „An unqualifizierte Äußerungen vom Kollegen Rolke haben wir uns ja schon gewöhnt. Aber was er in dieser Debatte abgesondert hat, spottet jeder Beschreibung. Man könnte meinen, Sie wollten die Täter von damals schützen."
Bammann (FWG): „Wir können es uns nicht erlauben, heute keine Entscheidung zu treffen. Die Öffentlichkeit ist aufmerksam geworden und die Presse hat schon tendenziöse Artikel veröffentlicht. Das ist alles sehr unschön. Die Journalisten warten doch nur darauf, dass wir das wieder vor uns herschieben. Ich sehe schon die Schlagzeilen vor meinem inneren Auge. Besser ist es, wir stellen so einen Stein auf, und damit ist es dann gut. Das Thema ist dann erledigt."
Wasserberg (CDU): „Ich kann nur den Kopf schütteln. Das Geld sollte man lieber einem guten Zweck spenden, als es für tote Kinder auszugeben. Wir müssen alle mal sterben."
Hagedoorn (Grüne): „Ich muss Herrn Bammann ausnahmsweise Recht geben, wenn auch aus anderen Motiven: Es wird für unseren Ort nicht leicht, wenn wir kein öffentliches Gedenken für die ermordeten Kinder ermöglichen. Wir sind moralisch verpflichtet, diese armen Geschöpfe zu gedenken, die so jämmerlich umgebracht wurden."
Rolke (FBL): „Ich sage lieber nichts, sonst steht was im Protokoll."
Hiermann (CDU): „Das ist auch besser so."
BGM Osterloh: „Gibt es noch Wortmeldungen?"
Jankautsky (SPD): „Was soll denn da überhaupt draufstehen?"

Hagedoorn (Grüne): „Vielleicht hat sich die Verwaltung schon einmal ein paar Gedanken gemacht?"
GD Schmidt: „Nein."
Hagedoorn (Grüne): „Man könnte formulieren, dass man den von den Nationalsozialisten in ihrem Rassenwahn ermordeten Zwangsarbeiterkindern gedenkt und die Namen der Kinder dazu schreibt. Und vielleicht das Alter."
Rolke (FBL): „Ich protestiere gegen den Begriff ‚Zwangsarbeiter'. Das ist doch historisch überhaupt nicht zu halten. Das waren Leute aus dem Osten, die hier Arbeit gesucht haben. Und wenn die Frauen dann schwanger wurden, war das Geschrei groß."
Jürgens (SPD): „Jetzt halten Sie doch endlich mal Ihren Mund. Das ist ja unerträglich. Ich war bis eben auch gegen einen Gedenkstein, aber durch Ihr hohles Geschwätz habe ich mich anders entschieden und ich glaube, meine Fraktionskollegen von der SPD ebenfalls, oder?"
Bammann (FWG): „Die Bedingung ist, dass es ein Steinmetz aus dem Dorf macht."
GD Schmidt: „An etwas anderes ist nie gedacht worden."
Bammann (FWG): „Was soll das Ding denn kosten?"
Rolke (FBL): „Das ist immer rausgeschmissenes Geld, egal, wie viel das kosten wird."
Seelmann (CDU): „Man könnte doch einen Stein aufstellen und darauf schreiben: Zum Gedenken und vielleicht die Jahreszahlen 1944-1945."
Hagedoorn (Grüne): „Das ist völlig undenkbar. Das könnte dann auch der Gedenkstein für ein Busunglück oder eine Sturmflut sein. Das ist doch halbherzig."
Hiermann (CDU): „Richtig. Da muss draufstehen, was passiert ist, sonst nützt das doch gar nichts."
Rolke (FBL): „Genau, das ganze Ding nützt doch keinem. Heute aufgestellt, morgen vergessen. Ich wette, im nächsten Jahr erinnert sich keiner mehr daran, das ist auch gut so. Endlich mal Schwamm drüber."

BGM Osterloh: „Bitte keine langen Wortmeldungen mehr, es ist halb elf."
Hagedoorn (Grüne): „Wir diskutieren hier so lange, bis wir eine Entscheidung getroffen haben, Herr Bürgermeister. Und wenn es bis morgen früh dauert."
BGM Osterloh: „Immerhin bin ich hier der Sitzungsleiter."
Hagedoorn (Grüne): „Dann bringen Sie das mal auf einen vernünftigen Weg."
Jagemann (SPD): „Ich komme ja nicht von hier und habe erst zu Beginn der Debatte von der Geschichte gehört. Gibt es denn noch Zeitzeugen, die man befragen könnte? Man könnte doch ein kleines Forschungsprojekt ..."
Rolke (FBL): „Das kommt überhaupt nicht in Frage. Lasst die Finger von den sogenannten Zeitzeugen. Da kommt nie etwas Wahres heraus. Die Wahrheit ist in den letzten fünfzig Jahren so durch den Wolf gedreht worden, die Leute glauben doch mittlerweile alles, was in den Zeitungen steht. Wenn ich das Wort „Zwangsarbeiter" schon höre. Da kommt der ganze Betroffenheitskitsch der letzten fünfzig Jahre hoch. Mit jedem muss man Mitleid haben, bloß nicht mit den Deutschen, die damals im Osten krepiert sind. Das war für die Bauern hier nicht leicht, die ganzen Ostarbeiter durchzufüttern. Es gab doch auch für die Bauern kaum noch etwas zu essen. Und was war der Dank? Die haben geklaut wie die Raben, undankbar wie die waren. Das waren doch alles nur Polen, Juden und Homosexuelle."

Die Fraktion der SPD und Hagedoorn (Grüne) verlassen unter Protest den Sitzungssaal. Gemeinderat Rolke verlässt ebenfalls die Sitzung.

BGM Osterloh: „Das war unschön. Ich hoffe, dass das morgen nicht in der Zeitung steht. Gibt es noch Wortmeldungen?"
Wasserberg (CDU): „Wir müssen hier jetzt einen Punkt machen.

Die Debatte muss beendet werden. Deshalb habe ich einen Kompromissvorschlag, dem sicher auch die SPD zustimmen könnte, wäre sie noch hier: Es wird an der Friedhofskapelle ein Gedenkstein aufgestellt, aus schwarzem Granit. Die Inschrift heißt: Zum Gedenken an die polnischen Kinder 1943-1945. Es waren ja nur polnische Kinder. So vermeiden wir das Wort ‚Zwangsarbeit', was nicht gut für das Bild der Gemeinde in der Außendarstellung wäre. Mit dem Wort ‚polnisch' und den Jahreszahlen ist der Bezug zu der Zeit aber hergestellt."
Hiermann (CDU): „Unter Bauchschmerzen kann ich zustimmen. Aber nur unter Bauchschmerzen. Wenn wir nicht zustimmen, gibt es niemals einen Gedenkstein."
BGM Osterloh: „Ich finde, das ist ein gelungener Kompromiss. Soll ich den nun gleich zur Abstimmung stellen? Sind wir überhaupt beschlussfähig?"
GD Schmidt: „Ja, das ist der Fall: Sieben Stimmen sind anwesend, plus die Stimme des Sitzungsleiters, sieben sind abwesend."
BGM Osterloh: „Um das jetzt mal zu Ende zu bringen: Wer ist für den Vorschlag vom Kollegen Wasserberg, ich bitte um Handzeichen. Sieben plus meine Stimme. Danke. Einstimmig angenommen."

Allmers ließ die Blätter sinken. Er war froh, dass er allein war.

*

Der Friedhof lag mitten im Dorf und war zu Fuß schnell zu durchqueren. Der tagelange Regen hatte aufgehört, die Sonne durchbrach die Wolken und über dem Friedhof lag eine eigenartige Stimmung. Der Boden dampfte, die Erde schien voller Kraft. Allmers ließ sein Fahrrad am Eingang stehen, durchquerte die Schwingtür und war wie jedes Mal wieder überrascht, wie dieser Ort ihn empfing. Obwohl der Verkehrslärm nahezu ungehindert eindringen konnte, schien er ihn schlagartig nicht mehr zu hören. Rechts und links des großen Hauptweges, der direkt zur Friedhofskapelle führte, lagen die alten Gräber der großen Familien des Dorfes, die lange als Handwerker oder Bauern bestimmend gewesen waren.

Einige Familien waren ausgestorben, von anderen hörte man schon lange nichts mehr. Alte Frauen beugten sich über Gräber, zupften Unkraut und unterhielten sich leise über die Vorzüge des Bodens auf den sandigen Geest-Friedhöfen, wo die Arbeit viel leichter ging. „Ach dieser Boden", stöhnte eine, richtete sich auf und sah Allmers erstaunt an. Allmers grüßte leise, fragte sich, ob seine Anwesenheit hier störend oder nur ungewohnt war und suchte mit den Augen das Grab seiner Eltern. Er beschloss, es vor dem Verlassen des Friedhofs noch zu besuchen.

Den Gedenkstein fand er erst nach einigem Suchen. Es war ein schmuckloser und schlecht entworfener Stein, auf dem stand:

Zum Gedenken an die Polnischen Kinder 1943-1945.

Allmers war empört. Nach dem, was er von Wiebke erfahren hatte, war diese Inschrift eine letzte Demütigung der Opfer. Kein Wort des Bedauerns, der näheren Umstände, keine Namen und keine Opferzahlen wurden auf dem Stein vermerkt. Nur die Jahreszahl ließ bei dem Betrachter eine leise Ahnung der Hintergründe wachsen.

Die Inschrift schützte noch heute die Täter von damals, die vielleicht noch im Dorf wohnten.

Dazu war die Inschrift orthografisch falsch. Entweder hatte es keiner bemerkt oder Schulter zuckend hingenommen. Polnisch war in diesem Zusammenhang ein

Adjektiv und musste klein geschrieben werden. Man schrieb auch nicht: die Deutschen Automobile oder die Englischen Fußballer.

Kapitel 26

Allmers hatte seine alte Angewohnheit, regelmäßig vor der Arbeit noch kurz bei Hella Köhler die Kuchenproduktion zu kontrollieren, wieder aufgenommen. Seit ihrem Scherz mit dem gekauften Bäckerkuchen war ihm wieder klar geworden, dass es für sie ein mindestens ebenso großes Vergnügen bedeutete wie für ihn, wenn er ihre Vorräte plünderte. Die heutige Milchkontrolle versprach anstrengend zu werden. Das Drama des Ehepaares Meyer konnte er nicht überstehen, ohne in seinem Magen eine Grundlage aus mindestens einem Stück Käsekuchen und ein paar Schweinsohren gelegt zu haben, dachte er.

„Kannst du danach noch einmal vorbeikommen?", fragte Hella Köhler verschwörerisch, als sich Allmers verabschiedete.

Allmers nickte.

„Guten Abend". Mehr sagte Allmers nicht, als er Anneliese Meyer in ihrem Stall begegnete. Wortlos stellte er seinen Klapptisch auf, baute die Milkoskope zusammen und schrieb das Datum in die Liste. Er wusste, dass es nicht mehr lange dauern würde. Ernst Meyer hatte die Kühe schon fast bis vor den Stall getrieben.

Anneliese Meyer war eine große, magere, herrische und putzsüchtige Frau, die ihren Mann und den ganzen Hof unter einer eisernen Knute hielt. Sie kam von der Geest und fühlte sich im Moor nie richtig heimisch. Sie hatte, so erzählte man sich, weit fahren müssen, bis sie jemanden getroffen hatte, der sie heiraten wollte. Böse Zungen behaupteten, sie sei der zweite Preis bei einer Tombola gewesen. Der erste war ein Schlagbügel für Kühe.

Eine Milchkontrolle auf diesem Hof wurde jedes Mal zu einer kostenlosen Vorführung eines Ehedramas, das Allmers an das seiner Eltern erinnerte.

Ernst Meyer hatte zwanzig Kühe, die er mit vier Melkzeugen molk. Jedes der Melkzeuge war mit einer anderen Farbe gekennzeichnet – es gab ein grünes, ein blaues, ein rotes und ein violettes. Meyer hatte den Anspruch, jede Kuh mit immer dem gleichen Melkzeug zu melken. Deshalb wurden die Kühe ebenfalls markiert, und Ernst Meyer musste lange experimentieren, bis er das richtige System herausgefunden hatte. Zuerst malte er die Stalltafeln mit bunter Kreide an, aber die feuchte Stallluft löste die Kreide auf. Dann bekamen die Kühe bunte Halsbänder, die aber bald zerrissen. Schließlich malte Meyer, der sein System unbedingt beibehalten wollte, seinen Kühen die Hörner an.

„Hochglanz oder Seidenmatt?", hatte Dietmar Brauer von seinem Trecker herab geschrien, als er die Kühe einmal passieren lassen musste.

„Hochglanz!" Meyer hatte den Spott nicht verstanden. „Seidenmatt hält nicht."

Ein paar Tage später verursachte er mit seinen bunten Kühen einen schweren Verkehrsunfall. Ein Reisebus mit japanischen Touristen hielt so abrupt an, dass der Tierarzt nicht rechtzeitig bremsen konnte und in den Bus fuhr.

Die Reisegruppe verließ ungerührt den demolierten Bus, versammelte sich hinter dem Fähnchen der Reiseleitung und überquerte die Straße, um die Kühe zu fotografieren. Meyers buntbehornte Kühe flimmerten später auf unzähligen japanischen Bildschirmen.

Ernst Meyer freute sich vier Wochen lang auf die nächste Milchkontrolle. Er war ein langsamer Melker, der sich nur von seiner Frau zur Eile antreiben ließ. Er molk die Kühe in unerklärlicher Reihenfolge, und es kam öfter vor, dass er die Melkzeuge so ungeschickt abnahm, dass manchmal im ganzen Stall keines an einer Kuh hing. Er selbst stand aber vor Allmers und war begierig, Neuigkeiten zu erfahren.

„Ernst!“ Die Stimme seiner Frau schoss dann sofort wie ein Pfeil durch den Stall und erinnerte ihn daran, weiter zu melken.

Heute war Allmers wenig kommunikativ. Hellas Bitte, sie noch einmal nach der Milchkontrolle zu besuchen, war ungewöhnlich. Nach dem Melken aßen Hella und Friedel meistens schnell und verbrachten den Abend vor dem Fernsehapparat, dessen Bilder Hella kaum mehr erkennen konnte. Friedel erzählte dann meist pausenlos, was gerade zu sehen war.

Zu dieser Tageszeit luden sie sich selten Gäste ein, auch Allmers konnte sich nicht erinnern, wann er das letzte Mal an einem Abend bei Hella gewesen war. Irgendetwas war bei den beiden anders als früher, dachte er, als Ernst Meyer erwartungsfroh vor ihm stand und enttäuscht feststellte, dass Allmers heute sehr schweigsam war.

Für Allmers Bruder war Friedel einer der Hauptverdächtigen, aber er hatte keine Beweise, die Tatwaffe fehlte und ein diffuses Rachebedürfnis, das jeder im Dorf Friedel zugestand, war zu wenig, um einen Haftbefehl zu beantragen.

Allmers war froh, als Ernst endlich die letzte Kuh gemolken hatte, und er seine Utensilien einpacken konnte.

Hella erwartete ihn schon an der Küchentür.

„Wo ist Friedel?“, fragte Allmers.

„Heute ist doch die Versammlung vom Beratungsring", erwiderte Hella.

Stimmt, dachte Allmers. Jetzt erst wurde ihm klar, dass sie ihn allein sprechen wollte.

„Was willst du essen?" Hella machte sich am Küchenschrank zu schaffen.

„Egal", erwiderte Allmers. „Alles, wenn es nur keine Amerikaner sind."

Hella lachte nervös. Sie hatte Kaffe gekocht und als sie die letzten beiden Stücke Apfelkuchen serviert und die Sahne geschlagen hatte, fing sie an, Allmers ihr Herz auszuschütten: „Heute wurde Friedel noch mal in Stade vernommen", begann sie stockend. „Die Polizei hat ihn ganz schön unter Druck gesetzt. Sie meinten, sein Alibi sei keinen Pfifferling wert, weil ich seine Frau sei und natürlich auch der Grund für die Tat. Friedel war empört. Er war es nicht, das weiß ich ganz genau. Er ist wie immer zur gleichen Zeit losgegangen, die Kühe zu holen und genau zum gleichen Zeitpunkt wieder im Stall gewesen. Er hätte gar keine Zeit gehabt, Rolke zu töten. Außerdem: Er ist dazu doch viel zu klein. Rolke hätte sich nur umzudrehen brauchen und Friedel wäre derjenige gewesen, der tot war. Der Mann hatte doch Bärenkräfte."

Sie schwieg und trank langsam ihren Kaffee.

„Ich habe ihn trotzdem gemocht", sagte sie plötzlich und sah Allmers eindringlich an. „Das kannst du dir wahrscheinlich nicht vorstellen, aber zu Frauen war er außergewöhnlich charmant und zuvorkommend."

Allmers sagte nur: „Ich habe davon gehört."

Hella begann zu schwärmen: „Wenn ich mich mit ihm unterhielt, war er wie umgewandelt. Er konnte die wundervollsten Komplimente machen." Hella begann plötzlich heftig zu weinen: „Das mit Rolke und mir war nicht so, wie ich es dir erzählt habe", schluchzte sie. „Es ging noch lange weiter." Allmers wurde es heiß.

„Eduard ist vielleicht doch der Vater von Brigitte."

„Weiß es Friedel?", brachte Allmers nur heraus.

Hella schüttelte den Kopf: „Nein. Rolke und ich haben alles getan, damit es geheim blieb. Ich war auch nicht seine Geliebte, wie man sich das so vorstellt mit heimlichen Geschenken und großartigen Liebesschwüren. Jeder wusste, worauf es dem anderen ankam. Ich wollte nur mit ihm schlafen, so oft es ging. Und bei ihm war es genauso. Und wenn wir fertig waren, sind wir schnell auseinander gegangen."

Allmers wagte nicht, die Frage zu stellen, die ihm auf der Zunge lag: Ob Friedel ihr nicht genügt hätte, schließlich seien sie doch erst kurz verheiratet gewesen.

„Von unserem Hof zu Rolke sind es zwei Minuten. Man kann so laufen, dass man von niemandem gesehen wird. Und durch die kleine Tür hinten in seiner Scheune war man sofort auf seinem Hof."

Hella gehörte zu Allmers' Elterngeneration. Ihre Tochter war ungefähr so alt wie er, und ihm erging es wie vielen jungen Leuten: Ein aktives Liebesleben bei seinen Eltern oder den Menschen ähnlichen Alters war ihm unvorstellbar. So überstieg es seine Einbildungskraft, dass diese halbblinde, alte Bäuerin, die in ihrer abgewetzten Kittelschürze Kaffee schlürfend vor ihm saß und ihm heulend ihre Lebensbeichte ablegte, einmal eine von gierigem Verlangen aufgelöste junge Frau gewesen war, die sich in eine dunkle Scheune geschlichen und dort von ihrem Liebhaber die Kleider vom Leib hat reißen lassen.

Hella erzählte ohne Pause weiter: „Eduard war wunderbar. Er brachte mir alles bei, was er wusste. Und das war viel. Ich glaube, wir haben nichts ausgelassen."

„Hattest du kein schlechtes Gewissen?", fragte Allmers zaghaft.

„Doch", schluchzte Hella. „Ich bin fast geplatzt vor schlechtem Gewissen. Und vor Angst. Wenn das raus gekommen wäre, hätte mich Friedel sofort vom Hof geworfen. Aber ich habe immer darauf geachtet, dass er nicht zu kurz kam. Jedes Mal, wenn ich mit Eduard geschlafen habe, habe ich am selben Tag auch noch einmal mit Friedel geschlafen. Das war manchmal ganz schön anstrengend." Sie lächelte verlegen. „Aber so hatte er auch etwas davon. Ich habe mit ihm alles gemacht, was Rolke mir beigebracht hatte. Friedel ist bis heute von mir begeistert. Friedel habe ich geliebt, Rolke habe ich genossen."

Kapitel 27

Anneliese und Ernst Meyer hatten keine Kinder, sie bewirtschafteten den Hof seit dem Tod seiner Eltern allein. Die trostlose Stimmung, die auf dem Hof herrschte, schnürte Allmers jedes Mal fast die Kehle zu. Anneliese Meyer hatte nach zwei Fehlgeburten jeden weiteren Versuch, Kinder zu zeugen, abgelehnt. Um wie viel trostloser muss das Leben für Ernst Meyer sein als für Friedel, dachte Allmers nachdenklich, als er in den Stall trat. Dessen Frau ist zwar fremdgegangen, hat aber anscheinend nie vergessen, ihn dafür mit hoher Liebeskunst zu entschädigen. Meyer dagegen musste seit Jahren wie ein Mönch leben.

Ernst Meyer konnte während seines gesamten Lebens nicht so auf dem Hof schalten, wie er wollte. Als kurz nach der Hochzeit mit Anneliese seine Mutter starb und sein Vater schwer krank wurde, hatte er erwartet, den Hof mit allen Konsequenzen und Kompetenzen übertragen zu bekommen. Aber wie bei Georg Brokelmann musste auch er noch viele Jahre warten. Erst als sein Vater gestorben war, war es endlich so weit.

Ernst litt mehr unter der Kinderlosigkeit seiner Frau als sie selbst. Allmers hatte immer das Gefühl, dass Kinder für sie unberechenbare Objekte darstellten, die ausschließlich Schmutz und Ärger verursachten. Ihre Freudlosigkeit hätte sicher auch Einfluss auf die Entwicklung der Kinder gehabt, dachte er.

Manche seiner Kollegen liebten die Arbeit auf kinderlosen Höfen, sie hielten Kinder und junge Hunde generell für „eine der sieben Plagen Ägyptens“, wie es einmal ein alter Milchkontrolleur ausgedrückt hatte. Für Allmers bedeutete ein kinderloser Betrieb die pure Langeweile. Nicht so sehr für seine Arbeit, aber die Vorstellung, sich als Bauernehepaar kinderlos durch die Zeit zu arbeiten, fand er Furcht erregend. Kinder gehörten für ihn einfach zum Leben dazu und eine lange Partnerschaft ohne Kinderwunsch konnte er sich nicht vorstellen. Anneliese Meyer hatte dagegen ihre ganze Aufmerksamkeit den Katzen zugewandt. Auf keinem der vielen Höfe, die Allmers im Laufe eines Monats besuchte, lebten so viele Katzen wie bei Meyers. Auf dem Hof und in der Nachbarschaft gab es mehrere Kater, die im Frühjahr und Spätsommer um die rolligen Katzen konkurrierten. So waren alle Farben und Muster, die es bei Katzen gibt, auf dem Meyerschen Hof vorhanden. Es gab rote, dreifarbig gescheckte, grau-, braun- oder schwarzgetigerte, selbst dunkelbraune und silberfarbene Katzen bevölkerten Ställe, Scheunen und das Haus. Im warmen Stall hielten sie sich am liebsten auf und waren überall anzutreffen, ob auf der Milchleitung, auf der sie meist zu mehreren balancierten, ob in der Melkkammer, wo sie auf dem Waschbecken, dem Reinigungsautomaten und selbst auf der Milchwanne saßen, oder in den Ecken, wo es viele Strohhaufen gab, in denen sie zusammengeringelt schliefen. Allmers war schon mehrmals in dem nur schwach beleuchteten Stall auf umherhuschende Katzen getreten, was zu lautem Geheule bei den Tieren und zu bösen Blicken bei Anneliese Meyer geführt hatte. Kaum glauben konnte er die Geschichte, dass sich einmal eine kleine Katze auf der festen Schicht im Güllekeller zu weit ins Innere des Behälters gewagt hat und nicht mehr in die Freiheit fand. Anneliese hatte darauf bestanden, dass Ernst in die Gülle steigen musste und sich, bis zur Brust in der dicken Pampe versinkend, langsam zu dem fiependen Tier vorarbeitete. Die Katze bekam Panik und lief immer weiter ins Dunkle, bis Ernst sie schließlich mit einem beherzten Griff zu fassen bekam. Allmers hielt die Geschichte für weit übertrieben, bis Ernst sie ihm bis ins Detail bestätigte. Dass die Rettungsaktion für ihn lebensgefährlich war, viele Bauern waren schon an austretenden Güllegasen gestorben, wusste Ernst auch, aber die Furcht vor der Reaktion seiner Frau hatte ihn dieses Risiko eingehen lassen.

Als Allmers nach Hause kam, klingelte sein Handy.

„Sie haben Friedel verhaftet", schluchzte Hella ins Telefon.

Allmers schluckte.

„Heute Morgen kam ein Polizeiauto, sie haben ihn noch nicht einmal zu Ende melken lassen. Ich musste Rosi und Brunhilde noch melken." Sie weinte so laut, dass Allmers sie kaum verstand.

„Hella", rief er ins Telefon, „ich komme sofort zu dir."

„Danke", sagte sie und beruhigte sich etwas, „was für einen Kuchen willst du denn haben?"

Allmers sah schon durch das Fenster, dass Hella tatsächlich begonnen hatte, einen Kuchen zu backen. Als er die Küchentür öffnete, nahm er einen eigenartigen Geruch wahr und hob fragend die Augenbrauen. Hella verstand sofort. Allmers fragte sich, wie sie seine Reaktion überhaupt hatte sehen können. Aber so war es oft bei ihr: Sie sah mehr, als man ahnte – vor allem das, was sie auch sehen wollte.

„Das ist Kardamom." Hella knetete wütend einen großen Hefeteig. Allmers war klar, dass sie momentan nichts mehr trösten konnte, als einen Kuchen zu backen, der möglichst kompliziert und ungewöhnlich war. Diesen Kuchen backte sie nicht für Allmers oder einen anderen Gast, ihre Kinder oder Enkel, sondern nur für sich selbst. Hella bearbeitete und schlug den Teig mit aller Kraft, als ob sie damit Friedel aus der Untersuchungshaft freiboxen könnte.

Hellas Gesicht war durch das viele Weinen hochrot angelaufen, ihre Augen waren geschwollen und, als sie Allmers sah, liefen ihre Tränen die Wangen hinunter.

„Korvapuusti", sagte sie kaum verständlich, als Allmers sich gesetzt hatte. „Ohrfeigen."

„Bitte?" Allmers hatte tatsächlich nichts verstanden.

„Das ist ein finnisches Gebäck", schniefte Hella, „ ich habe es in einer Zeitschrift gesehen. Korvapuusti heißt übersetzt wohl Ohrfeigen. Und Ohrfeigen sind genau das, was ich eigentlich verdient hätte."

„Aber Hella", versuchte sie Hans-Georg Allmers zu beruhigen, „das ist doch über dreißig Jahre her."

„Trotzdem", Hella begann wieder zu weinen.

Allmers schwieg betreten. Er wusste nicht, wie er sie trösten könnte. Verlegen sah er sich um. Dabei fiel ihm der schäbige Zustand der Küche auf. Bisher war ihm nicht bewusst gewesen, wie verwohnt sie war. Seine Aufmerksamkeit galt bei den Aufenthalten in Hella Köhlers Reich mehr ihren Kuchen, alten Geschichten und den aktuellen Neuigkeiten. Heute schien ihm der Zustand der Möbel den Niedergang der Köhlerschen Landwirtschaft zu dokumentieren. Er kannte viele Bauern, die wie Hella und Friedel Köhler in den letzten zwanzig Jahren zuerst nicht den Mut aufgebracht hatten zu investieren und dann verbittert merkten, dass es zu spät war. So verharrten sie auf einem landwirtschaftlichen Niveau, mit dem man nicht mehr konkurrenzfähig war. Die meisten Nachbarn hatten große Milchviehherden in hellen Boxenlaufställen untergebracht und produzierten Milch unter fast industriellen

Bedingungen. Friedel Köhler molk weiter 20 Kühe in einem alten Anbindestall und überlegte sich jeden Monat nach dem Blick auf die Milchgeldabrechnung, ob es nicht besser wäre, sofort aufzuhören. Aber die Höhe der Rente, die er erwarten konnte, ließ ihm keine Wahl. Er musste so lange arbeiten, wie es nur irgendwie ging.

Als Hella Köhler sich umdrehte, um aus einer Küchenschublade ein Taschentuch zu holen, warf sie einen Stuhl um.

Allmers erschrak sehr, als er bemerkte, wie sie zu zittern begann. Er sprang auf und fasste sie am Arm: „Ist alles in Ordnung?"

Hella begann wieder zu weinen, so heftig, dass Allmers den Stuhl aufstellte und sie darauf setzte.

„Es wird immer schlimmer", schluchzte sie, „ich kann fast nichts mehr sehen. Ich renne schon in meiner eigenen Küche die Möbel um."

Ihre Kücheneinrichtung hatten die Köhlers seit ihrer Hochzeit nicht erneuert. Sie hatten sich nie teure Möbel leisten können, sodass die Eckbank, die früher immer der Platz ihrer drei Kinder gewesen war, für die Enkelkinder gesperrt werden musste, so wackelig war sie mit der Zeit geworden. Der Küchentisch und die einfachen Stühle waren in einem kaum besseren Zustand. Nur der Backofen war neu, er musste alle paar Jahre ersetzt werden.

Hella Köhlers Arzt hatte schon lange aufgegeben, ihr Vorschriften zu machen, nachdem sie ihm bei jedem Besuch in seiner Praxis Beispiele ihrer Backkunst mitgebracht hatte. Sie fand schnell heraus, dass er ein großer Freund ihres Zitronenkuchens war. Sie hielt sich nie an seine Ernährungsratschläge, die Sucht nach Kuchen und Süßigkeiten waren so groß, dass sie immer die Oberhand über die Angst, endgültig zu erblinden, gewann.

Allmers stand auf und nahm sie in den Arm. So hatte sie ihn getröstet, als er vor zwei Jahren auch für ein paar Tage in Untersuchungshaft genommen worden war. „Ich habe es nicht besser verdient. Wenn ich mir das heute so überlege, was ich mir damals geleistet habe." Sie schüttelte den Kopf und fuhr sich mit dem Handrücken über die nassen Augen. „Unglaublich."

„Hast du schon etwas von Friedel gehört?"

„Nein. Heute Morgen kamen zwei Polizeiwagen, ein Kommissar stieg aus und ein paar Polizisten. Sie sollten wohl die Ausgänge sichern, glaube ich, ich habe das mal im Fernsehen gesehen, wie man so etwas macht. Der Kommissar ging in den Stall, fragte Friedel, ob er Friedel Köhler sei, und sagte dann, er sei verhaftet wegen des Verdachts der Tötung von Eduard Rolke. Dann musste Friedel sich umziehen, so nach Kuhscheiße stinkend wollten sie ihn wohl nicht mitnehmen und dann sind sie abgefahren. Ich habe mich gefreut, als der Kommissar mit seinen feinen Schuhen in einen frischen Kuhfladen getreten ist. Der hat vielleicht geflucht." Hella lachte und weinte gleichzeitig.

Allmers zupfte ein Stück vom frischen Hefeteig ab, der dick und glänzend vor Hella lag. Er sah so prachtvoll aus, so gesund und appetitlich, dass Allmers sich fragte, wie Hella es in ihrer tiefsten Lebenskrise schaffen konnte, solch ein Meisterwerk zu produzieren.

„Lecker", sagte er und nahm sich noch ein Stück, eine Unart, die schon seine Mutter zur Verzweiflung gebracht hatte. Roher Hefeteig war für Allmers nur schwer von anderen Leckereien zu übertreffen.

„Ihr Männer seid alle gleich", sagte Hella, „ihr wollt alle nur das eine."

Allmers nickte: „Deinen Kuchen."

Hella legte den Teig in eine Schüssel, bestäubte ihn mit etwas Mehl und legte ein Tuch darüber. Als sie ihn nach einer halben Stunde wieder herausnahm, füllte er die ganze Schüssel aus. Allmers sah den Teig, dachte an Wiebkes appetitlichen Hintern und setzte sich mit einer Zeitung an den Tisch. Er las unkonzentriert die Schlagzeilen. Hella war plötzlich verstummt, sie sagte die ganze Zeit kein einziges Wort.

Nur einmal sagte sie plötzlich, als ob sie Bilanz ziehen wollte: „Es sind die beiden einzigen Männer, die ich hatte. Rolke ist tot und Friedel ist im Gefängnis."

Allmers antwortete nicht. So wie Hella gesprochen hatte, schien sie auch keine Antwort zu erwarten, fand er.

Hella Köhler rollte den Teig zu einem großen Fladen aus, bestrich ihn mit einer Füllung und bearbeitete und schnitt ihn so kunstvoll, dass sie im Handumdrehen bizarr gezackte, an Schiffchen erinnernde Teigstücke in den Ofen schieben konnte. Allmers begann der Magen zu knurren, als nach ein paar Minuten ein bisher in Hellas Küche unbekannter Duft aus dem Backofen zog. Eine betörende Mischung aus Kardamom, karamellisierendem Zucker und frischem Hefeteig. Noch nie hatte er so sehnlich eine Ohrfeige erwartet. Als er schließlich in das ofenwarme Gebäck beißen konnte, entschied er, Hella habe sich wieder einmal selbst übertroffen.

Hella packte mehrere Korvapuusti in eine Tüte und drückte sie Allmers an der Tür in die Hand.

„Eduard machte manchmal so schöne Komplimente", sagte sie plötzlich unvermittelt. „Einmal sagte er: Wo sind denn deine blauen Flecken? Die müsstest du doch haben, du bist ja für mich vom Himmel gefallen."

Allmers sah Hella mit großen Augen an, sagte aber nichts.

Was für ein Kitsch, dachte er.

*

Als Allmers nach Hause fuhr, erwartete ihn Wiebke schon. Sie arbeitete heute nicht und, da ihr Mann noch nicht von der Klassenfahrt zurück war, hatte sie beschlossen, bei Allmers zu bleiben. Sie hatte Gemüse eingekauft, ein paar Lammkoteletts und eine Flasche Wein.

„Hast du auch Reis?", fragte sie ihn ohne Begrüßung, als er in die Küche kam.

„Friedel ist verhaftet", erwiderte Allmers, der beschlossen hatte, Wiebke nicht in Hellas Leben einzuweihen.

Wiebke sah ihn entsetzt an: „War er es wirklich?"

Allmers schüttelte den Kopf: „Ich kann mir das nicht vorstellen. Friedel kann keiner Fliege etwas zuleide tun, außerdem ist er so penetrant korrekt, er telefoniert noch nicht einmal aus einer defekten Telefonzelle, weil er dic Telekom nicht betrügen will. Und, was ganz wichtig ist: Er ist zu klein."

„Womit wurde Rolke denn eigentlich erschlagen?"

„Wahrscheinlich mit einem Kuhfuß, einem Stemmeisen."

„Blau?"

„Ja, wieso fragst du?" Allmers war erstaunt.

Wiebke zuckte mit den Schultern: „Die gibt es doch meistens in blau oder rot. War nur so eine Frage. Wir haben ein blaues."

„Ich rufe jetzt meinen Bruder an. Ich muss wenigstens das Gefühl haben, etwas für Friedel getan zu haben."

„Weißt du eigentlich, dass Jochen mit Rolke verwandt ist?", rief sie ihm hinterher.

Verblüfft blieb Allmers stehen. „Nein", sagte er, „das wusste ich nicht."

„Er ist sein Großneffe. Seine Mutter und Rolke waren Cousin und Cousine."

Kapitel 28

Allmers ging in sein kleines Büro, das er sich in einer Kammer eingerichtet hatte, und suchte die Nummer des Gerichtsgebäudes heraus.

„Allmers", meldete er sich, als abgenommen wurde. „Guten Tag."

„Guten Tag", antwortete eine Stimme so mechanisch, dass Allmers sich fragte, ob er an einen Anrufbeantworter geraten sei. „Telefonzentrale der Stader Gerichte. Mein Name ist Hannah Schröder, was kann ich für Sie tun?"

„Ich hätte gerne Staatsanwalt Allmers gesprochen."

„In welcher Sache?"

„Privat."

„Da muss ich Sie enttäuschen, Privatgespräche werden auf Anweisung der Verwaltung nicht mehr entgegengenommen."

„Bitte?" Allmers war empört. „Was soll denn das?"

„Ich bin nicht befugt, Ihnen darüber Auskunft zu geben. Haben Sie sonst noch einen Wunsch?"

„Nein danke", sagte Allmers kurz angebunden und legte auf.

Allmers erreichte seinen Bruder über dessen Handy sofort. Werner Allmers ließ es nur einmal klingeln.

„Hier ist Hans-Georg", meldete sich Allmers. „Sag mal, sind die ein bisschen meschugge bei euch?"

„Wieso?", fragte der Staatsanwalt gedehnt.

„Es werden keine Privatgespräche mehr durchgestellt", äffte Allmers die Telefonistin nach. „Wer hat sich denn diesen Schwachsinn ausgedacht?"

„Das ist kein Schwachsinn", verteidigte der Staatsanwalt die Maßnahme. „Die Leute sollen arbeiten und keine Privatgespräche führen."

„Das hätte ich mir denken können", sagte Allmers. „Das stammt von dir."

„Es ist keine leichte Sache, an leitender Stelle einer Behörde zu arbeiten", entgegnete Werner Allmers pikiert.

„Aber selbst gehst du sofort ans Handy." Allmers lachte. „Was meinst du, was deine Leute machen? Meinst du, die lassen die Handys zu Hause?"

Der Staatsanwalt beantwortete die Frage nicht. „Was haben wir auf dem Herzen?", fragte er und Allmers wurde sofort ärgerlich. Wenn sein Bruder diesen herablassenden, jovialen Ton anschlug, begann sich Allmers reflexhaft über die Arroganz seines Bruders zu ärgern.

„Wir haben gar nichts auf dem Herzen. Warum habt ihr Friedel verhaftet?"

„Das kann ich dir genau sagen: Er steht im Verdacht, der Mörder von Eduard Rolke zu sein und bei einem Milchkontrolleur den Stall angezündet zu haben. Und so jemand gehört hinter Gitter. So einfach ist das."

„Das glaube ich nicht", erwiderte Allmers aufgebracht. „Friedel tut keiner Fliege etwas zuleide."

„Du argumentierst wirklich schlüssig", spottete der Staatsanwalt. „Diese Erkenntnisse sind neu und lagen uns bisher nicht vor."

Allmers musste zugeben, dass sein Bruder mit seinem Spott recht hatte. Viel hatte er zu Friedels Verteidigung nicht vorzubringen.

„Meiner Meinung nach", versuchte er es von Neuem, „kann er es gar nicht gewesen sein. Erstens hat er ein Alibi, zweitens kein richtiges Motiv und drittens ist er viel zu klein."

„Das mit dem Alibi", erwiderte Werner Allmers, „ist keinen Pfifferling wert. Das gilt, wie du weißt, für beide Vorwürfe. Hella würde das Blaue vom Himmel herunter lügen, um ihren Friedel zu decken. Er ist um 5 Uhr 45 aus dem Haus, sagt sie aus, um die Kühe zu holen und um cirka 6 Uhr 15 war er wieder im Stall. Der Weg vom Köhlerschen Hof zu Rolke ist sehr kurz. Er ist in zwei bis drei Minuten problemlos zu erledigen. Also: Friedel geht aus dem Haus, rennt zu Rolke, erschlägt ihn, rennt zurück, holt die Kühe und kann seelenruhig um Viertel nach sechs anfangen zu melken. Das zu seinem Alibi. Nun zum Motiv: Also wenn er keines hatte, wer denn dann? Er lässt sich offensichtlich von Rolke Hörner aufsetzen und dann wird er vor versammelter Mannschaft in übelster Weise gedemütigt. Da gab es schon Mörder, die mit weit geringeren Motiven zur Tat geschritten sind. Und das mit der Körpergröße ist Quatsch. Köhler ist klein, aber drahtig. Wenn der zuschlägt, wächst auch kein Gras mehr."

„Ich gehe mal davon aus", erwiderte Allmers, „dass Rolke auf der Liegefläche der Kühe stand, als es passierte, und der Mörder im Mistgang. Ist das soweit korrekt?"

„Ja", bestätigte der Staatsanwalt, „bei der Rekonstruktion der Tat sind wir auch von diesen Prämissen ausgegangen."

„Rolke war fast einsneunzig, Köhler kaum einssiebzig. Das macht erst einmal einen natürlichen Größenunterschied von zwanzig Zentimetern aus. Dazu kommen mindestens die fünfzehn Zentimeter, die die Liegefläche über dem Mistgang liegt. Wo war genau die Wunde auf Rolkes Kopf?"

„Oben auf der Schädeldecke."

„Das ist der Beweis für Friedels Unschuld. In der Höhe hätte er Rolke niemals tödlich treffen können. Er konnte den Schlag gar nicht mit der nötigen Gewalt ausführen, weil das Ziel viel zu hoch lag und ein Stemmeisen viel zu leicht ist. Habt ihr schon die Tatwaffe?“ Allmers war stolz auf seine Argumentation.

„Rolke litt unter einer Anomalie“, fuhr sein Bruder ungerührt fort und Allmers unterbrach lachend: „Das wissen doch alle, dass der unter einer Anomalie litt!“

„Nicht, was du denkst. Bei Rolke war die Fontanelle nicht richtig zugewachsen. Und genau dort hat ihn der tödliche Schlag getroffen. Vielleicht hätte er ihn überlebt, wenn der Mörder nicht so ein Glück gehabt hätte.“

„Und was schließt du daraus?“

„Es muss kein kräftiger Mann gewesen sein. Ein kurzer Schlag und schon war es vorbei. Zum Beispiel auch durch eine Frau wie Hella Köhler.“

Allmers holte tief Luft. Dass sein Bruder nun auch noch Hella verdächtigte, ging ihm zu weit.

„Hella ist fast blind“, sagte er aufgebracht.

„Deine Argumente sind weit hergeholt“, ließ sich der Staatsanwalt nicht beeindrucken. „Aber wir sind ja dankbar für jeden Hinweis. Wir lassen alles noch einmal überprüfen. Die Tatwaffe haben wir noch nicht, aber Friedels Hof wird gerade durchsucht. Da werden wir sie schon finden. Hast du sonst etwas Neues?“

Allmers schüttelte den Kopf und sagte: „Nein, bei mir nicht.“

„Aber ich habe noch etwas. Es geht um Michael Rolke. Da gab es doch vor ein paar Jahren einen Vorfall im Dorf. Irgendetwas mit Rechtsradikalismus, erinnerst du dich?“

„Natürlich“, erwiderte Allmers. „Da steckte Michael ganz tief drin. Er hat sogar ein Verfahren an den Hals bekommen, das könntest du doch schnell herausbekommen.“

„Ich habe die Akten schon angefordert. War das nicht eine unangemeldete Demonstration mit nationalsozialistischem Hintergrund?“

„Michael“, ergänzte Allmers. „war schon immer so rechts

gestrickt wie sein Vater. Damals sind ein paar seiner Freunde und er kahl geschoren durch den Ort marschiert und haben am Kriegerdenkmal einen Kranz niedergelegt. Mit schwarz-weiß-roter Fahne und haben das Deutschlandlied gesungen. Alle Strophen. Danach haben sie noch einen Abstecher auf den Friedhof gemacht und vor dem Gedenkstein für die polnischen Kinder rumkrakeelt. Widerlich. Rolke war zu der Zeit im Gemeinderat. Er hat die Aktion seines Sohnes zwar nicht verteidigt, aber er hat versucht, sie zu verharmlosen. Er meinte, die Sache am Gedenkstein sei halt ein Dummer-Jungen-Streich gewesen und man solle dem nicht soviel Gewicht beimessen."

„Wie kommen die jungen Leute nur auf so etwas?" Der Staatsanwalt wirkte genauso angewidert wie sein Bruder.

„Bei Michael ist es sicher die Familiengeschichte", erwiderte Allmers. „Wiebke hat da mal ein bisschen nachgeforscht. Da scheint die Bosheit vererbt zu werden. Ich kann dir mal alles geben, was sie so herausbekommen hat. Sehr ernüchternd."

„Aber die anderen? Haben die keinen Geschichtsunterricht in der Schule gehabt?"

„Ich glaube", meinte Allmers, „dass es mehrere Gründe gibt. Hier im Dorf ist die Jugendarbeitslosigkeit sehr hoch und keiner tut etwas, um die jungen Leute von der Straße zu bekommen. Die Stelle für den Jugendpfleger ist gestrichen worden, der Jugendraum ist geschlossen und niemand kümmert sich um sie. Aber wenn ein Schützenverein eine neue Schießanlage braucht, ist immer genügend Geld da. Vor Kurzem hat ein Gemeinderatsmitglied vorgeschlagen, den See hinter dem Deich, der entstanden ist, als der Deich gebaut wurde, zu einem Freibad auszubauen. Das hätte nicht viel gekostet, und alle wären begeistert gewesen. Es wurde abgelehnt. Lieber reservieren sie so ein Schmuckstück für den Angelverein, damit da ein paar alte

Männer einen Stock ins Wasser halten können, als dass sie etwas für die Kinder und Jugendlichen tun. Und kürzlich hat die Gemeinde überraschend Gelder aus irgendeinem EU-Topf bekommen. Weißt du, was sie damit gemacht haben?“

„Nein, aber du sagst es mir bestimmt gleich.“

„Die haben die Deichauffahrt in Krautsand zu einer zweispurigen Autobahn ausgebaut, damit die dämlichen Wohnmobile auf einer Wiese direkt an der Elbe parken können. Und nachts gehen die Leute an den Strand und kacken unter die Bäume, damit sie nicht für teures Geld ihre Chemieklos entleeren müssen.“

„Du redest dich ja richtig in Rage“, sagte der Staatsanwalt erstaunt. „Aber du hast recht. Genauso läuft es, und die Justiz darf dann für die unfähigen Politiker die Kohlen aus dem Feuer holen.“

„Habt ihr Michael schon verhaftet?“, fragte Allmers, der das Gespräch beenden wollte.

„Er ist verschwunden. Das macht ihn zwar verdächtig, aber nicht so, dass wir ihn verhaften können. Das mit Friedel lasse ich mir noch einmal durch den Kopf gehen“, sagte der Staatsanwalt. „Aber mach dir keine großen Hoffnungen. Gibt's sonst noch etwas?“

„Rolke hat doch einen Hund“, fiel Allmers ein. „Wenn es Friedel gewesen wäre, hätte der doch sicher angeschlagen.“

„Der Hund ist vor ein paar Tagen mit Rattengift vergiftet worden“, erwiderte Werner Allmers ungerührt, und Allmers fragte sich, ob sein Bruder jedes Argument gegen Friedels Täterschaft zerpflücken konnte. „Der Täter hat alles akribisch vorbereitet. Rolke hatte Strafanzeige gestellt.“

„Gegen wen?“

„Friedel Köhler.“

„Der würde doch auch eine Strafanzeige gegen den Kaiser von China stellen. Und ob das Tier überhaupt vergiftet worden ist, weiß doch kein Mensch. Das sagt doch überhaupt nichts aus."

„Natürlich nicht. Aber es ist wie bei einem großen Mosaik. Manchmal passt ein Steinchen nur an eine ganz bestimmte Stelle. Fällt dir sonst noch etwas ein?"

Allmers schüttelte wieder den Kopf und verneinte.

Er legte auf, um es im selben Moment zu bereuen. Ihm war tatsächlich noch etwas eingefallen, was Friedel entlasten könnte.

Er musste mehrmals wählen, bis sein Bruder wieder erreichbar war.

„Mir ist doch noch etwas eingefallen", begann Allmers.

„Schieß los, ich habe wenig Zeit", erwiderte sein Bruder ungeduldig.

„Ich möchte noch einmal auf das Alibi zurückkommen: Auch wenn du sagst, dass Hella alles beeiden würde, bedenke bitte Folgendes: Der Mörder hat die Tatwaffe geholt. Und wenn das Friedel gewesen sein sollte, konnte er unmöglich um Viertel nach sechs mit dem Melken anfangen. Entweder war der Mörder noch auf dem Hof, als ich gekommen bin, und hat die Tatwaffe an sich genommen, als ich nach Hause gefahren bin, oder der Mörder hat zwischendurch den Hof verlassen und ist noch einmal zurückgekommen. In beiden Fällen kann es Friedel nicht gewesen sein, weil es mit seinem Alibi nicht übereinstimmt. Er hätte in beiden Fällen niemals pünktlich um Viertel nach sechs mit dem Melken beginnen können."

Der Staatsanwalt schwieg.

„Werner, bist du noch da?", fragte sein Bruder.

„Ja, ja." Werner Allmers war einsilbig. Hans-Georg merkte erfreut, dass er seinen Bruder nachdenklich gemacht hatte.

„Noch etwas?" Werner Allmers wollte das Gespräch beenden.

„Nein", Allmers schüttelte den Kopf und legte auf.

Auf dem Weg aus seinem Büro zurück in die Küche musste er über seine Angewohnheit lachen, auch beim Telefonieren den Kopf zu schütteln, wenn er eine Frage verneinen wollte. Alleine bei diesem Telefonat war es ihm zwei- oder dreimal passiert.

Allmers' Zuversicht wuchs, als er Wiebke von seinen Ideen erzählte, warum Friedel niemals Rolkes Mörder gewesen sein könnte. Dass Friedel niemals seinen Stall anzünden würde, glaubte sie ihm sofort.

„Du hättest Anwalt werden sollen", meinte sie begeistert.

„Das wäre kein Job für mich", sagte er, „dann hätte ich jetzt keine Zeit."

„Wofür denn?", fragte Wiebke scheinheilig.

„Komm mit", sagte Allmers und stand auf. „Dann zeige ich es dir."

Kapitel 29

Allmers schloss, wie die meisten Bauern, sein Haus nie ab. Vor ein paar Monaten hatte er den Schlüssel für die Haustür gesucht und erst nach langem Suchen gefunden. Er wollte ein paar Tage wegfahren, und sein Bruder hatte ihn beschworen abzuschließen, es gebe schließlich so viele Diebesbanden aus Osteuropa, die hier jeden Hof durchkämmen würden. Allmers hatte sich gefügt, aber seither nicht mehr abgeschlossen. Es war ihm zu umständlich und er hätte auch nicht gewusst, welche Wertgegenstände man aus seinem Haus hätte rauben können. Nach dem Brand hatte er wieder versucht, regelmäßig an das Abschließen der Haustür zu denken, war aber nach ein paar Tagen gescheitert. Er hatte den Schlüssel unterwegs verloren und war gezwungen gewesen, in sein eigenes Haus einzubrechen.

So wunderte er sich nicht, dass Wiebkes Auto auf seinem Hof stand, er von ihr aber keine Spur fand. Seit sie ihn ab und an zu den abgelegenen Höfen fuhr, sahen sie sich öfter. Er freute sich jedes Mal darüber und erinnerte sich gerne an die gemeinsamen Nächte. Jetzt saß sie sicher in der Küche und wartete auf ihn, dachte er. Vielleicht hat sie was Neues über Rolke herausgefunden.

„Hallo", begrüßte er sie freudestrahlend. Sie saß tatsächlich in der Küche an seinem großen Tisch, aber sie sah ihn mit einem Blick an, den er so schnell nicht vergessen sollte.

„Kann ich bei dir einziehen?", fragte sie tonlos, dann sprang sie auf, fiel ihm um den Hals und begann zu schluchzen.

„Dieses Schwein", schrie sie. „Er betrügt mich."

Allmers musste sich ein Grinsen verkneifen. Wer im Glashaus sitzt ..., dachte er.

Allmers versuchte ihren Griff zu lösen, aber sie hielt ihn so fest, dass er beschloss, sie gewähren zu lassen.

Sie hörte nicht auf, abwechselnd zu schluchzen und laut schreiend zu schimpfen, Worte zu gebrauchen, deren Kenntnis er ihr nicht zugetraut hatte. Schließlich, sein Hals begann weh zu tun, löste sie sich von ihm und sagte ohne Tränen: „Das hat gut getan."

„Beruhige dich", meinte Allmers, nachdem sich Wiebke wieder hingesetzt hatte. „Ich koche erst mal einen Kaffee."

„Ich habe ein Schwein geheiratet", sagte Wiebke tonlos, noch bevor Allmers mit dem Kaffee fertig war. „Heute Morgen klingelte das Telefon. Ich habe auf dem Display gesehen, dass es Jochens Handy war. Ich habe mich gewundert, er hat noch nie während der Unterrichtszeit bei mir angerufen. Ich habe abgenommen und", sie fing wieder an zu schluchzen. Allmers gab ihr ein Taschentuch. Sie schnäuzte lautstark hinein und fuhr fort: „Ich habe ‚Hallo' gesagt, aber es kam keine Antwort. Ich habe nur Gestöhne gehört. Ich kenne Jochen, wenn er stöhnt. Selten zwar, aber immerhin. Er stöhnt dabei ziemlich laut. Und ich wusste sofort, warum er so stöhnt, dieses Schwein. Schlagartig war mir alles klar. Jetzt weiß ich, warum er so selten mit mir schläft und alles daran setzt, dass wir keine Kinder bekommen."

„Er hat eine andere?"

Wiebke schüttelte den Kopf „Einmal hätte ich es ihm verziehen. Wer im Glashaus sitzt ..."

Allmers musste lachen.

Irritiert sah Wiebke ihn an: „Lachst du mich aus?"

Er schüttelte den Kopf: „Das Gleiche habe ich eben auch schon gedacht: Wer im Glashaus sitzt ..."

„Hoffentlich vergeht dir nicht das Lachen. Ich habe zuerst auf die Referendarin getippt. Seit Monaten redet er dauernd von ihr. Sie ist sooo nett, und er kann sooo gut mit ihr zusammenarbeiten. Außerdem sei sie fachlich eine der Besten und so weiter. Ich habe mich schon lange gewundert, aber keinen Verdacht geschöpft. Er ist abends schließlich nie weggegangen, noch nicht einmal unter einem Vorwand. Elternabende hasst er wie die Pest und drückt sich immer davor. Ich konnte nicht auflegen, ich war wie gebannt. Er hat während des Rumknutschens vergessen, die Tastensperre bei seinem Handy zu aktivieren. Irgendwann hat er dann beim Fummeln aus Versehen auf eine Taste gedrückt und bei mir angerufen. Direktübertragung des Seitensprungs per Handy. Selbst zum Fremdgehen ist er zu blöde."

Wieder begann sie zu weinen. Allmers setzte sich auf den benachbarten Stuhl und zog sie auf seinen Schoß. Wie ein kleines Kind hing Wiebke an seinem Hals und war nicht zu beruhigen.

„Ich habe meine Koffer dabei. Im Auto."

Allmers nickte. „Natürlich kannst du hier wohnen."

Wiebke beruhigte sich ein wenig und erzählte weiter: „Das ging ein paar Minuten so weiter. Irgendwann habe ich in das Telefon gebrüllt: Aufhören, aufhören! Aber, statt dass der Feigling ans Telefon gegangen wäre, hat er es einfach ausgestellt. Als er nach Hause kam, habe ich ihm alles auf den Kopf zugesagt. Meine Koffer waren schon gepackt."

Allmers versuchte einen Scherz: „Er ist doch Biologielehrer?" Wiebke nickte: „Hauptfach Deutsch und Erdkunde, Nebenfach Biologie."

„Angewandte Biologie", meinte Allmers, „Übungen zur Fortpflanzung der Lehrer."

Allmers sah an Wiebkes Blick, dass sein Scherz missglückt war.

Nach einer Pause, die so lang war, dass sich Allmers fragte, was jetzt wohl folgen werde, sagte sie leise: „Es war keine Referendarin, es war der Schulassistent!"

*

Zwei Tage später wusste Hella schon Bescheid. Allmers holte sich vor der Kontrolle bei Georg Brokelmann ein paar Stücke Kuchen, die er sorgfältig in ein großes Stück Papier wickelte, um sie, während Brokelmann molk, zu essen.

„Wohnt sie jetzt bei dir?", fragte Hella beiläufig, aber Allmers bemerkte die zitternde Neugier, die ihre Stimme immer ein wenig schrill erscheinen ließ.

„Wer?" Allmers tat ahnungslos. „Ist das Zitronenkuchen?"

Hella nickte: „Ganz frisch und saftig, ich habe mit einer kleinen Spritze noch Zitronensaft in den Kuchen gespritzt. Ein Tipp aus der Zeitung. Wiebke Voß. Wohnt sie jetzt bei dir?"

Allmers sah Hella über den Brillenrand an. Er hatte sich diesen Blick angewöhnt, er fand, es sah überlegen aus, obwohl er, wenn er ehrlich war, zugeben musste, nichts davon an sich zu haben. Es war der typische Blick von Lehrern, die ihre Weitsichtigkeit für den Versuch benutzen wollten, besondere Schläue und Überlegenheit auszustrahlen. Da er sehr kurzsichtig war, sah er die Welt über seine Brillengläser nur sehr verschwommen. Aber so konnte er Hella ein paar Sekunden Bedenkzeit abtrotzen, da sie den Blick erwiderte und ihn ebenso verwundert und halbblind anstarrte.

„Ich weiß nicht, wovon du redest", erwiderte Allmers und wollte sich zum Gehen wenden.

„Noch weiß es niemand, glaube ich", sagte Hella sehr bestimmt.

Allmers wusste, was diese Bemerkung bedeutete. Er

kapitulierte sofort: „Erst einmal, ja. Wiebke ist von zu Hause ausgezogen."

„Das ist gut für dich", meinte Hella und fügte grinsend hinzu: „Ein Schwein allein am Trog frisst nicht gut."

Allmers lachte und, als Hella meinte: „Ich habe mir schon lange gedacht, dass bei den beiden etwas nicht stimmt. Jochen ist schwul, oder?", war er wieder einmal von Hellas Informationssinn überrascht.

Allmers schüttelte verblüfft den Kopf: „Wie kannst du das wissen?", fragte er überrascht. Hella wurde ihm fast unheimlich. Niemand im Dorf hatte er je diesen Verdacht aussprechen hören, Wiebke selbst wusste es erst seit zwei Tagen. Nun stand er in Hellas Küche, und sie stellte diese Frage.

„Ach", erwiderte Hella, „Das ist eine lange Geschichte. Du kennst doch meine Cousine Gisela?"

Allmers nickte. Gisela Strehlow lebte im Dorf und war eine pensionierte Lehrerin.

„Sie hat an der gleichen Schule unterrichtet wie Wiebkes Mann."

„Aber sie ist doch schon lange pensioniert", rechnete Allmers sich vor, „seit ich denken kann, ist sie Rentnerin. Sie kennt Jochen doch gar nicht."

„Das stimmt. Sie kennt ihn nicht, aber ihre Nichte. Sie ist auch Lehrerin und unterrichtet an derselben Schule."

Allmers war nicht über die komplizierten, verschlungenen Wege überrascht, die die Nachrichten nahmen, um zu Hella zu gelangen, er war nur verwundert, dass er selbst noch nie etwas über die Vermutung, Jochen könne schwul sein, gehört hatte.

„Gisela kommt ab und an zu mir", erzählte sie weiter, „oder ich besuche sie, je nachdem, ob Friedel mich fahren kann." Sie fing an zu weinen. Friedel saß immer noch in Untersuchungshaft und der Anwalt sah keine Chance, ihn frei zu bekommen.

Als sie sich beruhigt hatte, fuhr sie fort: „Ihre Nichte hatte sich schon lange so etwas gedacht. Jochen hat sich immer sehr um die jungen Referendare gekümmert. Das haben ihm seine Kollegen hoch angerechnet, da hatten sie mehr Zeit für die Referendarinnen." Sie lachte.

„Das ist doch kein Grund, um anzunehmen, er sei homosexuell", versuchte Allmers einzuwenden, aber Hella ließ das Argument nicht gelten.

„Es war wohl ziemlich offensichtlich."

„Seit wann weißt du das alles?", fragte Allmers.

„Schon etwas länger, aber wir haben in letzter Zeit ja keine Gelegenheit gehabt, mal in Ruhe das Neueste aus dem Dorf zu besprechen."

Allmers: „Kennst du die Nichte auch?"

Hella nickte: „Ich habe mir überlegt, Wiebke mal beiseite zu nehmen, habe mich dann aber nicht getraut. Ich hätte nicht gewusst, wie ich es ihr hätte sagen sollen. Ach Wiebke, was ich dir sagen wollte, ich habe gehört, dein Mann ist schwul. Ich kann so etwas nicht."

Allmers musste ihr zustimmen. Er hätte Wiebke an ihrer Stelle auch nichts gesagt, dachte er.

„Giselas Nichte war übrigens Rolkes letzte Freundin."

„Und Jochen ist mit Rolke verwandt."

„War", verbesserte Hella. „War verwandt. Wir sind hier doch alle miteinander verwandt, das ist nichts Ungewöhnliches."

Kapitel 30

Die beiden Gruppen des örtlichen Kindergartens hatten ihren Ausflug lange geplant. Sie hatten großes Glück, die Sonne hatte sich endlich gegen die vielen Regenwolken durchgesetzt. Als sie aufbrachen, brauchten die Kinder keine Regenkleidung mitnehmen. Ein Bus brachte sie an die Klappbrücke zwischen Dornbusch und Krautsand. Von hier wollten sie auf einem alten Schiff, das dort vor Anker lag, die Süderelbe entlangschippern. Die „Zwerge" und die „Wichtel", so hießen die beiden Gruppen, waren zusammen fast fünfzig Kinder, und die fünf Betreuerinnen hatten noch zwei Mütter gebeten, Aufsicht zu führen. Es war ein strahlender Sommertag, die Kinder waren aufgeregt und laut, als sie am Ziel aus dem Bus kletterten. Der Kapitän des Schiffes erwartete sie schon und begann, als alle an Bord waren, langatmig von der Geschichte des alten Kahns zu erzählen. Die Erwachsenen hörten interessiert zu, den Kindern wurde es schon nach ein paar Minuten langweilig. Sie beobachteten die großen Bullen, die neugierig bis an das Ufer des Elbe-Seitenarmes kamen, der gerade von der Flut mit Wasser gefüllt wurde. Zwischen den mächtigen Rindern liefen Störche, krächzten Kiebitze, und ab und zu sah ein Kind ein Kaninchen, das, ohne sich zu ängstigen, zwischen den anderen Tieren hoppelte.

Plötzlich schrie eines der Kinder auf: „Eine Puppe, eine Puppe!" Es zeigte auf einen Punkt, der gemächlich mit dem auflaufenden Wasser in Richtung des Schiffes geschwommen kam. Alle Köpfe der anderen Kinder fuhren herum und betrachteten neugierig, was ihnen da entgegen dümpelte.

„Du bist doof", sagte ein Junge. „Das ist ein Leicher."

„Eine Puppe", beharrte das Mädchen, „die sieht aus wie eine Schaufensterpuppe."

„Ein Leicher", beharrte der Junge, „das kenne ich aus dem Fernsehen."

„Das heißt eine Leiche", wurde er von einer Mutter korrigiert, „aber das ist tatsächlich eine Puppe. Gott sei Dank."

Der Kapitän schüttelte fast unmerklich den Kopf und legte den rechten Zeigefinger auf seine Lippen. Entsetzt sahen die Kindergärtnerinnen, wie eine aufgedunsene Wasserleiche mit dem Kopf nach unten, sich langsam im Kreis drehend, an dem Schiff vorbeischwamm und sich ein paar Meter weiter im Ast einer Weide, der weit ins Wasser ragte, verfing.

Die Kinder protestierten laut, als sie das Schiff verlassen und mit den Kindergärtnerinnen und Müttern den mit alten Ziegelsteinen gepflasterten Weg nach Krautsand einschlagen mussten. Sie wollten mit dem Schiff fahren und die wenigsten hatten die richtigen Schuhe an, um eine längere Wanderung zu unternehmen. Das Bergen der Leiche wollten die Betreuerinnen ihren Kindern ersparen.

Der Kapitän rief die Polizei.

Die Tote hatte schon sehr lange im Wasser gelegen, war mit den Gezeiten hin und her geschwommen und sah ziemlich mitgenommen aus.

Die Identifizierung gelang schnell, es lag eine passende Vermisstenanzeige vor, und die Eltern der Toten erkannten ihre Tochter sofort. Die junge Frau war mit einem stumpfen Gegenstand erschlagen worden. Ihr Schädel war geborsten, der Hieb war mit großer Wucht ausgeführt worden, und sie war schon tot, als man ihre Leiche ins Wasser geworfen hatte. Sie hieß Marlene Fecht, war zweiunddreißig Jahre alt und arbeitete als Lehrerin an einem Gymnasium in Stade. Sie war eine Zeitlang die Freundin von Eduard Rolke gewesen.

Die Polizei war sich sicher, dass sie ihren Mörder gekannt hatte. Es gab keinerlei Anzeichen eines Kampfes, ihre Kleidung war unversehrt, sie war nicht vergewaltigt worden. Auch eine genaue Untersuchung der Schmutzreste unter den Fingernägeln ergab nichts Auffälliges. Die gefundenen DNA-Spuren stammten von ihrem Hund. Sie war von hinten mit einem metallischen Gegenstand erschlagen und dann tot in die Süderelbe geworfen worden.

*

Die Beziehung zwischen Eduard Rolke und Marlene Fecht begann bei einem Tanzkurs. Marlene Fecht war die Tochter eines kleinen Handwerkers aus dem Dorf, der mit seinem Ein-Mann-Betrieb gerade so über die Runden kam. Er hatte meist nicht genug Aufträge, um einen Gesellen einzustellen, der ihm geholfen hätte, die Toiletten und Waschbecken in den Neubauten schnell anzuschließen. Er war dagegen gewesen, seine Tochter auf das Gymnasium zu schicken, für ihn hätte es gereicht, wenn sie einen Realschulabschluss gemacht und dann die Buchführung in seinem Betrieb übernommen hätte. Seine Frau hatte sich schließlich durchgesetzt und Marlene sogar das Studium ermöglicht.

Mit Männern hatte Marlene kein Glück gehabt. Sie war sehr groß und mit ihrer überbordenden Körperfülle, einem übergroßem Busen und dicken Schenkeln sah sie schon mit Anfang Zwanzig aus wie eine Matrone am anderen Ende der Lebenszeitskala. Niemand auf den Studentenpartys interessierte sich für sie, obwohl sie einem Abenteuer mit ihren Mitstudenten nicht abgeneigt gewesen wäre. Marlene Fecht war nicht prüde oder verklemmt, sie tat alles, um ihren männlichen Mitstudenten zu gefallen, trotzdem kam es während des ganzen Studiums nur zu zwei kurzen Vereinigungen mit schwer betrunkenen Kommilitonen, die danach beide schnell das Weite suchten. Ihre unglückliche Art, sich zu kleiden – meist trug sie Blusen, die auch ihrer Großmutter gestanden hätten – und sich zu frisieren, ließ sie viel unattraktiver erscheinen, als sie in Wirklichkeit war. Sie steckte voller Witz und einer großen Lebenslust, die sie aber mangels Gelegenheit nicht ausleben konnte.

Als sie Eduard Rolke traf, der fast vierzig Jahre älter war als sie, fing sie vom ersten Moment der Begegnung an, verliebt zu schweben. Rolke war ein glänzender Tänzer, der sich traumhaft sicher zu jeder Melodie bewegen konnte. Seine Tanzpartnerinnen schwärmten alle von seinem Können, für Marlene Fecht war es mehr. Er war der Mann fürs Leben, hatte sie vom ersten Moment an gedacht, und nach zwei Wochen zog sie bei ihm ein. Sie holte alle Versäumnisse der Studentenzeit nach und schlief jeden Tag mit ihm. Mit jedem Mal liebte sie ihn mehr. Rolke dagegen sah die Sache entspannter. Seit dem Rauswurf seiner Frau hatte er niemandem erlaubt, länger als ein oder zwei Nächte bei ihm zu verbringen. Nach zwei Wochen, in denen Marlene ihrem Liebhaber jeden Wunsch erfüllt hatte, egal, ob es sich um das Putzen der Toilette oder um akrobatische Liebestechniken handelte, entließ Rolke die Putzfrau. Marlene war damit einverstanden, es schien ihr als logische Konsequenz ihrer Liebe zu Rolke. Sie wollte, um ihn nicht zu verlieren, ihm immer und überall zu Diensten sein.

Marlene Fecht wunderte sich oft selbst, wie gut sie mit dem so viel älteren Mann über Dinge reden konnte, für die sich sonst niemand interessierte. Ihren Eltern waren die Probleme der Schulkinder so fern, dass sie es schon nach ein paar Tagen aufgegeben hatte, sie damit zu belästigen. Rolke dagegen schien interessiert zuzuhören, wenn sie aus der Schule berichtete. Wirklich interessiert schien er aber, wenn sie über Lehrer sprach, die er auch kannte. Seine Kinder waren in dieselbe Schule gegangen, viele ältere Lehrer erinnerten sich mit Schaudern an seine Besuche der Elternabende. Vier Prozesse hatte Rolke im Laufe der Schulzeit seiner Kinder gegen die Lehrer und von ihnen gegebene Zensuren geführt. Er hatte alle verloren. Besonders, als Marlene von ihrem Kollegen Jochen Wiborg erzählte, wurde Rolke hellhörig.

Um schnell nach Schulschluss zu Rolkes Hof fahren zu können, das Mittagessen aufzusetzen und, je nach Rolkes Anwesenheit, entweder mit ihm zu schlafen oder das Bad und die Toilette zu reinigen, schaffte sie sich extra ein Auto an. Ihre Schüler bemerkten die Veränderung an ihr, sie blühte auf, ihre Frisur wurde mädchenhafter und ihre Verliebtheit zeigte sich bis in die kleinsten Nuancen ihres Verhaltens.

Nach ein paar Monaten wurde es Rolke zuviel. Er rechnete ihr vor, was sie ihn in der Zeit gekostet hatte und verlangte von ihr, wenn sie dableiben wolle, Miete und Essenskostenzuschuss. Er könne es sich nicht leisten, sie durchzufüttern, hielt er ihr vor.

Marlene wusste sofort, dass ihre Zeit bei Rolke abgelaufen war. Trotzdem versuchte sie alles, um bei ihm bleiben zu können. Sie bettelte um seine Gunst, kochte grandiose Menüs, putzte und wienerte das Haus vom Keller bis zum Dach und verführte ihn, so oft wie möglich, manchmal sogar zwischen den Kühen, bis er erschöpft jeden weiteren Versuch ablehnte. Nur Geld zahlen für ihre Mühen wollte sie nicht, einen letzten Rest Stolz und Selbstachtung hatte sie zu ihrem eigenen Erstaunen durch die Zeit bei Rolke gerettet.

Das letzte Gespräch zwischen Rolke und Marlene Fecht wurde sehr laut. Sie wusste genau, an welchem Punkt sie ihn treffen konnte. Als sie ihm nichts mehr zu sagen hatte, packte sie ihre Koffer und zog wieder bei ihren Eltern ein, später nahm sie sich eine kleine Wohnung im Dorf. Sie fühlte sich zwar gedemütigt, aber sie wusste, dass sie Rolke tief getroffen hatte, was sie in manchen Stunden sehr erfreute.

*

Hella wusste schon Bescheid, als Allmers in ihre Küche trat.

„Ich bin gleich zu Gisela gefahren“, begann sie, ohne Allmers Begrüßung abzuwarten. „Ich habe mir ein Taxi genommen. Aber ich wollte es unbedingt wissen.“

„Mir werden die vielen Toten langsam zuviel“, sagte Allmers und setzte sich. Hella fing an in der Küche zu arbeiten, sie begann, Geschirr abzuwaschen und bat Allmers: „Kannst du bitte Kaffee kochen, ich war so lange weg, hier staut sich die Arbeit.“

Allmers nickte und setzte Wasser auf. Hella hatte keine Kaffeemaschine wie er, sie brühte den Kaffee noch immer altmodisch mit Filtertüten auf. Allmers fand, ihr Kaffee schmecke deshalb viel besser als der aus den Maschinen, wo das Wasser meist schon kalt war, wenn es durch das Kaffeepulver auf den Boden der Glaskanne getropft war.

„Im Schrank ist Kuchen“, sagte Hella und wusch weiter Geschirr ab.

„Ich kann abtrocknen“, bot Allmers an und Hella gab ihm lächelnd ein Geschirrtuch. Während sie wusch und Allmers abtrocknete, erzählte sie, was sie von ihrer Cousine erfahren hatte.

„Marlene hat ihr nicht viel erzählt, das meiste weiß sie

auch nur von ihren Eltern. Aber sicher ist, dass Marlene viel durchtriebener war, als die meisten geglaubt haben. Die Zeit mit Rolke scheint sie genossen zu haben. Na ja, es war auch der Erste, der was von ihr wollte. Sie drohe, eine alte Jungfer zu werden, hat sie einmal zu Gisela gesagt, da sei man nicht mehr so wählerisch. Lange hat das Glück ja nicht gedauert. Meinst du, es ist Zufall, dass sie nun beide tot sind?"

„Das ist absolut ausgeschlossen." Allmers war sich sicher. „Soviel Zufälle gibt es im Leben nicht. Die Polizei muss jetzt nur noch die Person finden, die sowohl Rolke als auch Marlene Fecht gekannt hat, und schon hat sie den Mörder."

Hella fand Allmers' Argumentation nicht sehr schlüssig: „Also das ganze Dorf."

Kapitel 31

Werner Allmers war sehr überrascht, als er Wiebke im Haus seines Bruders traf. Er kannte sie, solange er denken konnte, und war auch auf ihrer Hochzeit gewesen. Er hob fragend die Augenbrauen, als er in die Küche trat und Wiebke wie selbstverständlich dabei war, Abendessen vorzubereiten.

„Kann ich mit essen?“, fragte er verwirrt und als Wiebke zusagte, setzte er sich an den Küchentisch.

„Wohnst du hier?“, fragte er überrascht.

Wiebke nickte: „Ich bin bei Jochen ausgezogen.“

„Bist du wieder mit meinem Bruder zusammen oder bist du hier nur untergeschlüpft?“ Dem Staatsanwalt standen kleine Schweißperlen auf der Stirn.

Schon als Jugendlicher hatte er ein Auge auf Wiebke geworfen, war ihr aber nie näher gekommen. Hans-Georg hatte immer bessere Chancen bei den Mädchen gehabt als er. Seine Unbekümmertheit gefiel den Umschwärmten meistens besser als Werners hilflose Spießigkeit, die so weit ging, dass er seine Hausschuhe mitbrachte, wenn er ein Mädchen zu Hause besuchen durfte. Hans-Georg dagegen hatte nie Probleme, Freundinnen zu bekommen. Viele genossen es, wenn er mit ihnen lange Spaziergänge ins Moor unternahm, und manchmal brachte er die eine oder andere dazu, dass er ihr am verschwiegenen, hofeigenen See helfen durfte, die Kleider auszuziehen. Werner Allmers hatte erst als Student ein paar kleine Affären und lebte seitdem allein in seiner Wohnung in Stade, die er so eingerichtet hatte, dass ein unwissender Besucher hätte meinen können, eine Familie wohne dort. Es gab ein Wohn- und ein Schlafzimmer, selbst für ein Kinderzimmer wäre genug Platz gewesen.

Wiebke zuckte mit den Schultern: „Es ist alles so kompliziert", sagte sie. „Ich weiß nicht, was werden soll."

„Ist Hans-Georg da?", fragte der Staatsanwalt, um das Thema zu wechseln.

„Er ist draußen", sagte Wiebke, „ich hole ihn."

Werner Allmers bat seinen Bruder um ein Gespräch unter vier Augen.

„Du weißt doch", begann er, nachdem er sicher war, dass ihnen niemand bei dem Gespräch zuhören konnte, „dass ich etwas unter Druck stehe. Dauernd diese Schmutzkampagnen in der Zeitung gegen mich." Er seufzte.

Allmers war in den letzten Tagen nicht dazu gekommen, regelmäßig die Zeitung zu lesen, aber er wusste, dass sich der Chefredakteur des Tageblattes auf Werner Allmers eingeschossen hatte. Wiebke Voß hatte ihm von einem Kommentar erzählt, in dem wörtlich vorgeschlagen wurde, ihn von Fällen zu entbinden, die in seinem Heimatdorf spielt, weil er sich dort zu sehr unter Druck gesetzt fühle. Außerdem verdächtige er wahllos Unschuldige, das sei ihm auch schon bei den Mordfällen Else Weber und Ilse Wessel passiert.

„Es ist wie beim Fußball", sagte er resigniert, „wer in der Spitze spielt, wird gefoult." Damit zog er einen Brief aus der Tasche und gab ihn seinem Bruder.

„Auf allen Ebenen greifen sie mich an", klagte er. „Ich glaube, das haben meine lieben Kollegen verzapft. So viele unverständliche Fremdwörter benutzen nur Juristen."

Allmers faltete den auf einem Computer geschriebenen

Brief auf und musste schon während der Lektüre glucksend über den gut gemachten Nonsens lachen:

Institut für propädeutische Culteranistik
Prof. Dr. Dr. Dr. Dr. h.c. Wiegesbald von Bodden-Kluszinski
Fachbereich 2.1 Chaosforschung
Postfach 08/15.
55595 SOMMERLOCH

An die
Staatsanwaltschaft
Herrn Staatsanwalt Werner Allmers
Gerichtsstraße
21680 Stade

Betreff: Verabredung eines Termins / Unser Zeichen BK 4711/007

Sehr geehrter Herr Staatsanwalt Allmers,

seit vielen Jahren beschäftigt sich unser Institut und insbesondere mein Fachbereich 2.1. Chaosforschung interdisziplinär mit den der Chaosforschung tangential angrenzenden Forschungsgebieten wie Tumultkonstellationen, Wirrwarrmobilisationen und Intermaxillarinterferenzen.
Leider hat sich wiederholt gezeigt, dass im Zuge der Verflachung von isotopen Gesellschaftsitazismen die Leer- und Forschungsinhalte immer seltener werden.
Umso erfreuter waren wir, als uns ein Kollege von Ihnen darauf hinwies, dass es Ihnen innerhalb so kurzer Zeit gelungen ist, natürlich unter Mithilfe Ihrer Mitarbeiter, ein klassisches Chaossyndrom präzipitatisch in einer für ihre hanseatische Dismembration bekannten Kleinstadt fachgerecht und fehlerfrei zu installieren.

Wir möchten dringend um einen Termin zur Bestandsaufnahme bitten. Wir schlagen deshalb als ersten Deliberationstermin den 31. September dieses Jahres vor.
Wir rechnen im Allgemeinen mit vier bis sechs Stunden, in denen wir diese deliberative Angionese exilatorisch bewältigen.
Wir bitten dringend, bis dahin den Status quo aufrecht zu erhalten, um eine für die culteranistische Gesellschaft so eminent wichtige Forschungsaufgabe nicht zu gefährden.

Mit freundlichen Grüßen

Prof Dr. Dr. Dr. Dr. h.c. Wiegesbald von Bodden-Kluszinski

„Am meisten hat mich getroffen", Werner Allmers fing fast an zu weinen, „dass sie mir unterstellen, ich hätte ein ‚klassisches Chaossyndrom' installiert. Wenn du wüsstest, was in der Behörde los war, bevor ich gekommen bin."

Allmers kannte die wehleidige Klage seines Bruders, der felsenfest davon überzeugt war, nur sein rechtzeitiges Erscheinen hätte die Justizbehörde der Kreisstadt vor dem drohenden Untergang bewahrt.

„Ich finde den Brief witzig", meinte Allmers und wollte das Thema wechseln. „Du bist aber sicher nicht gekommen, um mir den Brief zu zeigen?"

„Soll ich Anzeige erstatten?"

„Bloß nicht." Allmers begann am Verstand seines Bruders zu zweifeln. „Warum denn? Vielleicht wegen ungerechtfertigter Anwendung von Humor? Dafür gibt's sicher drei Jahre."

„Amtsanmaßung. Der, der das geschrieben hat, hat sicher keine vier Doktortitel."

„Wenn du Humor hättest", Allmers wurde ärgerlich, „dann würdest du dir einen schönen Bilderrahmen kaufen und den Brief an eine exponierte Stelle in dein Büro hängen.

Damit jeder ihn lesen kann. Damit würdest du wirklich Souveränität zeigen."

Zu Allmers maßloser Überraschung antwortete sein Bruder: „Vielleicht hast du recht. Ich werde es mir überlegen."

Wiebke klopfte an, sah kurz in die Küche und hob fragend die Augenbrauen: „Seid ihr fertig?"

Beide Allmers schüttelten synchron den Kopf.

„Wir haben etwas bei Friedel gefunden", sagte der Staatsanwalt, als Wiebke den Raum wieder verlassen hatte. Allmers war froh, dass sein Bruder mit einem anderen Thema begann. „Ein Stemmeisen. Sehr sauber, wie gerade geputzt."

Hans-Georg Allmers schüttelte ungläubig den Kopf. Er war schockiert, doch er versuchte, Friedel zu verteidigen und meinte: „Aber jeder Bauer hat doch eines, außerdem gibt es jetzt zwei Mordfälle. Friedel sitzt doch in Untersuchungshaft. Wie soll er da eine Frau erschlagen haben?"

„Die Bestimmung des Todeszeitpunktes der Frau wird sehr schwierig", antwortete der Staatsanwalt. „Aber es wurde festgestellt, dass sie die ganze Zeit im Wasser gelegen hat. Friedel könnte sie theoretisch umgebracht haben. Vielleicht hat die Fecht ihn beobachtet, und er hat sie daraufhin umgebracht. Da gibt es viele Möglichkeiten. Friedel ist, wenn es überhaupt eine Verbindung zwischen den beiden Morden gibt, der Hauptverdächtige. Zumindest im Fall Rolke."

„Seid ihr im Fall Marlene Fecht schon weiter?", fragte Allmers.

„Nur das Übliche. Die Waffe war auch aus Metall. Wie bei Rolke."

„Friedel hat ihn nicht umgebracht. Und das mit dem Fund beweist gar nichts. Ich habe auch ein Stemmeisen, Damann hat eines, Grambow, Meyer und alle anderen."

„Die meisten sind aber nicht fein säuberlich abgeputzt", sagte der Staatsanwalt. „Das ist ungewöhnlich. Friedel Köhler muss das Ding erst vor ein paar Tagen sorgfältig abgewischt haben."

„Habt ihr schon irgendwelche Spuren daran gefunden?", fragte Allmers.

Der Staatsanwalt schüttelte den Kopf. „Es sieht so aus, als ob das Werkzeug mit Alkohol oder etwas Ähnlichem gesäubert worden ist. Die Untersuchungen der DNA-Spuren laufen noch. Fingerabdrücke gibt es keine mehr."

„Wo habt ihr den Kuhfuß denn gefunden?"

„In der Werkstatt, an seinem offensichtlichen Platz."

„Also nicht versteckt?"

Werner Allmers schüttelte den Kopf: „Das ist kein Hinweis auf seine Unschuld", nahm er seinem Bruder den Wind aus den Segeln, „Mörder machen das manchmal, dass sie die Tatwaffe so offensichtlich drapieren, dass man darüber stolpert. Aber nicht mit mir!"

„Warst du bei der Hausdurchsuchung dabei?", fragte Allmers erstaunt. „Nein, ich habe nur die Ergebnisse gelesen."

„Kommt es jetzt zur Anklage?", wollte Allmers wissen. Für ihn war es unvorstellbar, dass Friedel Köhler einen Mord begangen haben sollte.

„Die Beweislage ist noch etwas dünn", bemerkte der Staatsanwalt mit schmalen Lippen. „Du bist sicher, dass das Stemmeisen blau war?"

„Natürlich, ich habe es doch durch das Stroh gesehen."

„Zeugenaussagen sind meistens unbrauchbar, wenn es um Farben geht", bemerkte der Staatsanwalt spitz. „Das merkt man bei jeder Unfallflucht. Der eine Zeuge sagt, das Auto war rot, für den anderen war es weiß. Das Stemmeisen bei Köhler ist rot."

Allmers wurde wütend: „Ich bin vielleicht kurzsichtig, aber nicht farbenblind!"

Ihn beschlich das Gefühl, sein Bruder wolle der Öffentlichkeit wieder einmal so schnell wie möglich einen Täter präsentieren.

„Ihr habt doch gegen Friedel überhaupt nichts in der Hand." Allmers regte sich auf und wurde laut. „Ich sage, das Stemmeisen war blau, ihr findet ein rotes. Und dass jemand sauberes Werkzeug hat, ist ja wohl nicht verboten. Du kennst offensichtlich seine Werkstatt nicht. Da hat jeder Nagel seine eigene Schublade."

„Wir haben ein sehr überzeugendes Motiv. Hella Köhler und Eduard Rolke haben sehr lange etwas miteinander gehabt. Das ganze Dorf wusste etwas davon. Auf der Feuerwehrversammlung war niemand richtig überrascht, als Eduard Rolke losgegrölt hat."

Nur Friedel wusste nichts, dachte Allmers, sehr seltsam.

„Er war es nicht, dafür würde ich meinen Kopf verwetten." Allmers war sich sicher.

„Das würde ich nicht tun. Aber wenn du so von seiner Unschuld überzeugt bist, kannst du ihm ja vielleicht helfen."

Hans-Georg sah seinen Bruder fragend an.

„Du musst dich ein bisschen mehr umhören", meinte Werner. „Vielleicht findest du etwas heraus, was Friedel entlastet. Damit kannst du doch sicher leben: Du tust es dann nicht für mich, sondern für Friedel."

„Beim letzten Mal hat mich das fast meine Freiheit gekostet. Ich habe dazu keine große Lust."

„Du sollst ja auch nicht herumschnüffeln und in Häuser einbrechen, du sollst mir erzählen, was die Bauern so reden, wenn sie meinen, kein anderer würde es hören. Vielleicht ist ja etwas dabei, was man verwerten kann. Marlene Fecht musst du erst einmal vergessen, bevor wir nicht sicher wissen, dass die Morde zusammenhängen."

Allmers zögerte noch immer. Er schwankte zwischen detektivischer Lust und der Abscheu, hinter anderen

Leuten herzuschnüffeln. Allerdings, dachte er, habe ich ja schon damit angefangen.

„Gut", sagte er. „Ich versuche, dir zu helfen. Aber wir müssen eine Bestandsaufnahme machen, wer alles in Frage kommt."

„Das ist eine gute Idee", stimmte sein Bruder zu. „Fang an!"

„Friedel ist verdächtig, das ist keine Frage", begann Allmers. „Als Motiv kommt Rache und Eifersucht infrage. Der nächste ist Michael."

„Als Motiv haben wir auch Rache für die ewigen Demütigungen. Das scheint wirklich eine Spezialität von Rolke gewesen zu sein: Demütigungen in allen Variationen. Michael ist immer noch wie vom Erdboden verschluckt. Noch nicht einmal seine Schwester weiß, wo er sich aufhält. Sagt sie zumindest."

„Brauer. Du kennst die Geschichte?"

Staatsanwalt Allmers nickte: „Und das Motiv ist auch nicht schlecht. Er hat ihm sehr viel Land weggeschnappt und somit die Entwicklung des Betriebes verhindert. Wenn es Spitz auf Knopf steht, ist das ein starkes Motiv."

„Und Grambow wurde von Rolke wegen Tierquälerei angezeigt."

„Da haben sich die Polizisten im Dorf an den Kopf gefasst. Ich glaube, sie haben die Anzeige nur aufgenommen, um Rolke wieder loszuwerden, und haben den Wisch dann in den Papierkorb geworfen, wo er auch hingehörte. Was ist mit Hella Köhler?"

„Sieht nichts mehr, außerdem hätte sie ihn eher mit einem alten, steinharten Marmorkuchen erschlagen."

Der Staatsanwalt lachte. „Das wäre ein schöner Mord. Erst backt sie einen Kuchen, den sie nicht mag, lässt ihn dann heimtückisch steinhart werden und erschlägt damit ihren ehemaligen Liebhaber. Zu schön, um wahr zu sein."

„Mir fällt da noch der Viehhändler ein", warf Allmers ein und erzählte seinem Bruder, wie Michael vor dem Viehhändler, der ebenfalls seinen Schaden hatte, von seinem Vater gedemütigt worden war.

Werner Allmers schüttelte den Kopf: „Das ist als Motiv zu dünn. Da könntest du jeden nehmen, der in den letzten Jahren mal einen Prozess gegen Rolke geführt hat. Zum Beispiel den Nachbarn mit dem Hund. Nein, es ist leider so, dass nur Friedel in Frage kommt, das siehst du jetzt doch selbst."

Allmers seufzte. Er war weiterhin von Friedels Unschuld überzeugt.

Am Abend war er zur Milchkontrolle bei Dietmar Brauer angemeldet. Seine Frau Ilse hatte Allmers angerufen und gebeten, etwas später zu kommen, sie hätten am Nachmittag noch einen Termin mit dem Steuerberater, ob es auch um halb sechs ginge?

Allmers war es egal. Ob er um sieben oder halb acht nach Hause kam, hatte für ihn keine besondere Bedeutung. Wiebke wohnte zwar jetzt bei ihm, aber als richtige Beziehung wollte er ihre Affäre nicht ansehen. Eine Rückkehr zu ihrem Ehemann schloss Allmers aus. Dass Wiebke sich sofort in die nächste feste Beziehung stürzen würde, glaubte Allmers ebenfalls nicht. Er war sich auch nicht sicher, ob er eine solche Entwicklung begrüßen würde. Trotz seiner manchmal heftigen Einsamkeitsanfälle, die er mit großem Weltschmerz ertrug.

Allmers konnte sich nicht vorstellen, in naher Zukunft jemandem so nahe zu sein, dass er über eine Verspätung Rechenschaft ablegen würde.

Hans-Georg Allmers kam besonderen Zeitwünschen der Bauern immer entgegen. Jetzt, im Sommer, war auf seinem kleinen Nebenerwerbsbetrieb kaum etwas zu tun. Die Zeit des ersten Heuschnitts war vorbei, das Gras wuchs und Allmers wartete wie alle Bauern auf den nächsten Schnitt, den er zu Heu machte und an Pferdehalter verkaufte. Die vier jungen Rinder, die hinter seinem Haus auf einer Wiese liefen, machten kaum Arbeit, ein, zwei Mal pro Tag sah er nach ihnen, meist standen sie zur Mittagszeit unter den Bäumen nahe seines Hauses. So konnte er bequem von der Küche aus sehen, ob sie noch alle da waren. Er musste sich zwar in der nächsten Zeit Gedanken über den Wiederaufbau seines Stalls machen, aber das eilte nicht, dachte er jedes Mal, wenn er auf den Hof fuhr und die verbrannten Holzbalken liegen sah.

Allmers besuchte Hella nur kurz. Er hatte sich etwas verspätet und aß außer Käsekuchen nichts.

„Wie geht's Friedel?", fragte er mit vollem Mund, als er nach ein paar Minuten wieder zu seinem Fahrrad ging.

„Ich besuche ihn, so oft es geht", erwiderte Hella. „Er ist völlig deprimiert und hat Angst, dass er nie wieder heraus kommt. Außerdem macht er sich Sorgen um die Kühe."

„Aber Florian melkt doch gut", versuchte Allmers Hella zu trösten. Florian war der Sohn eines Nachbarn, der gerade seine Lehre als Landwirt beendet hatte. Er hatte sich bereit erklärt, solange bei Köhlers zu melken, bis Friedel Köhler wieder frei war.

„Mein Bruder hat mir erzählt", fuhr er fort, „dass Rolke Friedel angezeigt hatte. Weißt du etwas darüber?"

Hella nickte: „Ach, diese Geschichte. Rolkes Hund war ein widerlicher kleiner Kläffköter. Jeder Fahrradfahrer, der an Rolkes Hof vorbeigefahren ist, kann dir das bestätigen. Er hat nach jedem Bein geschnappt. Und Rolke hat sich gefreut. Und ich glaube, er hat ihn regelrecht auf Friedel abgerichtet. Wenn er nur in Sichtweite war, kam Hexe, so hieß das Vieh, angerast. Weder Friedel noch ich haben getrauert, als Hexe krepiert ist."

„Und die Anzeige ist eine von Rolkes üblichen Schikanen?"

Hella nickte: „Friedel hat den Köter zwar gehasst, hatte aber nie richtig Angst vor ihm. Er hat ihn mal so mit der Schaufel getroffen, dass Hexe mit eingezogenem Schwanz abgehauen ist. Aber vergiftet hätte er ihn nie."

„Ich fahre morgen zu Friedel", verabschiedete sich Allmers. „Wiebke kann mich fahren." Hella winkte ihm hinterher, als er den Hof verließ. Allmers war berührt von dieser Geste, die ein bisschen hilflos und sehr traurig auf ihn wirkte.

Von Köhlers zu Brauers waren es mit dem Fahrrad nur zehn Minuten. Wenn er konnte, verzichtete er in den letzten Tagen auf Wiebkes Fahrdienst. Es gab schon genug Klatsch im Dorf, fand er.

Allmers fuhr auf dem Fahrradweg und musste sich beeilen. Ilse Brauer legte großen Wert auf Pünktlichkeit und eine seiner Schwächen war das Zuspätkommen. Er wunderte sich, dass an diesem ruhigen Nachmittag plötzlich so viele Autos mit hoher Geschwindigkeit an ihm vorbeifuhren.

Schon von Weitem sah er auf Brauers Hof mehrere Polizeiautos und einen Krankenwagen, dessen Blaulicht blitzte. Niemand hinderte ihn, auf den Hof zu fahren, sein Fahrrad an die Stallwand zu lehnen und seine Utensilien aus dem Korb zu nehmen. Niemand war in der Melkkammer, keine Kuh im Stall. Verwundert ging Allmers wieder auf den Hof und, als er einen Leichenwagen auf der Auffahrt sah, fragte er einen Polizisten, der teilnahmslos in einer Zeitschrift blätterte: „Was ist hier eigentlich los?"

„Wer sind Sie?", fragte der Mann zurück.

„Der Milchkontrolleur. Ich will Milchkontrolle machen."

„Das wird heute nichts mehr", erwiderte der Polizist tonlos. „Brauer ist tot."

„Erschlagen?", fragte Allmers fassungslos. Er dachte sofort an den Mord an Rolke.

„Wie kommen Sie denn darauf?" Der Polizist schüttelte den Kopf. „Selbstmord. Er hat sich erhängt."

Allmers setzte sich entgeistert auf die Bank, die am Haus stand.

Dietmar Brauers letzte Chance, seinen Betrieb vor dem Ruin zu bewahren, war vertan, als Rolke ihm das Land vor der Nase weggeschnappt hatte. Nur eine Vergrößerung, die dem Hof eine Zukunftsperspektive gegeben hätte, wäre für die Bank ein Grund gewesen, seine Kredite zu verlängern. Ein paar Tage nach Rolkes Tod hatte er noch versucht, mit dessen Tochter zu verhandeln und in den Pachtvertrag einzusteigen, aber auch diesmal war jemand schneller gewesen: Fritz Grambow hatte erfolgreicher verhandelt als Brauer und die gesamten Flächen übernommen.

Am Tag seines Todes hatte sich der Steuerberater angemeldet. Er kam ungern zu seinen Mandanten auf die Höfe, meist ließ er sie in seinem Büro vorsprechen und dann eine halbe Stunde warten. Brauer hatte sich geweigert, und so musste der Steuerberater ins Moor fahren, um seinem Mandanten nahezulegen, seinen Betrieb lieber gleich zu schließen. Nur so könne er die Zwangsversteigerung abwenden. Ilse Brauer saß stumm neben ihrem Mann, der nur ein paar Worte herausbrachte. Er ließ den Redeschwall des Steuerberaters fast teilnahmslos über sich ergehen und dieser sagte später aus, er habe da schon das Gefühl gehabt, dass Brauer endgültig resigniert habe. Plötzlich sei Brauer aufgestanden, habe ein paar Flüche und Verwünschungen gegen die Bank, gegen ihn, den Steuerberater, das Finanzamt und besonders gegen Rolke ausgestoßen und sei dann aus dem Zimmer gegangen. Besonders Rolke habe Brauer mehrmals erwähnt und ihn „alten Fettsack“, „widerliches Schwein“ und „ekelhaftes Scheusal, das den Hals nicht voll genug kriegen kann,“ genannt. Die vernehmenden Polizeibeamten konnten den Redeschwall des Zeugen kaum bremsen, immer wieder wiederholte er die nebensächlichsten Dinge in der Überzeugung, „dass die kleinsten Sachen für die Ermittlungsarbeit der Polizeibehörden von eminenter Wichtigkeit“ seien. Das habe er schon in vielen Kriminalfilmen gesehen.

Brauer wurde erst gefunden, als überraschend mehrere Beamte der Kriminalpolizei auf dem Hof auftauchten, um mit Brauer über sein Verhältnis zu Rolke zu sprechen. Trotz Friedels Verhaftung waren nicht alle Beamten überzeugt, den Richtigen gefasst zu haben. Ilse Brauer fand ihren Mann erhängt an einem Balken über den Kälbern, die neugierig zu ihrem über ihnen baumelnden Bauern aufsahen.

Allmers packte seine Sachen, nahm sein Fahrrad und schob es, traurig über den Tod Brauers, die Auffahrt hinunter, bis er an die Straße kam.

Kapitel 32

Die doppelstöckige Schwarzwälder Kirschtorte stach Allmers sofort ins Auge, als er Hellas Küchentür öffnete.

„Ist Friedel frei?", fragte er nur, und Hella fiel ihm um den Hals. Sie lachte und weinte vor Freude abwechselnd und konnte sich kaum beruhigen.

„Seit heute Morgen", sagte sie und wischte sich die Freudentränen ab. „Die Verdachtsmomente haben nicht ausgereicht oder so ähnlich. Ich weiß es nicht mehr genau, ich bin so aufgeregt. Da habe ich sofort seine Lieblingstorte gebacken."

„Wo ist Friedel jetzt?", fragte Allmers.

„Er war zuerst im Stall", sagte Hella. „Danach wollte er ein bisschen über die Wiesen laufen, nur so, zur Erholung."

„Ich suche ihn." Allmers öffnete die Tür.

„Bist du zum Kaffee noch da?", rief sie fragend hinter ihm her, und er bejahte.

Friedel kam ihm entgegen, als Allmers auf dem kleinen Weg unterwegs war, der von Köhlers Hof ins Moor führte.

„Schön, dass du wieder da bist." Allmers fiel nichts Besseres ein, um Friedel zu begrüßen.

Er sah Friedel an, wie sehr er sich freute, bei strahlender Sonne über sein Land gehen zu können. Allmers wusste genau, wie es war, wenn man aus dem Gefängnis entlassen wurde. Vor zwei Jahren hatte er das Gleiche erlebt und deshalb konnte er Friedels Gefühle gut verstehen. Er selbst war damals zum kleinen See am Ende seines Hofes gegangen, hatte sich ins Gras gelegt und den Vögeln zugehört. Er hatte versucht, Momente abzupassen, in denen er keinerlei Geräusche der Zivilisation hörte, Momente, in denen im Moor nur die Stille und das Zirpen der Grillen, das Zwitschern der Vögel und das Rauschen der Bäume im Wind zu hören gewesen waren. So muss es geklungen haben, hatte er sich gedacht, als sich vor fünfhundert Jahren Bauern aufgemacht hatten und hier unser Hof gegründet wurde. Darüber war er eingeschlafen und erst wieder aufgewacht, als er zu frösteln begann. Von diesen wenigen Stunden im Moor hatte er soviel Kraft mitgebracht, dass er die weiteren Schicksalsschläge, die er kurze Zeit später erlebte, besser verarbeiten konnte.

„Im Gefängnis ist es sehr eng, aber das weißt du ja", sagte Friedel Köhler. „Mein Zellengenosse konnte kein Wort deutsch, und so konnten wir uns nur mit den Händen und Füßen unterhalten. Ich weiß noch nicht einmal, was er ausgefressen haben sollte."

„War das Essen immer noch so mies?" Allmers hätte gerne über etwas anderes als seinen Gefängnisaufenthalt gesprochen, aber Friedel Köhler schien es ein Bedürfnis zu sein, ihm davon zu berichten.

Er zuckte mit den Schultern: „Was soll man dazu sagen? Wenigstens musste ich nicht so viel Kuchen essen."

Allmers lachte. Dass Friedel seinen Humor behalten hatte, beruhigte ihn.

Friedel Köhler erzählte Allmers, dass es einen Haftprüfungstermin gegeben und der zuständige Richter den Haftbefehl aufgehoben hatte. Die Polizei hatte bei einem Ortstermin mit Friedel Köhler die Tat nachstellen lassen. Dabei war herausgekommen, dass Köhler unmöglich der Täter gewesen sein konnte, wenn die Annahmen der Polizei stimmten. Da Rolke über zwanzig Zentimeter höher als der Täter gestanden hatte und Köhler sehr viel kleiner als das

Opfer war, stimmte der Einschlagswinkel des Tatwerkzeuges in Rolkes Kopf nicht. Dass es ein blaues Werkzeug, wahrscheinlich ein Kuhfuß war, bestritt auch Werner Allmers nicht mehr, nachdem in den blutverkrusteten Haaren des Toten blaue Farbreste gefunden worden waren, dazu noch Reste von Wagenschmiere und Motorenöl. Außerdem war Friedel Köhlers Werkzeug rot, fabrikneu und nachweislich noch nie in Gebrauch gewesen.

„Dein Bruder hat ordentlich sein Fett wegbekommen", meinte er. „Der Richter hat wohl alles zerpflückt, was Werner vorgebracht hatte. Mein Anwalt hat mir alles erzählt."

„Das wird ihn ärgern", stimmte ihm Allmers zu. „Er verliert nicht gerne."

„Wenn man ehrlich ist, ist es auch für ihn nicht einfach." Friedel schien Verständnis für Allmers' Bruder zu haben. „Er kennt mich, seit er denken kann und soll mich plötzlich als Mörder verhaften."

Er schwieg. Dass er von den Ereignissen immer noch aufgewühlt war, konnte man ihm deutlich ansehen.

„Die haben mich stundenlang verhört", erzählte er weiter, als er sich etwas beruhigt hatte. „Sie haben mich immer wieder gefragt, was ich von der Geschichte mit Hella und Rolke gewusst habe. Das war wohl entscheidend für sie. Sie wollten das Motiv."

Allmers verstand nicht: „Dein Hauptmotiv sollte doch die Rache sein, weil er auf dem Feuerwehrtreffen so unverschämt gewesen war."

Friedel winkte ab: „Du kannst es dir vielleicht nicht vorstellen, vielleicht hältst du mich auch für bescheuert, aber ich habe die ganze Zeit gewusst, dass Hella, so oft es ging, zu Rolke gerannt ist."

Allmers verschlug es die Sprache. Es dauerte eine ganze

Weile, bis er wieder antworten konnte. „Hella hat es mir erzählt, als du im Gefängnis warst", sagte er nur.

„Als junges Mädchen und später als junge Frau war Hella nicht einfach. Ich kenne sie seit den ersten Jahren in der Schule. Sie hat jedem den Kopf verdreht. Und mich hat sie genommen", sagte er stolz. „Das war ein unglaubliches Gefühl. Ich habe sie alle ausgestochen, diese ganzen arroganten Bauernschnösel mit den großen Höfen. Hella wollte mich. Und ich war ihr erster Mann. Ich konnte es damals kaum glauben."

Allmers und Friedel gingen eine Weile schweigend nebeneinanderher. Irgendwann nahm Friedel den Gesprächsfaden wieder auf und meinte: „Rolke war schon damals eifersüchtig auf mich. Ich bin ein paar Jahre jünger als er und daraus hatte er einen Anspruch auf Hella abgeleitet. Er hat mir nie verziehen, dass sich Hella für mich entschieden hatte. Hella ist dann, als wir schon verlobt waren, während des Schützenfestes ziemlich angesäuselt mit ihm ins Heu. Ich war zwar sauer, aber irgendwie habe ich es ihr verziehen. Sie hatte mir versprochen, dass es nie wieder vorkommen würde. Aber Rolke hat wohl nicht locker gelassen. Hella ist ein bisschen willensschwach." Friedel seufzte. „Es ist bei ihr mit den Männern wie bei den Kuchen. Sie weiß, dass ihr die süßen Sachen schaden, aber sie kann einfach nicht davonlassen. Wie oft habe ich ihr gesagt, sie solle die dämliche Kuchenbackerei sein lassen. Aber sie schafft es nicht, selbst um den Preis des Blindwerdens."

„Hast du ihr auch gesagt, sie soll das mit Rolke sein lassen?"

Friedel schüttelte den Kopf: „Dazu fehlte mir der Mut. Ich hatte große Angst, sie zu verlieren. Sie wäre dann sicher zu Rolke gezogen."

Was für eine absurde Situation, dachte Allmers: Hella hatte Angst, dass Friedel sie vom Hof werfen würde, und er hatte Angst, sie würde gehen.

„Das glaube ich nicht." Allmers musste Friedel widersprechen. „Ging die Geschichte mit Rolke direkt nach der Hochzeit weiter?"

Friedel zuckte mit den Schultern: „Ich weiß es nicht genau, aber ich glaube nicht. Wahrscheinlich dauerte es eine ganze Zeitlang, bis Rolkes Werben so mächtig wurde, dass Hella wieder schwach wurde. Nach ein paar Jahren habe ich es entdeckt. Ich hatte mich gewundert, dass sie, sobald ich die Kühe hole, alles liegen und stehen lässt. Zuerst habe ich mir nichts dabei gedacht, aber dann habe ich zufällig gesehen, wie sie in Rolkes Scheune verschwunden ist. Da war mir alles klar."

„Und warum hat die Polizei das alles so genau interessiert?", fragte Allmers.

„Da ich ja schon ewig wusste, dass Brigitte eventuell von Rolke sein könnte, ist das Motiv nicht mehr so klar. Eigentlich hätte ich ihn, wenn man der Logik der Polizei folgt, schon damals umbringen müssen. Jetzt, dreißig Jahre später scheint es als Motiv etwas weit hergeholt."

„Aber er hat dich ja ziemlich gedemütigt", warf Allmers ein.

„Dafür habe ich ihm schon vorher sein Haus unter Wasser gesetzt", sagte Friedel und lachte schallend. „Das war eine viel bessere Rache für mich, als ihm einen über den Schädel zu hauen. Da hat er lange an mich denken können. Ich habe auf diese Gelegenheit warten müssen, aber ich war mir sicher, irgendwann kommt der Tag, an dem ich ihm die Sache mit Hella heimzahle."

„Das ist dir gut gelungen", sagte Allmers. „Wir haben uns alle gefragt, was damals in dich gefahren war. Jetzt verstehe ich die Zusammenhänge. Respekt!"

„Ich glaube", meinte Friedel nachdenklich, „Rolke hat genau gewusst, warum ich sein Haus flute. Und seine Rache war danach, mich vor allen Leuten zu demütigen." Er holte tief Luft. Allmers merkte, wie sehr Friedel die Sache getroffen hatte.

„Wenn sie mit der Mordgeschichte nicht weiterkamen, haben sie mich wegen des Brandes verhört. So ein Blödsinn. Ich bin Feuerwehrmann und kein Brandstifter."

„Das habe ich ihnen auch gesagt", meinte Allmers. „Dass du das nicht warst, war mir sofort klar."

Sie hatten den kleinen Stall erreicht, in dem der Nachbarsjunge damit begonnen hatte, die Kühe zu melken.

„Ab morgen melke ich wieder", sagte Friedel. „Wann kommst du zur Kontrolle?"

„Das dauert noch ein paar Tage", sagte Allmers. „Jetzt wartet Hella mit der Torte."

„Die ist voller Schnaps", warnte ihn Köhler. „Danach würde ich zu Fuß nach Hause gehen."

Allmers überlegte kurz, wusste nicht genau, ob er Hellas Vertrauen missbrauchen würde, wenn er aus dem Gespräch, das er mit ihr geführt hatte, erzählen würde, entschloss sich aber dann doch:

„Es gab in Hellas Leben nur zwei Männer", sagte er leise zu Friedel. Er hatte ihn am Ärmel festgehalten, Friedel war schon fast in der Küche: „Du und Rolke. Sonst niemand. Das hat mir Hella erzählt."

Friedel Köhler strahlte ihn an: „Eigentlich habe ich die ganzen Jahre nichts anderes gedacht, aber sicher war ich mir nie. Übrigens, aber erzähl es nicht weiter, auch nicht Hella: Ich wusste, dass sie mich jedes Mal entschädigte, wenn sie bei ihm war. Aber manchmal habe ich den Spieß umgedreht und war morgens, bevor wir aufgestanden sind, der Erste. Ich glaube, es gab im ganzen Dorf niemand, der es so gut hatte wie sie."

*

Zwei Tage später war auch Ilse Brauer tot. Die Schmach über den Selbstmord ihres Mannes, die Aussicht, den Rest ihres Lebens als verarmte Witwe allein in dem alten Bauernhaus leben zu müssen, war zuviel für sie. Sie kannte genug Beispiele aus der Gegend, wo sich alte Frauen noch nicht einmal das Heizöl für den Winter leisten konnten, wenn ihr Mann überraschend gestorben war und die landwirtschaftliche Rente zu knapp ausfiel. Brauers hatten keine Kinder, ihre Befürchtung war, dass sich niemand im Alter um sie gekümmert hätte. Vor einem Leben in einem städtischen Pflegeheim, das dann auf sie zugekommen wäre, graute ihr so sehr, dass sie sich schnell entschloss, ihrem Mann zu folgen.

So zog sie ihr einziges schwarzes Kleid an, kämmte sich sorgfältig und schrieb ein paar Abschiedszeilen. Ihr einziger Wunsch war, gleichzeitig mit ihrem Mann beerdigt zu werden.

Im Stall befestigte sie den Strick am selben Balken wie ihr Mann. Dann sprang sie von der Leiter.

Die Nachricht von ihrem Selbstmord erreichte Allmers, bevor Hella es wusste. Er hatte den zweiten Leichenwagen innerhalb von zwei Tagen zu dem Brauerschen Hof fahren sehen und war ihm gefolgt.

Hella war sprachlos. Ilse Brauer war eine Kegelschwester von Hella, so nannten sich die sechs Frauen, die einmal im Monat zusammen zum Kegeln gingen.

„Eigentlich", sinnierte sie, „hat Grambow beide auf dem Gewissen." „Oder Rolke", antwortete Allmers.

„Wenn es um Land geht, werden die Bauern zu Hyänen." Hella schüttelte ungläubig den Kopf. „Wenn sie sich gleich geeinigt hätten, würden Ilse und Dietmar noch leben."

Empört war sie, als sie erfuhr, dass niemand bei der Beerdigung erwünscht war.

„Auf Wunsch der Verstorbenen“, stand in der gemeinsamen Todesanzeige für die Eheleute, „findet die Trauerfeier im engsten Familienkreis statt. Von Beileidsbekundungen und -besuchen bitten wir abzusehen.“

„Diese scheinheilige Kuh“, rief sie empört aus und trank einen großen Schluck Kaffee. „Auf Wunsch der Verstorbenen. Wenn ich das schon lese. Glaubst du“, fragte sie Allmers, der bei ihr in der Küche saß, „dass Dietmar oder Ilse den Wunsch geäußert haben, es solle bloß keiner kommen? Das ist doch hinterhältig, die Schwester will bloß das Geld für die Kaffeetafel sparen. So kann man mit den Toten und den Lebendigen nicht umgehen. Man kann noch nicht einmal Abschied nehmen.“ Sie fing an zu weinen. Ilses Tod traf sie mehr als des Mannes. Dietmar Brauer hatte sie kaum gekannt und war ihm nur selten begegnet.

„Wenn sich die Leute so bewusst fein machen für den Tod“, meinte Allmers mit vollem Mund, „dann stoßen sie damit den Hinterbliebenen ein Messer in die Rippen. Das kann man dann nicht mehr als unüberlegte Affekthandlung abtun. Und die Verwandtschaft rächt sich, indem sie die Toten dann ohne großen Aufwand begraben. ‚In aller Stille.‘ Ich habe mich schon immer bei diesen Todesanzeigen gefragt, ob der Sterbende kurz vor seinem Tod die lieben Anverwandten bittet, sich hinunter zu beugen bis an seinen Mund, um schwache Stimme zu sagen: ‚In aller Stille, kapiert?‘“

Kapitel 33

Es ist unglaublich", schnaubte der Staatsanwalt und sah seinen Bruder an. „Da sitzt der junge Rolke seit mehreren Wochen in Celle in U-Haft und wir wissen nichts davon."

Hans-Georg sah ihn verwundert an. Er hatte nach Brauers Tod einen Anruf seines Bruders bekommen, der ihn gebeten hatte, zu ihm nach Stade zu kommen und alles zu sammeln oder aufzuschreiben, was ihm zu den beiden Mordfällen aufgefallen war. Hans-Georg Allmers war erstaunt über das Ansinnen seines Bruders, aber schließlich ließ er sich erweichen. Er suchte alle Unterlagen und Ergebnisse aus Wiebkes Recherchen zusammen und fuhr nach Stade, um sie seinem Bruder zu bringen. Als er an sein Büro klopfte, hörte er ihn durch die Tür wutentbrannt ins Telefon schreien. Er öffnete vorsichtig das Büro und sein Bruder winkte ihn herein, kurz bevor er den Hörer auf das Telefon knallte.

„Michael?", fragte Allmers.

„Natürlich, oder gibt es noch einen anderen? Brauer kann es ja nicht sein, der ist ja tot. Was weißt du über Brauer?", fragte Werner Allmers gereizt und änderte ächzend seine Sitzposition.

„Hältst du ihn für verdächtig?"

„Wäre ich nur mitgekommen zu der Vernehmung", seufzte der Staatsanwalt, „und hätte nicht diesen trotteligen Kommissar geschickt. Der hat sich wie üblich verspätet. Wenn er rechtzeitig eingetroffen wäre, würde Brauer noch leben. Als ob er etwas geahnt hätte."

„Alle sagen, er hätte sich erhängt, weil er endgültig pleite war."

„Wir kennen das Motiv nicht genau. Seine Pleite wurde doch von Rolke mit verursacht. Das ist doch ein guter Grund, ihn umzubringen, findest du nicht?"

„Dann hätte er auch Grambow erledigen müssen, der war doch der Zweite, der ihm das Land weggeschnappt hat. Außerdem hast du doch immer einen Zusammenhang zu dem Mord an Marlene Fecht gesehen. Wo soll der denn hier sein?"

„Ach, was weiß ich, das sind doch alles Idioten da draußen. Wahrscheinlich hat Brauer wirklich nichts mit dem Mord zu tun."

„Und Michael ist wohl auch aus der Schusslinie, oder?", fragte Allmers.

„Als direkter Täter sicher", erwiderte Werner Allmers. „Aber vielleicht ist er Anstifter oder so ähnlich. Unglaublich", er begann sich wieder aufzuregen, „wir fahnden nach dem Kerl, lassen ihn nach Friedels Freilassung per Haftbefehl suchen und in Celle regt sich keine Hand. Irgendwann werde ich hier richtig aufräumen."

„Was hat er denn ausgefressen?", fragte Allmers, als sein Bruder kurz Luft holte.

„Gefährliche Körperverletzung, dazu Volksverhetzung und Tragen von verbotenen Symbolen, das Übliche halt."

„Ich finde das nicht so nebensächlich", erwiderte Allmers.

„Ich kann es dir auch in ausführlicher Breite erzählen." Werner Allmers war genervt. „Aber ich habe nicht viel Zeit."

„Im Gegensatz zu mir", spottete Allmers.

„Im Gegensatz zu dir", nickte sein Bruder. „Michael Rolke hat mit ein paar Glatzköpfen in irgendeinem Kaff in der Lüneburger Heide einen einsamen Wahlkämpfer der Grünen krankenhausreif geschlagen. Sehr mutig von ihm.

Der Mann stand allein an seinem kleinen Stand und versuchte ein paar Broschüren unter die Leute zu bringen. Das Resultat war ein Schädelbruch, ein fast blindes Auge, ein gebrochener Arm und viele blaue Flecken. Als der arme Mann auf dem Boden lag, haben sie noch ‚Heil' gegrölt und sind abgehauen."

„Und niemand ist dem Mann zu Hilfe gekommen?"

„Außer ein paar erschreckten Hausfrauen, die zum Einkaufen losgegangen waren, war da tatsächlich niemand. Eine hat die Polizei angerufen, aber bis die da war, waren die Täter schon über alle Berge."

„Und keine hatte etwas gesehen, als die Polizei sie vernommen hatte?", vermutete Allmers.

Der Staatsanwalt schüttelte mit dem Kopf: „Das läuft auf dem Land noch etwas anders ab als in der Stadt. Jede der Frauen hat eine so präzise Täterbeschreibung gegeben, dass die Ermittler nur in ihre Kartei sehen mussten. Alle drei waren da schon drin. Dafür bekommt er mindestens drei Jahre. Eigentlich viel zu wenig für so eine brutale Tat. Aber wahrscheinlich wird eine willfährige Richterin irgendwas von günstiger Sozialprognose oder so faseln."

„Bei Michael? Günstige Sozialprognose?" Allmers konnte es kaum glauben.

„So etwas gibt es. Manchmal ist es zum Aus-der-Haut-fahren. Man hat alles akribisch vorbereitet, der gegnerische Anwalt hat schon kapituliert und dann macht der Angeklagte auf reuigen Sünder, dem alles so furchtbar leidtut. Wenn er dann an eine Richterin gerät, ist mit allem zu rechnen. Und charmant kann er auch sein, wie sein Vater. Wie hast du das genannt? Zwei Ärsche eines ...?"

„Zwei Backen eines Arsches."

„Ein wunderbarer Spruch. Leider darf ich so etwas in einem Plädoyer nicht sagen. Obwohl es oft der treffendste Kommentar wäre."

„Nazis leiden an einer dauernden, chronischen Inkontinenz des Geistes. Bei denen ist nach kurzer Zeit das meiste herausgelaufen, was ihnen der liebe Gott als Geistesgaben mit auf den Weg gegeben hat. Wenn du das liest", damit schob Allmers seinem Bruder die mitgebrachten Blätter über den Schreibtisch, „verstehst du vielleicht den Täter, auch wenn du ihn noch nicht kennst."

„Eigentlich ist es sehr gut, dass du gekommen bist." Werner Allmers versuchte den Ärger beiseite zu schieben. „Michael ist doch vor ein paar Monaten ausgezogen? Weißt du warum?"

„Man hat im Dorf erzählt, Michael hätte die Schnauze voll gehabt von seinem Vater und sei deshalb ausgezogen."

„Das kommt der Realität vielleicht sogar nahe. Ich habe mir die Besucherliste aus Celle schicken lassen. Sein Vater hat ihn nie besucht. Kein einziges Mal. Es sieht so aus, als ob er jeden Kontakt zu ihm abgebrochen hätte. Wenn er selbst so ein alter Reaktionär war, dann hätte er doch alles tun müssen, um seinen Sohn da rauszupauken, oder?"

„Er hatte aber kein Geld", warf Allmers ein, „um einen guten Anwalt zu bezahlen. Was hätte er sonst denn tun können?"

„Zumindest wäre eine moralische Unterstützung normal gewesen. Aber Michael Rolke hatte trotzdem Besuch. Und zwar nicht nur einmal. Von jemandem, den du kennst."

Allmers sah seinen Bruder gespannt an.

„Jochen Wiborg. Wiebkes Mann."

Allmers schüttelte den Kopf. Er war überrascht und schockiert und erst einmal unfähig, einen Ton herauszubringen.

„Hast du heute schon die Zeitung gelesen?", fragte sein Bruder.

Allmers konnte immer noch nichts sagen und blieb stumm.

„Langsam schießen sich die Idioten von der Zeitung auf

mich ein", der Staatsanwalt war aufgebracht. „Die erwarten fünf Minuten nach dem Auffinden der Leiche, dass man ihnen den Mörder präsentiert. Und wenn das nicht schneller geht, als sie sich das wünschen, sind alle anderen Versager, nur sie selber nicht."

*

Allmers kaufte sich die Tageszeitung, ärgerte sich über den hohen Preis, der ihm noch nie bewusst geworden war, da er das Tageblatt abonniert hatte und der Betrag abgebucht wurde. Eigentlich, fiel ihm dabei auf, müsste er sich besser um seine Buchführung kümmern. Er beschloss, an den Deich zu fahren.

Es gab für Allmers zwei Plätze, zu denen er sich hingezogen fühlte, wenn es ihm schlecht ging: der See, der sich am Ende seines Hofes in einem kleinen Birkenwäldchen versteckte, und der alte Sommerdeich, der sich wie eine gutmütige Schlange beschützend am Dorf entlang schlängelte. Heute wollte er die Weite genießen, seinen Blick über die grandiosen Außendeichsweiden und die Elbe schweifen lassen und sich dabei beruhigen. Nichts konnte seine Seele so besänftigen wie ein großes Schiff am Horizont, das völlig lautlos über den Strom glitt oder die Möwenscharen, die sich kreischend großartige Luftkämpfe lieferten, bei denen sich Allmers immer fragte, worum es eigentlich ging. Im Winter bevölkerten oftmals riesige Schwärme von sibirischen Nonnengänsen die Flächen, rupften die aus dem Herbst übrig gebliebenen Gräser manchmal mit der Wurzel aus und, wenn sie sich auf ein unsichtbares Kommando mit lautem Gekreische erhoben und als Wolke davonflogen, waren die Wiesen grau von ihrem Kot. Allmers genoss das Schauspiel, aber er wusste auch, dass die Tiere nicht nur Freunde unter der Landbevölkerung hatten. Wenn sie einen Acker mit junger Gerstensaat entdeckten, war nach kurzer Zeit von der mühevoll angelegten Kultur nichts mehr vorhanden. Beim gierigen Watscheln über den herbstnassen Acker zertrampelten sie mehr Pflanzen als sie fraßen und hinterließen einen ackerbaulichen Totalschaden.

Zum See zog es ihn heute nicht, zu groß wäre die Gefahr gewesen, Wiebke hätte ihn beim Überqueren seines Hofes entdeckt. Werner Allmers' Entdeckung hatte bei Hans-Georg Entsetzen ausgelöst. Jochen Wiborg und Michael Rolke waren entfernte Verwandte, niemand hätte sich daran gestört, wenn der Untersuchungshäftling in Stade Besuch von einem entfernten Cousin zweiten oder dritten Grades bekommen hätte. Hier lagen die Dinge aber viel komplizierter. Kaum einer hat Verständnis, war er sich sicher, für den Aufwand, der damit verbunden gewesen sein musste. Für einen Besuch in Celle musste man insgesamt einen ganzen Tag veranschlagen. Die Besuchszeiten waren sicher vorgegeben, dachte Allmers und fragte sich, ob Jochen Wiborg sich dafür extra einen Tag in der Schule frei genommen hatte. Er begann zu rechnen und stellte überrascht fest, dass die Besuche wahrscheinlich in die Zeit gefallen waren, in denen Jochen vorgegeben hatte, auf einer Klassenfahrt zu sein. Allmers korrigierte sich sofort: Vielleicht, überlegte er, war Jochen ja tatsächlich auf einer Klassenfahrt gewesen. Seiner Erinnerung nach hatte Wiebke erzählt, Jochen sei mit einer achten Klasse in den Harz gefahren. Und dann war er von dort nach Celle gefahren.

Aber warum? Warum besucht ein schwuler Lehrer, der mit seiner Klasse unterwegs war und dort sicher viel Arbeit hatte, einen entfernt mit ihm verwandten Neonazi, der wegen Körperverletzung in Untersuchungshaft sitzt?

Allmers konnte sich keinen Reim auf die

Zusammenhänge machen und beschloss, nach Hause zu fahren. Er nahm sich vor, mit Wiebke zu sprechen und das Gespräch unverfänglich auf Jochen zu bringen. Dass Jochen bei Michael Rolke im Gefängnis war, wollte er ihr erst sagen, wenn er sicher war, sie würde es verkraften.

Allmers schlug die Zeitung auf, suchte den Lokalteil heraus und begann zu lesen:

Verdächtiger wieder frei
Niederlage für Staatsanwaltschaft

Der im Zuge der Ermittlungen im Mordfall Rolke festgenommene Friedel K. ist wieder frei. Nach einem Haftprüfungstermin öffneten sich gestern die Tore des Stader Gefängnisses. Es ist eine herbe Niederlage für die Staatsanwaltschaft, die die Verhaftung von K. auch gegen vereinzelten Widerspruch aus den Reihen der ermittelnden Beamten durchgesetzt hatte.
Wie schon mehrfach berichtet, gibt es zwischen der örtlichen Polizei und Staatsanwalt Allmers erhebliche Differenzen. Sowohl die mit der Ermittlung der beiden aktuellen Mordfälle betrauten Kommissare als auch die Polizeispitze wehren sich vehement gegen die ihrer Meinung nach ungerechtfertigte Einmischung der Staatsanwaltschaft in die tägliche Arbeit. Laut gut informierten Kreisen haben mehrere Spitzenbeamte mit Rücktritt und Versetzungsanträgen gedroht, wenn „das nicht bald aufhört“. Ein Beamter, der nicht namentlich genannt werden will, meinte gegenüber unserer Zeitung: „Herr Allmers soll sich bitte daran gewöhnen, dass wir die Ermittlungsarbeit machen und nicht er. Wir sitzen ja in Gerichtsverhandlungen auch nicht als Ankläger rum. Er ist unfähig zu jeder Teamarbeit und absolut beratungsresistent.“ Unter den Kriminalbeamten wird derzeit diskutiert, ob man ein Disziplinarverfahren gegen den Staatsanwalt beantragen soll. Staatsanwalt Allmers war für eine Stellungnahme nicht zu erreichen.

Allmers legt die Zeitung zusammen und sah über die Elbe. Sie lag wie ausgestorben da, kein Schiff war zu sehen, noch nicht einmal ein paar kleine weiße Segel. Allmers fühlte sich allein, er hatte Mitleid mit seinem Bruder, der anscheinend schwer unter Beschuss geraten war, aber auch mit Wiebke, deren Reaktion auf die Neuigkeit er nicht abschätzen konnte, und vor allen Dingen mit sich selbst. Er wünschte sich weit weg, fort von allen Schwierigkeiten. Es dauerte eine ganze Weile, bis er sich selbst eingestand, dass die allermeisten Probleme ihn selbst gar nicht betrafen, sondern nur mittelbar mit ihm zu tun hatten. Erleichtert seufzte er, stand auf und ging langsam den Deichweg hinunter.

Kapitel 34

Dein Mann ist ein komischer Kauz", begann Allmers das Gespräch mit Wiebke. Sie fuhr herum: „Du hast mich erschreckt." Wiebke Voß saß am Tisch in Allmers' Küche und las in einer Zeitung.

„Entschuldigung", sagte Allmers, „aber ich kann ja nicht klingeln, wenn ich in mein eigenes Haus gehe. Außerdem habe ich gar keine Klingel."

„Schon gut", sagte Wiebke und lachte: „Kauzig ist Jochen, das stimmt. Vor allem, wenn es um Käuze geht."

Allmers verstand nicht: „Ich habe das im übertragenen Sinn gemeint."

„Vor zwei Jahren", Wiebke ließ sich nicht beirren, „hat Jochen damit begonnen, sich für Waldkäuze und Steinkäuze zu interessieren. Man hört abends ja oft das Geschrei von ihnen. Irgendwann hat er mir erzählt, dass er schon als Kind ein Meister darin war, die Töne nachzumachen und hat es mir vorgemacht. Es war wirklich gut, es war, als ob ein Käuzchen im Wohnzimmer sitzt. Er ist dann auf die Terrasse und hat laut in die Nacht geschrien. Und sofort hat er eine Antwort bekommen, man glaubt es nicht. Das ging den ganzen Herbst so. Jochen ist auf die Terrasse, abends immer zur gleichen Zeit und hat gerufen, und gleich darauf hat man die Antwort gehört. Jochen war so stolz darauf, dass er das sogar vor Publikum gemacht hat. Und es hat fast immer geklappt. Irgendwann hat das Käuzchen zuerst gerufen, und er hat geantwortet. Es war wie eine Freundschaft, keine Brieffreundschaft, sondern eine Ruffreundschaft."

„Beeindruckend“, sagte Allmers nervös. „Das muss ja eine spannende Beziehung gewesen sein.“

„Meinst du meine mit Jochen oder die der beiden Rufer?“

„Beide.“

„Meine Ehe war wie das ganz normale Leben: Heuchelei, Missverständnisse und Seitensprünge.“ Wiebke sah Allmers böse an: „Wenn ich dich langweile, sag es bitte.“

„Nein“, versuchte Allmers sie zu beschwichtigen. „Langeweile ist nicht das richtige Wort. Aber ich interessiere mich nicht so sehr für Jochens Hobbys.“

„Warte es ab“, Wiebke grinste, „was jetzt kommt. Am Ende des Winters gehe ich zum Einkaufen und treffe im Supermarkt Frau Baginski. Sie wohnt am anderen Ende der Siedlung. Wir kommen unverbindlich ins Gespräch, da erzählt sie mir plötzlich stolz, dass ihr Mann ein begnadeter Nachahmer von Vogelstimmen sei. Ich habe sofort geschaltet und gefragt: ‚Käuzchen?‘ Sie: ‚Woher wissen Sie das?‘ Ich habe so hemmungslos angefangen zu lachen, dass mir die Kassiererin schließlich einen Stuhl bringen musste, ich konnte mich nicht auf den Beinen halten. Als ich mich beruhigt und Frau Baginski die Zusammenhänge erklärt hatte, ging es bei ihr los. Sie lachte Tränen und konnte sich kaum beruhigen.“

Wäre Allmers in anderer Stimmung gewesen, hätte er der sehr witzigen Geschichte viel abgewinnen können. So aber verzog er seinen Mund zu einem gequälten Lächeln.

„Ich wusste gar nicht“, sagte Wiebke spitz, „dass du so humorlos bist.“

Allmers zuckte mit den Schultern. Seine Strategie, das Gespräch unverdächtig auf Jochen zu bringen, war mit Wiebkes Erzählung gescheitert. Er beschloss, nicht mehr herumzureden und fragte sie: „Wo war Jochen im Harz, als er mit der Klasse unterwegs war?“

Verwundert antwortete Wiebke: „In Clausthal-Zellerfeld. Wieso fragst du?“

„Ich war heute bei meinem Bruder und habe ihm die Unterlagen gebracht, die du über Rolke und seine Familie herausbekommen hast. Dabei hat er mir erzählt, dass sie Michael Rolke gefunden haben."

„Endlich, jetzt haben sie wahrscheinlich den Mörder, oder?"

Allmers schüttelte den Kopf: „Er hat ein wasserdichtes Alibi. Er saß bei beiden Morden in Untersuchungshaft. In Celle." Allmers machte eine Pause.

Wiebke sah ihn erwartungsvoll an: „Und?", fragte sie nur.

„Er hatte dort Besuch."

„Na und?" Wiebke wunderte sich über Allmers. „Was ist daran so ungewöhnlich?"

„Jochen hat ihn dort besucht."

„Hat dein Bruder das behauptet?", fragte sie ungläubig, und als Allmers nickte, fing sie an zu lachen: „Dein Bruder spinnt, das war mir schon lange klar."

„Jochen steht auf der Besucherliste des Gefängnisses", erwiderte Allmers ernst. „Da gibt es keine Interpretationsspielräume. Er war tatsächlich dort, zwei Mal, während der Klassenreise."

Wiebke begriff nur langsam, dass sie Allmers Glauben schenken musste. Plötzlich begann sie unvermittelt zu weinen. Sie vergrub ihr Gesicht in den Händen und weinte so hemmungslos, dass es Allmers Angst wurde. Er stellte sich neben sie und streichelte beruhigend über ihren Kopf.

Nach mehreren Minuten, die Allmers wie Stunden vorkamen, sagte sie plötzlich: „Weißt du, was das bedeutet?"

Allmers wollte nicht zugeben, dass er sich keinerlei Reim auf die ganze Geschichte machen konnte und sagte kryptisch: „Ich kann es mir denken."

„Wenn ein Mann, von dem alle wissen, dass er schwul ist, außer mir, einen anderen Mann in einer solch außergewöhnlichen Situation aufsucht, so macht er das sicher nicht aus Mitleid. Jochen ist nicht Amnesty International. Er hat überhaupt keine soziale Ader. Er ist vollkommener Egoist. Weißt du, ob Michael schwul ist?“

Allmers schluckte. Das war die Lösung, dessen war er sich sicher.

„Keine Ahnung“, sagte er, „aber Hella weiß das bestimmt.“

Hella Köhler war nicht zu Hause, als Allmers auf den Hof fuhr. Die meisten Kontrollen hatte er in der letzten Zeit mit dem Fahrrad angesteuert und auf Wiebkes Fahrdienst verzichtet. Bei schönem Wetter machte ihm das Fahrradfahren mittlerweile großen Spaß. Nur bei den Betrieben, die sehr viele Kühe molken, hatte er sich von Wiebke fahren lassen. Die beiden Holzkisten mit den Proberöhrchen waren zu unhandlich, als dass er sie problemlos auf dem Fahrrad hätte transportieren können.

Allmers fand Friedel im Stall, er mistete Kälberställe aus und sah Allmers verwundert an, als der atemlos in den Stall kam.

„Ist Hella da?“, fragte er, aber Friedel schüttelte den Kopf:

„Die habe ich zum Arzt gefahren“, sagte er. „Käsekuchen ist im Schrank, wenn du Hunger hast.“

Allmers schüttelte den Kopf und, als er Friedel ins Gesicht sah, war ihm klar, dass der seine Frage viel besser beantworten konnte als seine Frau: „Weißt du, ob Michael Rolke schwul ist?“

Friedels Antwort kam sofort: „Ja.“

„Also ist er es?“

Friedel nickte.

„Weißt du das schon lange?“

Friedel schüttelte den Kopf. Allmers hatte das Gefühl, ihm jedes Wort aus der Nase ziehen zu müssen. Was Hella an Geschwätzigkeit hatte, fehlte ihrem Mann. Das lange Gespräch, das Allmers mit ihm nach der Entlassung geführt hatte, war das erste gewesen, das sie seit Langem geführt hatten. Friedel hatte das damals gebraucht, war sich Allmers sicher, und nun, dachte er, ist der Alltag wieder eingekehrt.

„Wie lange?"

„Seit Kurzem."

Allmers wusste, warum Friedel so einsilbig war. Friedel wäre sicher empört gewesen, hätte man ihn als Spanner bezeichnet, aber für Allmers war er genau das und diesmal war er froh darüber.

Friedel Köhler sah hilflos zu Allmers hoch, er war um einiges kleiner und stand dazu auf seine Mistgabel gestützt. Ohne Hella, das merkte Allmers, wollte Friedel sein Wissen nicht preisgeben.

„Warum ist Michael ausgezogen?"

Friedel zuckte mit den Schultern: „Das ist ja wie das Verhör bei der Polizei", sagte er nur und meinte dann: „Ist ja auch egal. Eduard wusste nicht, dass Michael schwul ist. Er hat es wohl sehr gut verbergen können. Dass er kein Interesse an Mädchen hatte, war Rolke wohl ganz recht. Und die anderen Glatzköpfe, mit denen sich Michael umgab, gingen wohl als harte Männerfreunde durch. Marlene Fecht hat ihm die Augen geöffnet. Als er sie rausgeworfen hat, hat sie ihm an den Kopf geschleudert, dass er zu blöde sei, zu merken, was mit seinem schwulen Sohn los sei."

„Warst du dabei?"

Friedel zuckte nur mit den Schultern: „Ich weiß es eben. Das genügt doch, oder?" Allmers gab sich damit zufrieden. Friedel hätte nie preisgegeben, woher er dieses Wissen hatte.

„Und welche Rolle spielt Jochen Wiborg?"

„Ich habe die beiden am selben Tag in die Scheune verschwinden sehen. Na ja, man kann sich denken, dass die dort keine Briefmarken sortiert haben. Die Köpfe waren sehr rot, als sie wieder herauskamen. Rolke hat sie angebrüllt und am nächsten Tag war Michael weg."

„Danke", sagte Allmers und war Friedel wirklich dankbar für seine zuverlässige Informationsbeschaffung. Er glaubte, den Schlüssel für die Morde in der Hand zu haben. Um den Kopf seines Bruders zu retten, brauchte er nur noch die Tatwaffe. Er glaubte, zu wissen, wo er sie suchen musste.

Er sah auf die Uhr: Es war kurz vor zwölf. Er fuhr so schnell er konnte nach Hause und stürzte in die Küche.

„Wiebke!", brüllte er, „Wiebke, wo bist du?"

„Hier", hörte er eine Stimme durch mehrere Türen. Wiebke Voß hatte sich in der Zeit, in der Allmers sich mit Friedel unterhielt, auf der Toilette eingeschlossen und kotzte sich die Verzweiflung aus dem Körper.

„Mach auf", schrie Allmers, „wir müssen zu dir!"

Als sie die Tür öffnete, erschrak Allmers. Sie war weiß wie eine Wand und aus der Toilette drang ein säuerlicher Geruch.

„Wasch dein Gesicht", herrschte er sie ungeduldig an und sogleich tat ihm sein Ton leid.

Wiebke gehorchte, sie bewegte sich wie in Trance und schöpfte ein wenig Wasser mit der hohlen Hand in ihr Gesicht.

„Was ist los?" Erst jetzt nahm sie anscheinend Allmers richtig wahr.

„Ist Jochen noch in der Schule?"

„Wie viel Uhr ist es?"

„Zwölf."

„Ist heute Donnerstag?"

Als Allmers nickte, nickte sie auch und fragte: „Was ist überhaupt los?"

„Wir müssen los, ich erzähle es dir im Auto."

Wiebke Voß fror, obwohl es sehr warm war. Sie zitterte am ganzen Körper, als sie sich neben Allmers auf den Beifahrersitz fallen ließ.

Allmers fuhr los.

„Jochen hat etwas mit Michael gehabt."

Wiebke begann hysterisch zu lachen und wurde von ihren Lachanfällen regelrecht durchgeschüttelt. Sie war nicht in der Lage, Allmers irgendetwas zu antworten.

„Friedel hat die beiden gesehen. Ich glaube, dass Jochen Rolke getötet hat."

Er sah besorgt zu Wiebke, um ihre Reaktion auf seinen Verdacht zu sehen. Aber Wiebke reagierte nicht. Sie hing im Sitz und schüttelte die ganze Zeit nur den Kopf, zitterte am ganzen Körper und weinte.

„Genau", schrie Allmers plötzlich: „Der Jogger! Das war Jochen. Ich Idiot. Warum ist mir das bloß nicht eingefallen?"

Er sah zu Wiebke, die aus dem Fenster starrte: „Du hast doch gesagt, er sei schlanker geworden, weil er trainiert hat. Hat er auch gejoggt?"

Sie nickte nur.

Plötzlich fragte sie: „Hast du deinen Führerschein wieder?" Allmers schüttelte den Kopf: „Du kannst doch jetzt nicht fahren. Wenn wir angehalten werden, bringe ich dich eben ins Krankenhaus."

„Du hast vielleicht Nerven", meinte Wiebke konsterniert.

Als Allmers in die Siedlung einbog, in der Wiebke und Jochen kurz nach ihrer Hochzeit in ein neu gebautes Haus eingezogen waren, sah er die Blaulichter der Polizei.

„So ein Mist", fluchte er und bog ab.

„Was hast du eigentlich vor?" Wiebke hatte sich wieder etwas im Griff. Sie nahm sich ein Papiertaschentuch und schnäuzte laut.

„Ich habe gehofft, vor der Polizei da zu sein. Ihr habt

doch ein blaues Stemmeisen, hast du mal gesagt?"
Wiebke nickte.
„Ich wollte es vor der Polizei finden. Damit hätte mein Bruder einen Trumpf gegen seine Feinde gehabt. Er hätte praktisch den Fall geklärt, verstehst du?"

Wiebke schüttelte verständnislos den Kopf: „Wenn man dich so reden hört über deinen Bruder, scheinst du ihn nur zu verachten."

„Das stimmt", sagte Allmers. „Seit seiner Geburt."

„Du bist doch der Jüngere?", fragte Wiebke unsicher.

Allmers nickte.

„Wenn es aber drauf ankommt, riskierst du Kopf und Kragen, oder? Ist es umgekehrt genauso?"

„Natürlich", sagte Allmers ohne zu überlegen, aber in Wirklichkeit, das wusste er, war er sich nicht sicher.

Allmers bog an der Tankstelle links ab. Er fuhr, so schnell es Wiebkes Auto zuließ, die kleine Landstraße entlang.

„Meinst du, sie haben Jochen verhaftet?", fragte Wiebke Voß leise, als sie das Dorf verlassen hatten.

„Sie scheinen zumindest genau dieselben Schlüsse gezogen zu haben wie wir. Wenn sie das Ding finden, kann mein Bruder einpacken."

Auf Allmers' Hof kletterte Wiebke mehr aus dem Auto, als dass sie ausstieg. Sie wankte durch die Küche, ging noch einmal auf die Toilette und warf sich erschöpft auf Allmers' Bett.

Allmers deckte sie zu und setzte sich nachdenklich in die Küche. Das Handy seines Bruders war abgeschaltet.

Es muss für Rolke die größte Niederlage gewesen sein, die er je erlebt hatte, als er von der Homosexualität seines Sohnes erfuhr. Seine reflexartige Verachtung für alle Menschen, die andere sexuelle Vorlieben hatten als das, was er für normal hielt, war allen im Dorf bekannt. Schwule konnten in Großstädten in vielen Bereichen auf Toleranz hoffen, auf den Dörfern war es auch heute noch ein Spießrutenlaufen. Allmers kannte nur einen einzigen Schwulen im Dorf, einen ehemaligen Einzelhändler, der sich aber auch nicht offen dazu bekannte.

Nach zwei Stunden stand Wiebke auf. Sie duschte, zog sich frische Wäsche an und beschloss, zu ihrem Haus zu fahren: „Und zwar allein", sagte sie sehr bestimmt, als Allmers ihr seine Begleitung anbot. Es sähe sonst aus, hatte sie sich überlegt, als würde sie vor etwas davonlaufen. Und das sei nun mal nicht ihre Art.

„Ich werde wieder nach Hause ziehen", sagte sie mit unsicherer Stimme.

Allmers sah sie verwundert an. „Gefällt es dir hier nicht?"

„Es liegt nicht an dir", meinte Wiebke. „Ich brauche Abstand von allem."

„Und wenn Jochen gar nicht verhaftet ist?", fragte Allmers ärgerlich. „Wenn alles nur ein Hirngespinst von mir ist?"

Aber Wiebke ließ sich nicht überreden. Sie warf ihre Kleider in den Koffer und lehnte sogar seine Hilfe ab, ihn zum Auto zu tragen. Allmers zuckte mit den Schultern und beschloss, sie ziehen zu lassen.

Als sie den Kofferraum ihres Autos öffnete, schrie sie so laut, dass Allmers aus dem Haus gestürzt kam.

Kapitel 35

Dass Wiebke die Tatwaffe im Kofferraum ihres Autos gefunden hatte, wusste Allmers sofort.

„Hat sich Jochen in letzter Zeit dein Auto ausgeliehen?“, fragte er und Wiebke nickte: „Ja, sein Wagen war dauernd kaputt.“

Allmers setzte sich wieder hinter das Steuer und fuhr mit Wiebke nach Stade. Unterwegs ließ er sie mit dem Handy seine Milchkontrolle bei Rautenberg absagen. Es war ihm ganz lieb, dass er selbst nicht telefonieren konnte. Maries Stimme, die bei Rautenberg öfter ans Telefon ging, wollte er jetzt nicht hören. Von der Moorstraße aus sahen sie die noch immer blitzenden Blaulichter vor Wiebkes Haus, in dem die Polizei jedes Kissen umdrehte und jeden Schrank auseinandernahm.

Werner Allmers sah ungläubig auf, als sein Bruder ohne anzuklopfen in sein Büro gestürzt kam.

„Du kannst die Hausdurchsuchung abblasen“, triumphierte Allmers.

„Wovon redest du eigentlich?“, fragte Werner Allmers erbost. „Welche Hausdurchsuchung?“

„Die bei Wiebke und Jochen. Da findet ihr nichts mehr.“

„Wieso bist du dir so sicher?“, fragte der Staatsanwalt.

„Wiebke hat die Tatwaffe die ganze Zeit in ihrem Auto herumgefahren.“

„Die ganze Zeit?“ Werner Allmers schluckte.

„Mindestens seit ein paar Tagen. Ihr Mann hatte sich das Auto ausgeliehen und ich glaube, er hat das Stemmeisen darin versteckt." „Wo ist sie jetzt?"

„Wiebke oder die Tatwaffe?" Obwohl er genau wusste, was sein Bruder mit der Frage gemeint hatte, konnte er es sich nicht verkneifen, diese unnötige Frage zu stellen, um Werner wenigstens ein bisschen zu provozieren.

„Es fehlt nur noch, dass du jetzt deine Brille putzt", sagte der Staatsanwalt sarkastisch. „Beide."

„Stehen unten im Halteverbot."

„Bist du sicher, dass es die Tatwaffe ist? So ein Stemmeisen ist ja recht alltäglich."

„Das Stemmeisen ist blau und liegt im Auto, das sich der Tatverdächtige in letzter Zeit öfter ausgeliehen hatte, was willst du mehr?"

Der Staatsanwalt zuckte mit den Schultern: „Belastbare Tatsachen. Wenn ich mich jetzt blamiere, werde ich sicher lange auf eine Beförderung warten müssen."

Allmers versuchte seinen nervösen Bruder zu beruhigen: „Jetzt kannst du es allen zeigen, dass du zwar nicht der Erste, aber der Beste bist. Das wolltest du doch, oder?"

Werner Allmers lief so schnell es sein Übergewicht erlaubte, die breite Treppe des Gerichtsgebäudes hinunter. Sein Bruder musste sich beherrschen, so langsam zu gehen, er war es nicht gewöhnt, Treppen Stufe für Stufe hinab zu klettern. Er nahm am liebsten immer zwei, manchmal auch drei auf einmal.

„Endlich!", rief Wiebke ihnen entgegen. „Da seid ihr ja." Eine unerbittliche Angestellte der Stadt versuchte ihr gerade eine Verwarnung unter die Scheibenwischer zu klemmen. Wiebke protestierte lautstark dagegen, aber die Frau ließ sich nicht beirren.

„Das können Sie sich sparen", herrschte Werner Allmers die Frau an.

„Wer sind Sie überhaupt?", keifte sie zurück. „Ich muss

mich in der Ausübung meiner Pflichten von keinem behindern lassen." Sie hatte diesen Satz auf ihrem Einführungslehrgang gelernt, und jetzt war endlich die Gelegenheit gekommen, ihn fehlerfrei anzuwenden.

„Ich bin Staatsanwalt Allmers", brüllte er.

„Na und?", fragte die Frau zurück. „Selbst wenn Sie der Papst wären, hier darf man nicht parken." Sie drehte sich um und ging.

„Das ist der Vorteil der Gewaltenteilung", meinte Allmers trocken.

Wütend schob Werner Allmers seinen Bruder beiseite und herrschte Wiebke an: „Aufmachen."

Das blaue Stemmeisen lag in der Mitte des Kofferraumes wie zu einer Präsentation. Werner Allmers beugte sich hinunter, besah sich das Werkzeug aus nächster Nähe und entdeckte kleine, braune Flecken.

„Das könnte Blut sein", bemerkte er leise und kam wieder hoch. „Bitte mach den Kofferraum wieder zu. Ich ruf die Spurensicherung an. Keiner rührt sich vom Fleck. Und wenn die Tussi mit dem Knöllchen wiederkommt, tritt ihr in den Arsch. Wegen der Gewaltenteilung."

*

„Ich fahre euch nach Hause", bot der Staatsanwalt an. „Das Auto ist erst mal beschlagnahmt."

„Ist Jochen verhaftet worden?", fragte Wiebke zaghaft.

Werner Allmers nickte: „Wir haben ihn noch in der Schule wegen des dringenden Tatverdachts des zweifachen Mordes vorläufig festgenommen. Nachher wird er dem Haftrichter vorgeführt."

„Beide Morde?" Wiebke Voß war erschüttert.

„Wir müssen davon ausgehen. Als wir Michael Rolke vernommen haben, hat es keine halbe Stunde gedauert, und er hat geplaudert. Er wollte unbedingt seinen Kopf aus der Schlinge ziehen und hat geredet und geredet. Er tat so, als ob er zutiefst erschüttert sei über den Tod seines Vaters, und hat alle Schuld auf Jochen geschoben. Da bin ich mir aber noch nicht sicher. Vielleicht hat er ihn auch angestiftet."

Nach den Erzählungen seines Sohnes hatte Eduard Rolke tatsächlich erst durch Marlene Fechts Wutausbruch von Michaels Homosexualität erfahren. Daraufhin habe er ihn zur Rede gestellt, aber er, Michael, habe alles abgestritten. Erst als er ihn und Jochen Wiborg in der Scheune ertappt habe, sei er von seinem Vater vor die Tür gesetzt worden.

„Und Jochen Wiborg hat er gedroht", fuhr der Staatsanwalt fort, „alles öffentlich zu machen. Und ihr könnt euch denken, was das für Jochen bedeutet hätte: Junger aufstrebender Lehrer am Gymnasium ist der schwule Geliebte eines glatzköpfigen Neonazis." Der Staatsanwalt schüttelte den Kopf: „Unvorstellbar. Er wäre beruflich erledigt gewesen. Deshalb hat er ihm eins über die Rübe gegeben. Und Marlene Fecht hat er wohl aus Rache getötet. Wenn jemand erst einmal zum Mörder geworden ist, dann ist die Hemmschwelle für den zweiten Mord oft sehr viel niedriger und die Gründe sind noch banaler."

„Mir ist auch eingefallen, wer der Jogger war", sagte Allmers: „Ich hatte damals für einen Moment gedacht, es könnte Jochen sein, habe aber den Gedanken schnell beiseite geschoben. Aber er war es, ich bin mir jetzt ganz sicher. Er hatte da gerade den Kuhfuß aus dem Stall geholt. Eine Minute früher und ich hätte ihn auf frischer Tat ertappt."

Kapitel 36

Erneute peinliche Schlappe für Staatsanwalt Allmers

In den Mordfällen Rolke und Fecht haben die Experten der Spurensicherung laut dem Sprecher der Polizei festgestellt, dass in beiden Mordfällen die gleiche Tatwaffe benutzt wurde. Man könne also von einem Täter ausgehen, eine Hypothese, die auch von Staatsanwalt Allmers immer vertreten wurde.
Zwei Tage nach der spektakulären Festnahme des Lehrers Jochen W. gibt es aber auch eine nicht minder spektakuläre Wende: Die vom Staatsanwalt Allmers präsentierte angebliche Tatwaffe, die sich im Auto der Ehefrau des Tatverdächtigen befunden haben soll, ist, ebenfalls laut Polizeisprecher, definitiv nicht die Waffe, mit der beide Morde begangen worden sind. Die Farbreste an den Toten stimmen nicht mit der Farbe des gefundenen Stemmeisens überein.
Somit ist der Tatverdacht gegen Jochen W. stark erschüttert worden. Staatsanwalt Allmers meinte in einer kurzen Stellungnahme, dass er weiterhin fest davon überzeugt sei, dass der Richtige gefasst sei. Alles andere seien Kleinigkeiten.

Allmers nahm den Telefonhörer und rief seinen Bruder auf dem Handy an. „Ich habe gerade den Artikel gelesen“, sagte er ungläubig. „Ist das wahr?“

„Alles, was Journalisten schreiben, ist wahr“, meinte sein Bruder sarkastisch. „Aber diesmal stimmt es wirklich. Der Kerl trickst uns aus.“

„Kannst du dir das alles erklären?“

„Soweit bin ich noch nicht", Allmers merkte an der Stimme, wie aufgeregt sein Bruder war, als der fortfuhr: „Hast du die Bosheit zwischen den Zeilen bemerkt? Angebliche Tatwaffe und … sich im Auto befunden haben soll …, als ob ich falsche Angaben machen würde. Diese Idioten. Ach übrigens", er hatte sich wieder etwas beruhigt, „das wird dir gar nicht gefallen: Wir prüfen, ob Friedel Köhler wieder in den Kreis der Verdächtigen zurückkehrt. Jeder der beiden Tatverdächtigen besitzt ein funkelnagelneues Stemmeisen. Sehr eigenartig, findest du nicht auch?"

Allmers war beunruhigt. „Was sagt Jochen denn in den Verhören?"

„Das darf ich dir eigentlich gar nicht erzählen", der Staatsanwalt senkte die Stimme, „es läuft nicht gut. Der Kerl scheint ziemlich abgebrüht zu sein."

„Und sein Alibi?"

„Für den Mord an Rolke hat er definitiv keines, aber Friedel ja auch nicht. Und da wir den genauen Todeszeitpunkt bei der Fecht nicht bestimmen konnten, ist die in Frage kommende Zeitspanne so groß, dass auch beim besten Alibi immer eine Möglichkeit da wäre, einen Mord zu begehen."

Ungläubig verabschiedete sich Allmers von seinem Bruder. Er war ebenso überzeugt wie der Staatsanwalt, dass Jochen Wiborg der Mörder war, aber solange nicht die Tatwaffe mit eindeutigen DNA-Spuren oder vielleicht sogar Zeugen auftauchten, schien es, dass man ihm nichts nachweisen konnte. Er spürte, dass Friedel wieder in Gefahr geriet.

Allmers sah auf die Uhr und stellte erschreckt fest, dass es schon fast fünf Uhr war. Für heute war eine Milchkontrolle bei Georg Brokelmann verabredet, und es gab keinen Bauern, der sich nicht ärgerte, wenn der Milchkontrolleur zu spät zur Arbeit kam.

Aber heute war es anders. Die Kühe wurden erst gemächlich durch den Regen, der, so meinte Allmers, wohl den ganzen Sommer anhalten würde, getrieben. Von Georg Brokelmann war nichts zu sehen. Seine Frau bereitete das Melken vor, Allmers wechselte ein paar unverfängliche Worte mit ihr und war froh, dass Georg sich verspätet hatte.

„Er muss gleich da sein", sagte sie und ließ Allmers stehen.

„Wo ist er denn?", rief er hinter ihr her, als sie den Stall schon verlassen hatte. Sie drehte sich kurz um und sagte: „Auf Krautsand ist ein totes Reh gefunden worden. Er muss gleich zurück sein."

Allmers musste noch eine halbe Stunde warten, bis Brokelmann auf den Hof gefahren kam.

„Wartest du schon lange?", fragte er und ging in den Stall.

„Ich war pünktlich", sagte Allmers ungerührt.

„Heute war es wenigstens keine Falschmeldung", meinte Brokelmann und trug das erste Melkzeug in den Stall. „Vor ein paar Wochen habe ich mir die Hacken abgelaufen, aber weit und breit war kein totes Reh zu finden."

"Kommt das öfter vor?", fragte Allmers mäßig interessiert.

„Was meinst du? Eine Falschmeldung oder ein totes Tier?"

„Eine Falschmeldung."

Brokelmann setzte das erste Melkzeug an und nickte: „Manche Autofahrer meinen, wenn sie ein Karnickel erlegt haben, es wäre mindestens ein Reh gewesen. Heute war das Reh wohl verwurmt und ist deshalb eingegangen. Aber vor ein paar Wochen habe ich keines gefunden. Entweder war es schon längst tot oder es gab gar keines."

„Wer hat dich denn informiert?"

„Erich Meyer hatte angerufen. Er hatte auf dem Landernweg einen Autofahrer getroffen, der sich komisch verhalten hatte. Er hatte wohl etwas aufgelöst neben seinem Auto gestanden und ganz erschreckt ausgesehen. Erich hatte ihn angesprochen und der Mann hatte gesagt, er habe ein Reh angefahren. Auf der Straße war wohl auch ziemlich viel Blut."

Allmers notierte die gemessene Milchmenge und hörte nicht richtig zu. Er war kein Jäger und interessierte sich nur am Rande für Georgs Erzählung.

„Weißt du, wer der Mann war?", fragte Brokelmann nach einem Moment der Stille.

Allmers schüttelte gelangweilt den Kopf: „Keine Ahnung, woher auch."

„Dieser Lehrer aus dem Dorf, den sie verhaftet haben."

Allmers schloss die Augen. Ihm war schlagartig klar: Das Blut auf der Straße stammte nicht von einem Reh.

*

Der starke Regen hatte keinerlei Blutspuren auf dem Asphalt übrig gelassen. Die Polizei und die Spurensicherung untersuchten jeden Quadratzentimeter des Bodens, fanden aber kein verwertbares Material. Erst nach einigen Stunden hatte Erich Meyer Zweifel, ob man wirklich an der richtigen Stelle suchen würde. Staatsanwalt Allmers versuchte ruhig zu bleiben: „Sind Sie jetzt sicher?", fragte er ohne eine merkliche Regung, nachdem der gesamte Tross im strömenden Regen umgezogen war. „War es wirklich hier?"

Meyer nickte.

Die gesamte Prozedur wiederholte sich und als schließlich eine Mitarbeiterin der Spurensicherung Verfärbungen im Boden, der direkt an den Asphalt anschloss, entdeckte, hellte sich die Miene von Werner Allmers wieder auf.

Am Abend rief er seinen Bruder an und erzählte, man habe auf seine Anweisung hin den angrenzenden Graben durchsucht.

„Und, rate mal“, fragte er gut gelaunt, „was wir da gefunden haben?“

„Den Kuhfuß?“

„Genau. Und Jochen Wiborg ist zusammengebrochen und hat beide Morde gestanden. Und die Geschichte mit dir und dem Fahrrad übrigens auch. Er wollte dir wirklich ans Leder. Ebenso die Brandstiftung.“

„Dann war er auch der Spanner, der uns zugesehen hat und nicht Friedel?“

„Richtig“, sagte der Staatsanwalt selbstzufrieden, „damit rundet sich die Beweiskette.“ Und sein Bruder fragte sich, ob sich eine Kette runden könne.